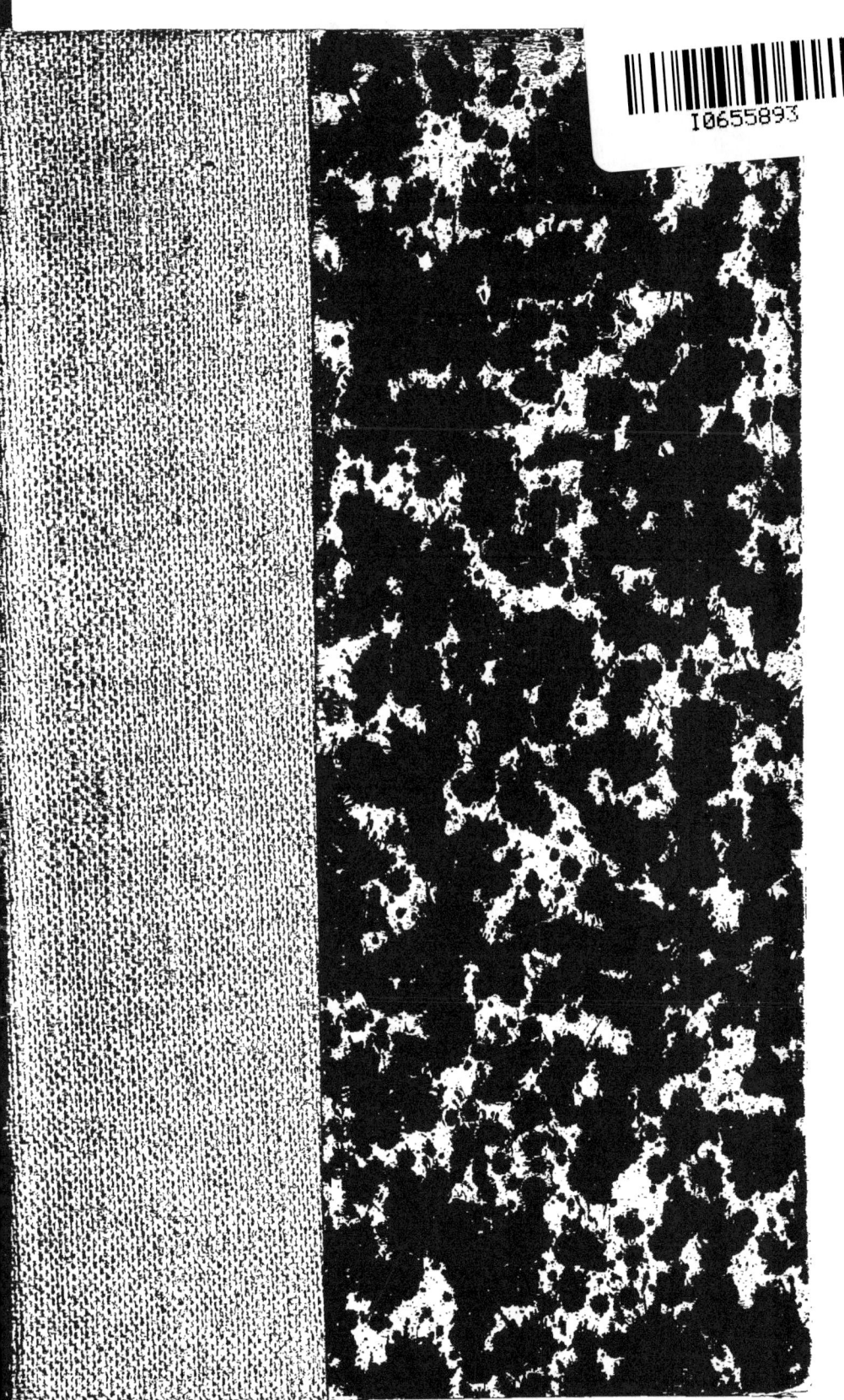

L'AFFAIRE MATAPAN

PAR

FORTUNÉ DU BOISGOBEY

TOME PREMIER.

PARIS

DENTU, ÉDITEUR

LIBRAIRE DE LA SOCIÉTÉ DES GENS DE LETTRES

Palais-Royal, 15-17-19, Galerie d'Orléans

1881.

L'AFFAIRE MATAPAN

I.

Tours, imp. Mazereau.

L'AFFAIRE MATAPAN

PAR

FORTUNÉ DU BOISGOBEY

TOME PREMIER.

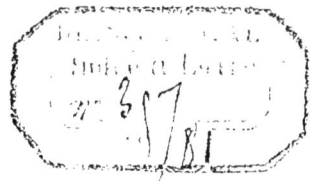

PARIS

DENTU, ÉDITEUR

LIBRAIRE DE LA SOCIÉTÉ DES GENS DE LETTRES
Palais-Royal, 15-17-19, Galerie d'Orléans
1881.

L'AFFAIRE MATAPAN

I

Une maison de Paris, c'est un monde.

Il y en a qui ressemblent à des ruches d'abeilles. Des essaims laborieux y bourdonnent nuit et jour. On pétrit dans la cave, on forge au rez-de-chaussée, on taille au premier étage, on confectionne ? second, on polit au troisième, on coud dans les mansardes.

Mais, sans compter les maisons ouvrières, que de choses et que de gens dans celles qui bordent les grandes voies des quartiers riches !

Elles sont encore jeunes ; elles n'ont pas d'histoire, pas d'autre que celle de l'entrepreneur qui fit fortune en les bâtissant : une histoire qui court les rues — l'homme arrivé en sabots et passé millionnaire.

Aucun de leurs locataires n'a été bombardé mi-

nistre ou académicien. On n'y a ni conspiré, ni
écrit des chefs-d'œuvre. Elles sont trop honnêtes
pour héberger des demoiselles et trop bien tenues
pour que le feu y prenne.

Comme elles n'ont jamais fait parler d'elles, les
reporters ne les connaissent pas, et comme elles
se ressemblent toutes, les passants ne s'arrêtent pas
pour les regarder.

Et pourtant, derrière leurs majestueuses façades,
on aime et on hait, on thésaurise et on se ruine, ni
plus ni moins qu'ailleurs. L'orgueil, l'envie, l'ava-
rice, la paresse, tous les péchés capitaux y logent,
pourvu qu'ils paient leur terme.

Il s'y joue même parfois des drames : pas des
drames à grand spectacle, mais des drames intimes,
plus sombres que les *mélo* de l'Ambigu du bon
vieux temps ; des drames où le traître n'enfle pas
sa voix pour lancer des tirades menaçantes, où le
père noble ne bénit pas avec solennité, où l'ingé-
nue persécutée ne larmoie pas en cadence ; des
drames qui ne finissent pas toujours comme au
théâtre, où le crime est puni au dénouement et la
vertu récompensée.

C'est à peu près ce que se disaient un soir du
mois de novembre deux garçons bien tournés, qui
remontaient côte à côte le boulevard Haussmann.

Il était minuit passé, il faisait beau, ils sortaient
de l'Opéra, et ils revenaient à pied, en fumant leur

cigare et en devisant de faits de guerre et d'amour, comme M. de Coconnas et M. de la Môle, dans la *Reine Margot*.

Et ils ressemblaient assez aux deux héros de ce roman d'Alexandre Dumas. L'un était grand et solidement bâti ; il marchait la tête haute et la moustache au vent : un Coconnas brun.

L'autre, de taille moyenne, souple, mince, élégant et blond, aurait pu, comme La Môle, plaire à Marguerite de Navarre.

— Nous voici devant ton domicile, dit le grand brun en montrant du bout de sa canne une monumentale porte cochère. Je t'ai conduit jusqu'ici ; tu devrais bien me reconduire jusqu'à mon cercle.

— Ma foi, non ! s'écria l'autre ; nous avons assez bavardé et philosophé ce soir ; tu m'as raconté tes campagnes de mer et tes conquêtes parisiennes. J'ai sommeil. Je vais me coucher.

— Moi pas. C'est bon pour toi, qui es amoureux, de rentrer à l'heure où sortent les gens qui aiment à vivre et qui savent vivre.

— Où as-tu pris que j'étais amoureux ?

— Parbleu ! ça se voit de reste. Depuis trois mois, tu n'es plus reconnaissable.

On m'a changé mon Albert Doutrelaise. Tu ne sors plus, et quand par hasard tu mets le nez dehors, on ne te rencontre que dans des endroits vertueux.

— A l'Opéra, par exemple ! interrompit en riant le jeune homme blond.

— Oh ! une fois n'est pas coutume. Veux-tu que je te dise pourquoi tu y es allé ce soir... qui tu espérais y rencontrer ?

— Je t'en dispense.

— Et pourquoi tu es si pressé maintenant de grimper à ton quatrième étage ?

— Courtaumer, mon ami, tu m'ennuies.

— Alors, tu m'interdis absolument de regarder par-dessus le mur de ta vie privée ? Très bien. N'en parlons plus. Mais parlons d'autre chose. Moi, je n'ai pas envie de dormir.

Où en étais-je tout à l'heure ? Ah ! je te disais que je voudrais être le Diable Boiteux de Le Sage pour voir ce qui se passe dans les maisons de Paris... dans la tienne, entre autres. Tu dois la connaître à fond, celle-là. Explique-la moi.

— Comment ! que je te l'explique !

— Eh ! oui; nomme-moi les locataires de cet immeuble et décris-moi leurs mœurs.

— Ah ! çà, est-ce que tu me prends pour une agence de renseignements ?

— L'agence Tricoche et Cacolet. Non, je reconnais que tu n'as pas de vocation pour ce métier-là, mais tu as de l'esprit et du coup-d'œil. Je suis sûr que tu peux me faire la photographie de chacun des habitants *du 319*, comme disent messieurs les concierges.

Et à propos de concierges, si tu commençais par le portrait du tien ?

— Ça, c'est facile. Il est vieux, il est laid, il est grincheux. Il ne lit que les journaux radicaux, et je le soupçonne d'occuper un très haut grade dans la franc-maçonnerie. Il possède une fille qui joue du piano et qui se destine au théâtre. Enfin, il a nom Cyrille Marchefroid.

— Alors, il est complet. Tu dois entretenir avec lui des rapports désagréables.

— Je n'en entretiens d'aucune sorte. Je ne lui parle jamais et il ne me salue pas.

— Bon ! je suis fixé. Il t'exècre. Montons au premier, cher ami. Si je ne me trompe, il n'y a qu'un appartement par étage. Tu auras tôt fait de me montrer la maison du haut en bas.

— Avoue, Jacques, qu'il faut que j'aie un joli fonds de patience, pour ne pas te planter là dès le rez-de-chaussée.

— Mais non ; c'est un voyage amusant. D'ailleurs, je t'autorise à enlever les silhouettes en deux coups de crayon.

Nous disons donc... au premier ?

— Au premier, parbleu ! c'est le propriétaire, en personne, l'illustre Matapan, seigneur d'une douzaine de millions, gagnés dans des pays loin-

tains, à vendre on ne sait quoi... des nègres,
disent les mauvaises langues.

— Bon ! je le connais. On me l'a montré aux
Champs-Élysées, dans une calèche qu'il a dû
acheter d'occasion, au Tattersall, avec les chevaux
qui la traînent. Il a une superbe tête de vieux forban. Est-ce qu'il est marié, ce financier d'outre-
mer ?

— Non. Il vit seul avec son valet de chambre,
une espèce de sacripant couleur de jus de réglisse
qu'il a dû ramener des Indes... et avec sa caisse
qui est pleine d'or et de pierreries, à ce qu'on prétend.

Du reste, il n'est installé là que depuis un mois.
Avant le 15 octobre, il occupait l'appartement du
second, et M. de la Calprenède, qui demeure maintenant au second, demeurait au premier.

— D'où est venu ce chassez-croisez !

— Je n'en sais, ma foi ! rien. Peut-être M. de la
Calprenède trouvait-il son loyer trop cher.

— Il est riche pourtant.

— Il l'a été et je suppose qu'il l'est encore,
quoique, dans ces derniers temps, il ait beaucoup
réduit son train de maison.

— On raconte au cercle que son fils Julien lui a
mangé beaucoup d'argent. Ce garçon-là a le diable
au corps et s'il continue à faire payer tous les ans
ses dettes par son père, sa sœur pourrait bien

coiffer Sainte-Catherine, faute d'avoir une dot.

Il est vrai qu'elle peut s'en passer car elle est charmante et je crois qu'elle ne manquera jamais d'épouseurs.

J'en connais au moins un qui...

— Jacques ! Pas de pierres dans mon jardin, je te prie.

— A la bonne heure ! Tu fais des aveux. Alors, je me tais sur tes amours, et puisque les gens du second te tiennent si fort au cœur, je te permets de passer tout de suite au troisième.

— Le troisième manque de prestige. Ménage bourgeois jusqu'au bout des ongles. M. Bourleroy, négociant retiré après fortune faite dans la droguerie, n'a pu se consoler de ne pas être décoré et tourne à l'intransigeance. Son héritier présomptif y est en plein. Madame Bourleroy est restée centre gauche. Mademoiselle Bourleroy n'a pas d'opinions. Elle entrerait volontiers dans la noblesse, au cas où un gentilhomme de bonne mine et de bonne volonté demanderait sa main.

Si le cœur t'en dit, mon cher, je les crois très *calés* et leur Herminie est fille unique.

— Merci, cher ami. Je n'en suis pas encore là. Dans dix ans d'ici, je ne dis pas, mais je n'ai donné ma démission que pour mener une bonne vie de garçon sur le pavé de Paris et je ne fais que commencer à la mener.

— Moi, c'est le contraire. J'ai fini, dit mélancoliquement Albert.

— On le voit bien. Tu n'es plus bon qu'à marier et je te conseille de sauter le pas le plus tôt possible. Je te servirai de témoin, c'est tout ce que je peux faire pour toi.

— Tu es fou. Il n'est pas question de cela.

— Bon ! tout mauvais cas est niable. Rentre, mon cher, et console-toi en regardant les fenêtres de ta belle... on les voit de chez toi, n'est-ce pas ?... console-toi de ne pas l'avoir aperçue à l'Opéra.

— Va-t'en au diable ! s'écria Doutrelaise, en se dégageant.

Il n'eut qu'à étendre le bras pour tirer le bouton de la sonnette, car il causait, adossé à la porte-cochère de la maison qu'il habitait.

— Au diable ? J'y vais, puisque je vais jouer. Te verra-t-on demain à déjeuner ?

— Je n'en sais rien. Bonsoir !

— A propos, cria l'incorrigible Courtaumer, est-ce vrai que mademoiselle de la Calprenède s'appelle Arlette de son petit nom ?

L'amoureux exaspéré lui ferma la porte au nez.

Cette fois, Albert Doutrelaise était à l'abri des questions indiscrètes de son camarade, mais il ne fut pas peu surpris de se trouver dans une obscurité profonde.

D'habitude, le portier, en éteignant le gaz à minuit, laissait une veilleuse allumée dans le vestibule et un bougeoir pour chaque locataire.

Ce soir-là, il avait négligé de prendre ce soin, et Albert, ne se souciant pas de le réveiller, se décida à monter sans lumière.

L'escalier lui était familier et il ne craignait pas de s'égarer en route. Il empoigna la rampe et il commença l'ascension avec une sage lenteur.

Il avait déjà oublié les incartades de Jacques de Courtaumer, mais il pensait beaucoup à une personne que cet excentrique ami venait de nommer en le quittant, et il ne prenait pas garde à ce qui se passait autour de lui.

S'il eut été moins absorbé dans une douce rêverie, il aurait entendu les marches craquer sous un pas assez lourd, le pas de quelqu'un qui le précédait ; sans doute le pas d'un autre locataire obligé comme lui de cheminer à tâtons. Et alors même que ce craquement aurait attiré son attention, il est probable qu'il ne s'en serait pas préoccupé, la maison n'étant pas de celles où on est exposé à faire de mauvaises rencontres.

D'ailleurs, Albert Doutrelaise n'était pas le seul qui rentrât à des heures indues. Le jeune la Calprenède et le jeune Bourleroy ne se privaient pas non plus d'interrompre au milieu de la nuit le précieux sommeil du concierge.

1.

Albert montait donc sans se presser et sans faire de bruit, car il ne pesait guère et il y avait un tapis dans l'escalier.

Il arriva sans incident au palier du premier étage, mais, un peu plus haut, il se heurta contre un obstacle vivant, et au même instant, une main lui saisit le bras, une main de fer, dont l'étreinte lui arracha un cri de douleur.

Doutrelaise n'était certes pas poltron, mais il avait des nerfs, et l'obscurité trouble les nerveux. Le courage de minuit est le plus rare de tous, disait Napoléon, qui s'y connaissait. On a vu des gens monter en plein soleil à l'assaut d'une redoute, et s'enfuir à la première alerte quand ils marchent dans les ténèbres.

Doutrelaise, surpris, ne perdit pas précisément la tête, mais il lui fallut quelques instants pour se remettre.

Il s'était adossé à la rampe, et la main qui l'avait saisi par le poignet le serrait toujours avec une vigueur extraordinaire.

— Qui est là ? que me voulez-vous ? demandat-il vivement.

Et comme on ne répondait pas, il lança une bourrade qui porta, car on lâcha prise.

Puis, il se mit en devoir d'empoigner à son tour l'homme qui s'était permis de le toucher ; mais en cherchant à l'appréhender au corps, il se heurta contre un poing fermé, un poing dont il chercha à s'emparer, mais qui lui échappa.

Tout ce qu'il put faire, ce fut d'accrocher un objet que ce poing tenait, un objet qui pouvait bien être une chaînette, et qu'il tira si fort qu'un des anneaux de cette chaînette lui resta entre les doigts.

A ce moment, le sang-froid lui revint tout à fait et il lui parut sage de ne pas pousser plus loin une rixe ridicule.

Ce coureur d'escaliers ne paraissait pas avoir de mauvais desseins, puisqu'au lieu de revenir à la charge, il restait collé contre la muraille, sans faire un mouvement et sans dire un mot.

Vraisemblablement, il était beaucoup plus effrayé que son adversaire, et il se pouvait que ce fût tout bonnement un des habitants de la maison qui rentrait.

A coup sûr, ce n'était pas un voleur, car il n'eût tenu qu'à lui de laisser passer Doutrelaise. Il l'entendait venir. Il n'aurait eu qu'à se blottir dans l'enfoncement de la porte de l'appartement du premier et à s'y tenir coi.

Tous ces raisonnements, Albert les fit en une seconde, et, sans plus s'attarder à chercher l'explication de cet incident bizarre, il franchit une douzaine de marches en trois enjambées.

Sur le palier du second, il s'arrêta un instant

pour écouter, et il reconnut que l'homme qu'il avait laissé en arrière s'était remis à monter d'un pas égal et lent.

— Allons ! se dit-il, je suis bien sot de me préoccuper de ce noctambule. Je parie que c'est le domestique des Bourleroy qui revient du cabaret. Tout est mal tenu chez ces gens-là.

Et il reprit son ascension, non sans prêter encore l'oreille à ce qui se passait au-dessous de lui.

Bientôt, il entendit une clef tourner dans une serrure, puis une porte s'ouvrir et se refermer doucement.

— Bon ! j'y suis, maintenant, murmura-t-il. C'est Julien de la Calprenède qui rentre gris à ne pas se tenir debout. C'est assez son habitude.

Parbleu ! j'ai été bien inspiré de ne pas crier : Au voleur ! Le portier Marchefroid n'aurait pas manqué une si belle occasion de faire du scandale. Il déteste les nobles, et M. de la Calprenède est comte. Tout le quartier aurait su l'histoire et notre aimable concierge l'aurait racontée à sa façon.

Du reste, Julien a bien tort de mener cette vie-là : la première fois que je le verrai, je me permettrai de lui faire un peu de morale... et je connais une jeune fille qui me saurait bon gré de ramener son frère dans le droit chemin.

Où est-elle allée ce soir ? Le comte devait la mener à l'Opéra, et ils n'y ont point paru. Elle dort à cette heure. Je n'aurai même pas le plaisir de contempler de loin la lumière de sa lampe... Ah ! si elle pensait à moi autant que je pense à elle, mademoiselle Arlette ne dormirait guère... j'ai perdu le sommeil et je finirai par perdre l'esprit : Courtaumer a raison. Je suis amoureux, et tout le monde s'en aperçoit.

Ce monologue conduisit Albert Doutrelaise jusqu'au quatrième, où il occupait un appartement trop grand pour son train, qui se composait d'un valet de chambre et d'une cuisinière. Il l'avait pris par hasard et il avait souvent songé à le quitter, mais il était retenu par un voisinage qui lui aurait fait supporter tous les inconvénients du monde.

M. de la Calprenède habitait la maison, et M. de la Calprenède avait une fille.

Il avait été riche, mais il passait pour ne plus l'être, tandis que Doutrelaise était entré à sa majorité en possession d'un revenu de trente-six mille francs, bien net, et solidement constitué en belles et bonnes terres. Son nom, il est vrai, s'écrivait sans apostrophe après le *d*, et il n'était pas de ceux qui s'anoblissent par une supercherie d'orthographe. Mais, à défaut de naissance, il avait les façons et, ce qui vaut mieux encore, les sentiments d'un gentilhomme.

Mademoiselle de la Calprenède ne se serait vraiment pas mésalliée en l'épousant.

Et s'il s'était marié, il n'aurait pas eu besoin de déménager, car son appartement aurait suffi à loger toute une famille.

La maison avait été construite d'après les plans d'un propriétaire qui se proposait beaucoup moins de tirer un gros profit de son immeuble que de s'y établir à sa guise.

Sur un terrain beaucoup plus étendu en profondeur qu'en façade, M. Matapan, archi-millionnaire et millionnaire fantaisiste, avait fait bâtir une espèce de château donnant d'un côté sur la rue et de l'autre sur une cour, avec deux ailes en retour sur cette même cour.

Quatre étages en tout et un locataire par étage, soit : trois, puisqu'il s'était réservé un étage pour lui.

Et la distribution intérieure des quatre appartements était partout la même : les pièces de réception sur le devant ; les chambres à coucher, à droite et à gauche sur la cour.

Doutrelaise n'en occupait qu'une. Les autres lui servaient à loger sa bibliothèque et ses objets d'art, car il aimait les livres, les tableaux et les japonaiseries beaucoup plus que le luxe extérieur. Mais celle où il couchait faisait face à celles qu'habitaient, au second, le comte de la Calprenède et ses enfants. Il avait relégué son valet de chambre dans l'autre aile, et il n'exigeait pas

que ce valet de chambre l'attendît plus tard que
minuit.

Ce soir-là, il tenait moins que jamais à l'appeler, car il se proposait d'observer ce qui allait se
passer dans l'appartement du comte. La rencontre
qu'il venait de faire en montant l'escalier avait
éveillé sa curiosité, et il voulait s'assurer que le
rôdeur de nuit était bien Julien de la Calprenède.

Pour ce faire, il n'avait qu'à se poster derrière
les vitres d'une de ses fenêtres et à regarder. Il
pouvait tout voir sans être vu, à condition de
rester sans lumière, et il se garda bien d'allumer une bougie.

Il connaissait sur le bout du doigt les arran-
gements intérieurs de la famille qui l'intéressait
tant. Il savait parfaitement que les chambres de
l'aile gauche se suivaient en enfilade, que la première était celle de Julien, qui se trouvait sé-
parée par un cabinet de travail de celle de son
père. Venaient ensuite deux grands cabinets de
toilette, puis enfin la chambre de mademoiselle de
la Calprenède.

Il s'attendait donc à voir la première pièce
éclairée et les autres plongées dans l'obscurité, le
comte et sa fille ayant l'habitude de se coucher
d'assez bonne heure quand ils n'allaient ni dans le
monde, ni au théâtre.

Aussi ne fut-il pas médiocrement surpris, quand

il eut pris position, le front collé contre les carreaux, de trouver que tout était sombre dans l'appartement du second.

— C'est singulier, murmura-t-il ; il n'y a pas trois minutes que j'ai entendu l'homme que j'ai heurté ouvrir la porte. Si c'est ce garnement de Julien, il n'est pas possible qu'il soit déjà au lit. Où diable a-t-il pu passer ? Il est assez gris pour s'être laissé tomber sur le tapis... ou bien peut-être cherche-t-il son bougeoir. Je vais attendre jusqu'à ce qu'il manifeste sa présence par une illumination, car enfin, si ce n'était pas lui... si c'était... un voleur ? Mais non, je déraisonne. Un voleur n'aurait pas dans sa poche la clef de l'appartement du comte.

Tout en se lançant dans les conjectures, Albert regardait de tous ses yeux.

La nuit était belle, et la lune à son dernier quartier venait de se lever. Sa clarté donnait justement sur les fenêtres que l'amoureux surveillait, et elle était assez vive pour qu'il pût constater que les rideaux de ces fenêtres étaient relevés.

Bientôt, il s'habitua davantage à cette obscurité transparente, et il lui sembla voir une ombre passer lentement derrière les vitres.

— J'avais deviné, murmura-t-il ; il ne peut pas se décider à dormir, et il erre comme une âme en peine autour de sa chambre... Et pourtant. . on

dirait que cette ombre n'est pas la sienne. Julien
est moins grand... Bah ! on juge mal à distance.
Ah ! je ne l'aperçois plus... il a pris son parti et il
va se coucher sans chandelle. Il ne me reste qu'à
en faire autant.

Et il allait quitter son observatoire, quand il
reprit tout bas :

— Mais non... le voilà qui reparaît dans le cabinet de travail... il s'approche de la fenêtre... il
se baisse... On jurerait qu'il va s'agenouiller... Décidément, je n'y comprends plus rien... Allons ! il
s'est éclipsé encore une fois... et, en vérité, j'en
ai assez. Je ne passerai pas la nuit à épier les
marches et les contre-marches d'un garçon qui a
trop bien soupé. Je le rencontrerai demain au
cercle ou ailleurs et je lui demanderai de m'expliquer ses exercices nocturnes. Ce sera beaucoup
plus simple et beaucoup plus sûr que de rester en
faction dans cette bibliothèque, où il ne fait pas
chaud du tout.

Sur cette sage conclusion, Doutrelaise se diri-
gea vers la chambre qu'il habitait et qui était la
dernière de l'aile gauche, comme celle de mademoiselle de la Calprenède était la dernière de
l'aile droite.

Leurs fenêtres se faisaient précisément vis-à-
vis.

Les condescendances d'Albert pour son valet de

chambre n'allaient pas jusqu'à tolérer qu'il négligeât son service, et le maître était toujours sûr de trouver en rentrant un bon feu et une lampe allumée.

Il revit ce soir-là avec plaisir son foyer flambant, ses cigares tout préparés sur un plateau et le livre commencé qui était resté ouvert près d'un samovar où l'eau bouillante chantait joyeusement.

— Au diable Julien et son ombre ! s'écria-t-il. Rien ne vaut une tasse de thé russe et un partagas pour chasser les idées folles... et ce serait pure folie que d'attacher de l'importance à cette histoire d'escalier. Dans le choc, ce n'est pas moi qui ai été le plus maltraité... et j'ai rapporté de cet abordage une épave que je tiens depuis un quart d'heure, sans penser à l'examiner. Voyons un peu ce que c'est.

Il ouvrit la main qui serrait l'objet et il s'approcha de la lampe.

— Oh ! oh ! voilà qui est plus fort que tout le reste. J'ai pris sans le savoir un joyau superbe... une opale admirablement montée et entourée de petits diamants... et je me demandais si je n'avais pas eu affaire à un voleur ?... Mais, en vérité, le voleur, c'est moi.

C'était bien une opale, d'une grosseur peu commune et d'une eau magnifique. Les diamants qui l'entouraient étaient petits, mais ils brillaient comme des étincelles, et la monture avait aussi son prix : un cercle d'or d'un travail très fin et très curieux.

Évidemment ce joyau avait fait partie d'un collier ou d'un bracelet, et Doutrelaise l'en avait arraché en saisissant la main qui le tenait. Deux des anneaux qui reliaient les pierres entre elles s'étaient rompus sous l'effort de ses doigts crispés.

La cassure était encore fraîche.

— C'est à n'y pas croire ! dit-il en examinant l'objet que, dans l'obscurité, il avait pris pour un des anneaux d'une chaînette. Pourquoi, diable ! Julien promenait-il ce bijou par les escaliers entre minuit et une heure du matin ? Car c'est bien Julien qui vient d'ouvrir la porte de son appartement. Son père ne rentre pas si tard... Et où avait-il pris ces pierreries ? assurément, elles ne sont point à son usage, et je ne les ai jamais vues au cou de sa sœur.

Je sais bien que les jeunes filles ne portent pas de diamants et que ceux-là ont pu appartenir à leur mère.

Bon ! mais alors qu'en voulait-il faire ?

Albert retomba dans ses méditations. Il tournait et il retournait l'opale ; il la faisait miroiter à la lumière de la lampe, il l'étudiait sous toutes les faces, comme s'il eût espéré découvrir un mot gravé sur la monture, un signe, une indication.

Et plus il l'étudiait, plus sa physionomie se rembrunissait.

— Il y a bien une explication, murmura-t-il. Ce garçon-là joue beaucoup, et M. de la Calprenède ne doit pas lui servir une bien grosse pension. S'il a perdu une somme sur parole, il est certainement embarrassé pour la payer, et à un étourdi de son espèce tous les moyens sont bons dans ces extrémités-là. Il aura eu une mauvaise pensée, et au lieu d'avouer sa faute à son père, il aura pris ce collier... c'est décidément un collier... on ne monte pas les opales en bracelet... il l'aura pris pour le mettre en gage.

Hum! ce n'est pas beau ce qu'il a fait là. Et je suis charmé qu'il n'ait pas réussi à emprunter sur une relique de sa mère... car il n'a pas réussi, puisqu'il a rapporté l'objet.

Il est encore temps de l'arrêter sur ce mauvais chemin. Demain matin, j'irai le réveiller, je le confesserai, et je lui offrirai l'argent dont il a besoin. Il ne me refusera pas, je suppose, le plaisir de l'obliger.

Qui sait pourtant? Il est fier... c'est dans le sang des la Calprenède... et il s'est peut-être aperçu que j'aime sa sœur. Enfin, j'essaierai toujours, et j'espère que ma démarche ne le blessera pas. D'ailleurs, j'ai une façon toute naturelle d'entrer

en matière. Il·faut bien que je lui rende ce frag-
ment précieux d'un bijou de famille. Je commen-
cerai pas m'excuser de l'avoir un peu brusqué
dans l'escalier... Et à ce propos-là, je me demande
comment il a lâché prise si vite après m'avoir
empoigné le bras, et comment il ne s'est pas
mieux défendu quand je l'ai bourré. Je ne le savais pas si patient. Voilà ce que c'est que d'être
en faute ! Il voulait à tout prix éviter une lutte
dont le bruit aurait pu décider le portier à sortir
de sa loge... il craignait d'être obligé de s'expliquer sur ce collier qu'il portait comme un tro-
phée... Pourquoi ne l'avait-il pas mis dans sa
poche ? autre mystère... Mais bah ! tout s'éclair-
cira demain.

Sur cette conclusion, Doutrelaise serra le joyau
dans un tiroir et se leva pour chasser les idées
assez confuses qui l'obsédaient.

Il fit quelques tours en long et en large, mais
bientôt, poussé par un regain de curiosité, il revint appuyer son front contre les vitres d'une de
ses deux fenêtres.

Celles de la chambre et de la bibliothèque où il
avait vu passer l'ombre de Julien n'étaient toujours pas éclairées. Évidemment, le jeune homme
s'était couché sans prendre la peine d'allumer une
bougie. Avait-il craint de réveiller son père, ou
bien s'était-il grisé pour se consoler d'avoir man-

qué l'emprunt sur lequel il comptait ? Les deux suppositions étaient vraisemblables.

Albert ne s'arrêta pas davantage à chercher l'explication des singulières allures de son voisin du second étage. Il avait maintenant sur ce point une opinion arrêtée. Son siège était fait.

Et d'ailleurs il aimait mieux rêver à ses amours.

L'heure était passée, l'heure bienheureuse où chaque soir se levait son étoile, une étoile qu'il ne cherchait pas au ciel.

Il attendait le moment où la chambre de mademoiselle de la Calprenède commençait à s'éclairer, et il restait en adoration devant cette douce lueur jusqu'à ce qu'elle s'éteignît.

Jamais espionnage ne fut plus chaste de fait et d'intention, car d'épais rideaux protégeaient le nid de la jeune fille contre toute indiscrétion, et Albert n'était pas homme à abuser, pour en commettre, de la situation de son appartement.

Pour la première fois de sa vie, il aimait sérieusement une femme digne d'être aimée, et il choyait ce sentiment nouveau pour lui, à peu près comme il aurait soigné une plante rare qui serait venue à éclore par hasard dans une des jardinières de son fumoir.

Albert n'était ni un naïf, ni un irréfléchi. Il avait payé l'expérience assez cher et il ne s'éprenait plus qu'à bon escient. Mais, depuis six mois, il

l'était à ce point qu'il ne demandait qu'à brûler ce
qu'il avait adoré et à courber la tête pour passer
par la grande porte du mariage.

Arlette de la Calprenède avait fait ce miracle.
Ses grands et doux yeux bleus avaient converti
cet irrégulier qui accrochait son cœur à toutes
les ronces de la vie parisienne.

Ils s'étaient rencontrés un beau soir, par un de
ces hasards intelligents qui n'arrivent guère, dans
une maison où Albert, qui avait presque déserté
le vrai monde, ne mettait pas les pieds deux fois
par an. Ils s'étaient revus souvent, car le voisinage s'y prêtait et Albert ne s'y était pas épargné.
Le comte le recevait peu, mais il l'accueillait bien.
Et l'amoureux en était à ce moment psycholo-
gique où il faut faire un pas décisif, sous peine de
renoncer pour toujours au bonheur rêvé.

En attendant, il lui fallait se contenter d'entre-
vues cérémonieuses et de contemplations loin-
taines.

Et ce soir-là, tout lui manquait. Mademoiselle
de la Calprenède ne s'était pas montrée à l'Opéra
et son étoile était couchée.

Il allait se retirer tristement, lorsque tout à
coup la fenêtre de la jeune fille s'éclaira.

Par extraordinaire, les rideaux étaient relevés,
et Albert vit se dessiner une silhouette qui fit
battre son cœur.

— D'où vient-elle à cette heure ? murmura-t-il.
Elle était près de son père, peut-être... non, il n'y
a pas de lumière chez le comte, et ce garnement
de Julien ne se serait pas permis d'appeler sa sœur
dans l'état où il est.

Ah ! elle s'agenouille... elle prie... pour lui,
peut-être.

Albert avait bien vu. Mademoiselle de la Calprenède priait. Elle priait à deux genoux, les mains
jointes, courbée comme une pécheresse devant
son juge, et secouée par des tressaillements qui
soulevaient ses épaules.

On eût dit qu'elle sanglotait.

Sur qui pleurait-elle ? Quelles douleurs souf-
frait-elle ? Quels chagrins l'affligeaient ?

Dans le monde, elle paraissait gaie, et, à son
âge, on ne dissimule pas ses tristesses.

— Aurais-je deviné ? se demandait Doutrelaise.
Serait-ce la conduite de son frère qui la désole ?
Ce malheureux garçon est peut-être en passe de
déshonorer son nom.

Décidément, il faut que j'intervienne sans perdre de temps.

La prière était fervente. Elle fut courte. Mademoiselle de la Calprenède se releva et s'approcha
de la fenêtre, jusqu'à la toucher.

Alors, elle aperçut le jeune homme, qui n'avait pas
songé à quitter la place, et elle se retira vivement.

Ses rideaux retombèrent et tout disparut.

Albert regagna son fauteuil et s'y jeta, pour rêver encore à la radieuse vision qui venait de s'évanouir.

Il y rêva longtemps, sans pouvoir trouver le sommeil, et il se jura d'en finir, dès le lendemain, avec les incertitudes et les hésitations; avec les hésitations surtout, car il pensait beaucoup plus à ses projets de mariage qu'aux débordements de Julien de la Calprenède, et, avant de s'endormir, il ne lui vint pas à l'esprit que l'opale est une pierre qui porte malheur.

II

Albert Doutrelaise, qui s'était couché fort tard, se réveilla d'assez bonne heure. Les amoureux dorment peu.

Il avait passé une nuit des plus agitées, et son court sommeil avait été troublé par des rêves bizarres, des rêves où apparaissaient tour à tour la douce figure de mademoiselle de la Calprenède et les traits tourmentés de son mauvais sujet de frère.

Il s'était imaginé, tantôt qu'il assistait à un drame de famille où il jouait le rôle d'un sauveur, tantôt que le sévère gentilhomme qui disposait de la main d'Arlette lui défendait de se mêler de ses affaires intimes et lui fermait sa porte.

Le jour chassa ces fantômes, et, avant de se lever, il eut tout le temps d'envisager froidement la nouvelle situation que des incidents fort imprévus lui avaient faite.

Il savait maintenant que la jeune fille qu'il aimait avait de gros chagrins, des chagrins qu'elle cachait et qu'elle offrait à Dieu ; il savait qu'elle pleurait, qu'elle priait, et il espérait qu'elle pensait à lui, car lorsqu'elle s'était relevée, ses yeux s'étaient tournés vers la fenêtre où il se tenait.

Il ne doutait pas d'avoir deviné la cause de ses chagrins, et il se promettait bien d'y mettre un terme en ramenant Julien dans la bonne voie. On a toujours bonne grâce à sermonner les gens quand on commence par les tirer des embarras où ils se sont mis, et Albert ne demandait qu'à venir en aide à ce brave garçon, qui lui était très sympathique et qu'il traitait volontiers en camarade, quoiqu'il y eût entre eux une grande différence d'âge.

Doutrelaise avait trente ans sonnés, Doutrelaise était un homme, et un homme qui avait fait ses preuves sur toutes sortes de terrains ; à la guerre comme simple engagé, et en d'autres occasions où les gens de cœur se font connaître.

Julien de la Calprenède, après un volontariat qui ne l'avait pas rendu sage, s'était mis à croquer follement l'héritage de sa mère et il passait pour avoir fini de le manger quoiqu'il ne fût majeur que depuis dix-huit mois.

Comment se faisait-il que le comte fermât les
yeux sur les désordres de son fils? Comment tolé-
rait-il par exemple que ce fils trop émancipé se
fût fait recevoir dans un cercle de jeunes, un
cercle où on jouait gros jeu et où on ne se piquait
de pratiquer aucune vertu ?

Doutrelaise avait souvent cherché, sans la trouver, la raison suffisante de cet excès d'indulgence,
mais il n'avait point qualité pour s'en informer
auprès du père, qui d'ailleurs n'était pas homme
à se laisser interroger aisément ; et comme, après
tout, Julien se conduisait d'après les règles de
cette morale courante qui tient lieu de principes
dans un certain monde, Doutrelaise s'abstenait
de le prêcher.

Mais tout était changé si le malheureux enfant
avait franchi, la veille, les limites où finissent les
incartades permises, et maintenant Doutrelaise
pouvait bien se permettre de lui donner un conseil et de lui rendre un service.

La difficulté était de lui faire accepter l'un et
l'autre.

Pendant que l'amoureux Albert se demandait
comment il allait s'y prendre pour aborder avec
son jeune ami cette question délicate, son valet
de chambre entra pour allumer le feu, comme il
le faisait tous les matins à neuf heures précises.

Il apportait en même temps les journaux et les

lettres, qu'il déposait sur la table de nuit, sans mot dire, sa consigne étant de ne jamais réveiller le maître, qui en temps ordinaire aimait assez à paresser au lit.

Cette fois, comme de coutume, le maître ouvrit un œil, vit sur le plateau d'argent trois feuilles du matin qu'il ne lui tardait pas de parcourir, deux plis carrés qu'il n'était pas pressé de décacheter, et se remit à rêver de plus belle.

Le temps n'était plus où il entretenait des correspondances intéressantes. Depuis six mois, il avait coupé court aux intrigues épistolaires comme aux autres ; il ne recevait plus de ces billets parfumés dont le seul aspect faisait jadis battre son cœur, et il savait que mademoiselle de la Calprenède ne s'aviserait jamais de lui écrire.

Les deux lettres attendirent donc plus d'une heure qu'il lui plût de les ouvrir. Il s'y décida, enfin, lorsqu'il se sentit las de ruminer des projets et de bâtir des châteaux en Espagne.

La première qui lui tomba sous la main était d'une écriture qu'il connaissait fort bien.

— Que peut avoir à me dire ce fou de Courtaumer ? murmura-t-il en examinant l'adresse. Nous nous sommes quittés à minuit, et il m'envoie un message dès l'aurore... un message par exprès, car l'enveloppe ne porte pas le timbre de

2.

la poste. C'est presque inquiétant. Il est querelleur en diable... il aura peut-être ramassé une affaire cette nuit. Voyons un peu.

Et il lut ces mots assez énigmatiques :

« Déroute complète, cher ami. Le combat a cessé faute de munitions, et je ne me tiens pas pour définitivement battu. Si tu es en mesure de me fournir de nouvelles cartouches, passe chez moi après ton déjeuner, entre une et deux. Si tu ne peux pas, n'en parlons plus. Je t'accole. »

C'était signé : « Ton fidèle décavé, Jacques de Courtaumer. »

— Ah ! l'animal ! grommela Doutrelaise. Il a encore perdu, et une jolie somme évidemment, puisqu'il a besoin de moi. Parbleu ! il aurait mieux fait de rester lieutenant de vaisseau que de quitter sa carrière pour venir se ruiner à Paris. Je ne le laisserai pas dans l'embarras, mais en conscience, il y revient un peu trop souvent. Je ne suis pas millionnaire, après tout ! Que ne s'adresse-t-il à son frère ? Non, je dis là une sottise. Son frère est magistrat, marié et père de famille. Il se fâcherait tout rouge... et il ne lui prêterait pas un liard. Il n'y a que moi qui puisse le tirer de là... mais, par exemple, je vais exiger qu'il me donne sa parole d'honneur de ne pas recommencer.

Après avoir formulé tout bas cette prudente restriction, Albert froissa la lettre de son désordonné camarade et se mit en devoir d'ouvrir l'autre.

— Qu'est-ce que c'est que ce griffonnage ? murmura-t-il en cherchant à déchiffrer quelques lignes d'un caractère fort irrégulier. Pourvu que ce ne soit pas encore une demande d'emprunt ?

Mais la signature lui sauta aux yeux tout de suite.

— Julien de la Calprenède ! s'écria-t-il. Ah ! pour le coup, voilà un événement ! C'est la première fois de sa vie qu'il m'écrit... il faut que le cas soit grave... et cependant... non... il y a tout simplement :

« Cher monsieur, vous m'obligeriez beaucoup, si vous vouliez bien vous trouver ce matin, à onze heures, au café de la Paix, dans la salle où on déjeune, à droite en entrant. J'ai un grand service à vous demander. »

Un service d'argent, parbleu ! j'avais deviné. Et cette nuit, je ne me suis pas trompé : c'était bien lui. Dans quel bourbier a-t-il dû se fourrer, grand Dieu ! pour en être réduit à engager un bijou de famille, qui très probablement ne lui appartient pas ! Mais je l'en tirerai, et de grand cœur. Il ne se doute pas du plaisir qu'il me fait en s'adressant à moi. Sa sœur ne pleurera plus... car je suis sûr que c'est sur le cas de son cher Julien qu'elle pleurait. Il s'agit maintenant de ne pas perdre une minute pour être exact au rendez-vous... Singulière idée qu'il a de vouloir me rencontrer dans un café... j'en serai quitte pour y déjeuner... mais pourquoi n'est-il pas venu chez moi ? C'était si simple !

Tout en se parlant à lui-même, Doutrelaise avait sauté du lit et passé le pantalon large et le veston court pour commencer sa toilette. Il sonna son valet de chambre afin de savoir qui avait apporté la lettre de Julien, et il apprit que c'était Julien lui-même, Julien, déjà habillé pour sortir, lui qui ne se levait jamais avant midi.

Ce renseignement le confirma dans l'idée que la situation de ce malheureux garçon devait être fort tendue, et qu'il était urgent de lui venir en aide. Aussi poussa-t-il vivement sa toilette, qui d'ordinaire lui prenait beaucoup de temps.

A dix heures et demie, il était prêt et il sortit, sans oublier, bien entendu, de mettre dans sa poche la malencontreuse opale dont la disparition devait fort inquiéter le jeune la Calprenède.

— Qui sait ? se disait Albert, il ne veut peut-être que me prier de la lui rendre ? Il se doute que c'est moi qu'il a heurté dans l'obscurité, et il s'est aperçu ce matin seulement que la pierre manquait au collier. Nous allons bien voir s'il m'en parle... et s'il ne m'en parle pas, moi je lui en parlerai.

Il était écrit qu'il ne cesserait pas de faire des rencontres dans l'escalier.

Sur le palier du troisième, il se croisa avec le jeune Anatole Bourleroy, qui rentrait évidemment après une nuit mal employée, car il avait la figure défaite et des habits fort débraillés.

Il échangea avec ce viveur des nouvelles couches un salut assez froid et il continua à descendre.

Au second étage, il se trouva face à face avec M. Matapan, et il ne fut pas médiocrement surpris de voir qu'il sonnait à la porte de l'appartement de M. de la Calprenède.

Il avait l'air radieux, ce nabab, et il était vêtu avec une élégance matinale qui lui seyait fort bien ; il octroya à son locataire du quatrième une poignée de main et un sourire aimable.

La poignée de main signifiait clairement : Je n'ai pas le loisir de causer avec vous, et Doutrelaise passa en se demandant tout bas :

— Que vient-il faire à pareille heure chez le père de Julien ? Le comte ne reçoit pas le matin... ou du moins il ne reçoit que des fournisseurs

ou des gens d'affaires... et je ne suppose pas que
M. Matapan aille en personne lui présenter sa
quittance de loyer... d'autant que le terme est
passé depuis un mois.

Il entendit la porte de l'appartement s'ouvrir et
un court colloque s'engager entre un des domestiques du comte de la Calprenède et M. Matapan,
qui fut aussitôt introduit.

— De plus en plus étrange, se dit Albert. Il
me paraît clair maintenant qu'on l'attendait. Je
croyais que le comte et lui n'avaient ensemble
que les rapports obligés entre propriétaire et locataire. Ce millionnaire exotique n'est pas du
même monde que les la Calprenède. Et voilà qu'il
vient les voir avant midi, en voisin !... non pas en
voisin, car il a soigné sa toilette... on dirait qu'il
a rajeuni. Tout cela est inexplicable... à moins
que... au fait ! pourquoi pas ? à moins que Julien
n'ait eu la fâcheuse idée de lui emprunter de
l'argent... C'est ce que je saurai tout à l'heure, et
alors nous aviserons.

A vrai dire, l'amoureux Doutrelaise se préoccupait outre mesure de cette visite trop matinale, et
il n'avait aucune raison pour se monter la tête à
propos des façons d'agir de M. Matapan, qui lui
témoignait en toute occasion une bienveillance
particulière.

M. Matapan vivait en bonne intelligence avec

tous les habitants de sa maison, et ils auraient eu mauvaise grâce à lui reprocher de mener l'existence qui lui plaisait.

Il avait bien le droit d'aimer la solitude, puisqu'il était garçon ; de manger tantôt chez lui, tantôt au restaurant ; de partir à l'improviste, sans dire à personne où il allait et de revenir sans annoncer son arrivée ; de se contenter d'un équipage assez mal tenu ; de thésauriser pendant des mois entiers et de se mettre tout à coup à jeter l'argent par les fenêtres, quand la fantaisie lui en prenait.

C'était assurément un original, mais ce n'était point un sot, et il ne passait pas pour être un méchant homme.

Albert, en y réfléchissant, finit par se dire qu'il s'inquiétait à tort d'un incident assez insignifiant, et quand il passa devant la loge du concierge, ses idées avaient pris un autre cours.

Ce concierge était précisément sur le pas de sa porte, solennel et rogue comme toujours.

Doutrelaise, qui ne lui parlait presque jamais, s'avisa d'essayer, par un détour adroit, d'en tirer un renseignement sur la rencontre nocturne dont les suites ne se dessinaient pas encore bien clairement.

— Monsieur Marchefroid, dit-il d'un ton dégagé, j'ai failli me rompre le cou, hier soir, dans l'escalier. La veilleuse n'était pas allumée, et je n'ai pas pu trouver mon bougeoir.

— Monsieur m'étonne, répondit le portier d'une voix de basse-taille, la voix légendaire de M. Prud'homme. J'avais moi-même préparé ce luminaire avant de me mettre au lit.

— Un de vos locataires l'aura éteint, en rentrant.

— C'est bien à monsieur que j'ai ouvert à minuit et demi ?

— Parfaitement.

— Alors, personne n'a pu toucher à la veilleuse, car je l'ai allumée à minuit, et à partir de ce moment, personne n'est rentré avant monsieur.

— Vous devez vous tromper, car en montant je me suis heurté contre quelqu'un qui me précédait de bien peu.

— J'ai l'honneur d'affirmer à monsieur que c'est impossible. J'étais couché, mais je ne dormais pas. Je lisais. Et je suis certain de n'avoir ouvert qu'une fois.

— C'est bien extraordinaire. Je suis sûr, moi, d'avoir rencontré un monsieur... entre le premier et le second étage. Je n'ai pas pu le reconnaître dans l'obscurité, et je ne lui ai pas parlé... mais j'ai pensé que c'était M. de la Calprenède.

— Le comte ? Il n'est pas sorti de la soirée.

— Non, pas le comte ! son fils.

— Oh ! le fils, c'est différent. Il n'a fait qu'aller et venir toute la nuit. Il m'a demandé le cordon deux fois. Je me propose même de me plaindre au propriétaire. Ce jeune homme a des habitudes qui ne conviennent pas dans une maison honnête... A deux heures du matin, il était encore dehors ; à deux heures un quart, j'ai entendu son coup de sonnette ; il est rentré, et vingt minutes après, il frappait au carreau pour se faire ouvrir. Mais ce n'est pas tout. A six heures, il a recommencé le même manège.

Si monsieur ne me fait pas l'honneur de me croire, monsieur peut le lui demander à lui-même, conclut d'un air piqué le majestueux portier.

— Je vous crois, monsieur Marchefroid, je vous crois, dit Albert, et d'ailleurs M. Julien de la Calprenède a bien le droit de sortir et de rentrer quand il lui plaît.

Veuillez seulement faire en sorte que je ne sois plus obligé de monter à tâtons.

Et pour couper court à une conversation qu'il ne tenait pas à prolonger, Doutrelaise passa et mit la porte cochère entre lui et le sieur Marchefroid.

La maison qu'il habitait était située pas très

loin de la rue de la Baume et de l'avenue Percier. Pour se rendre au café de la Paix, il n'avait qu'à suivre le boulevard Haussmann jusqu'à la rue Auber, qui le menait tout droit au restaurant où il avait affaire.

Et comme il n'était guère que dix heures et demie, il n'avait pas besoin de se presser.

Il s'en alla donc lentement, et il employa le temps qui lui restait à réfléchir aux réponses du concierge.

Elles le déroutaient singulièrement, et il était assez tenté de soupçonner que ce personnage ne disait pas la vérité, ou du moins qu'il ne la disait pas toute.

Julien de la Calprenède avait dû rentrer une première fois, un peu avant Doutrelaise, et cela n'empêchait pas qu'il fût rentré à deux heures, s'il était sorti dans l'intervalle.

Les concierges ont le premier sommeil dur, et M. Marchefroid avait bien pu, quoi qu'il en dît, s'endormir en lisant, tirer le cordon machinalement, au coup de sonnette, sans s'inquiéter du locataire qui passait, et presque sans s'en apercevoir.

Ce noctambule qu'Albert avait entendu s'introduire dans l'appartement du second, y avait certainement son domicile, puisqu'il possédait une clef pour l'ouvrir.

Toute autre supposition était inadmissible. Quel voisin se serait permis d'entrer la nuit chez M. de la Calprenède, et où ce voisin aurait-il pris cette clef ? Les voleurs en ont de fausses, et ils en usent volontiers. Mais les voleurs emportent de l'argent ou des bijoux, ils n'en apportent pas ; et l'homme que Doutrelaise avait rencontré tenait à la main un superbe collier.

Plus l'amoureux Albert songeait à cette aventure, plus il se persuadait qu'il avait trouvé tout de suite le mot de l'énigme, et qu'il n'y avait dans tout cela qu'une incartade folle d'un pauvre garçon que le jeu avait jeté hors de sa voie.

Tout à coup, cependant, une objection lui vint à l'esprit, une objection qui dérangeait encore une fois ses conjectures.

— Quand je me suis décidé à sonner, se disait-il, il y avait bien dix minutes que je causais devant la porte avec Jacques de Courtaumer.

Si Julien était rentré pendant que nous bavardions sur le trottoir, je l'aurais vu... et s'il était arrivé à la maison un quart-d'heure avant moi, je ne l'aurais pas trouvé dans l'escalier... il aurait eu dix fois le temps de monter chez lui.

Comment n'avais-je pas songé à cela ?

L'idée était un peu tardive, mais elle était juste, et elle le rejeta dans de grosses incertitudes.

Pendant qu'il examinait, tout en cheminant, la question sous cette nouvelle face, il aperçut de l'autre côté du boulevard deux femmes qui marchaient côte à côte, et qui l'eurent bientôt dépassé, car elles allaient beaucoup plus vite que lui.

L'une portait une toilette matinale, très simple, et une épaisse voilette lui cachait le visage, mais Albert remarqua sa taille et l'élégance de sa tournure.

L'autre était évidemment une femme de chambre ; et, quand elle se retourna, non sans intention peut-être, il reconnut celle qui servait mademoiselle de la Calprenède, et, par induction, il reconnut aussi mademoiselle Arlette elle-même.

La rencontre était faite pour le surprendre. Les jeunes filles bien nées ne sortent guère seules avec une suivante à gages, et il ne devinait pas le but de cette promenade matinale.

Il eut l'intuition que les embarras de Julien y étaient pour quelque chose, et il se demanda :

— Où va-t-elle ?

Où peut aller, le matin, seule avec sa femme de chambre, une jeune fille du monde auquel appartenait mademoiselle de la Calprenède ?

Prendre une leçon, suivre un cours de musique ou de dessin ? Ce fut la première idée qui vint à

Doutrelaise ; mais il se rappela bien vite que mademoiselle Arlette avait vingt ans passés, que son
éducation était parachevée depuis dix-huit mois, à
telles enseignes que son père avait congédié l'in-
stitutrice, et qu'elle ne sortait jamais avant midi.

Il le savait bien, car il passait sa vie à l'observer discrètement.

Puis il se rappela qu'il venait de voir M. Matapan entrer chez le comte, et il lui passa par la
tête que mademoiselle de la Calprenède s'en allait se promener pour éviter qu'on lui présentât
ce personnage.

La supposition était invraisemblable à tous les
points de vue, mais elle répondait à une certaine
disposition d'esprit où se trouvait Albert. En sa
qualité d'amoureux, il était jaloux de tout le
monde, même des gens que leur âge et leur situation mettaient hors de cause.

M. Matapan, qui devait être du mauvais côté
de la cinquantaine, et qui passait pour un céliba-
taire endurci, ne songeait pas sans doute à se
poser en prétendant, et cependant sa visite matinale chez son locataire du second inquiétait Doutrelaise.

Et il plaisait à Doutrelaise de penser qu'Arlette
ne voulait pas voir M. Matapan.

Elle ne s'était pas retournée et elle continuait
son chemin sans regarder derrière elle, mais on

pouvait supposer que sa femme de chambre l'avait avertie qu'Albert n'était pas loin.

Les choses étant ainsi, il ne pouvait guère se permettre de la suivre et encore moins de l'aborder dans la rue.

C'eût été une grosse inconvenance, et pourtant il mourait d'envie de la commettre. Mais il se contenta de hâter le pas, sans quitter le trottoir qu'il avait pris.

Il lui était bien permis de descendre le boulevard Haussmann, et de régler sa marche de façon à ne pas perdre de vue mademoiselle de la Calprenède.

La question était de savoir si elle n'allait pas bientôt quitter cette large voie qui conduit partout: car, dans le cas où elle aurait pris une rue latérale, Albert n'aurait pas osé s'y engager après elle, de peur d'accentuer par trop ses intentions.

Sa discrétion ne fut pas mise à cette épreuve.

Arrivée au carrefour que forme le boulevard Haussmann à l'endroit où il croise le boulevard Malesherbes, mademoiselle Arlette et sa suivante tournèrent à gauche et Doutrelaise les vit entrer à l'église Saint-Augustin.

Il savait maintenant à quoi s'en tenir. La jeune fille était sortie pour aller prier.

Il ne pouvait pas s'en étonner, car elle était très pieuse; mais il se souvenait de l'avoir vue la nuit tomber à genoux dans sa chambre, et il se dit encore une fois qu'un grand malheur devait la menacer, elle ou quelqu'un des siens.

Sans doute, elle n'espérait plus qu'en Dieu, puisqu'elle ne songeait plus qu'à l'implorer.

Et Doutrelaise, qui pensait avoir deviné la cause de ses chagrins, se jura de les faire cesser promptement.

Il ne s'agissait, croyait-il, que de s'expliquer avec le frère qui la désolait et ce frère l'attendait au café de la Paix.

Il y courut.

Et il marcha si vite qu'il y arriva avant Julien de la Calprenède.

Cela le surprit un peu de ne pas l'y trouver, car il savait par expérience que les gens qui ont un service à demander sont exacts aux rendez-vous qu'ils donnent.

Mais il n'était pas encore onze heures, et le restaurant était vide. A Paris, on déjeune tard, et les garçons, qui connaissaient Doutrelaise, furent surpris de le voir paraître avant midi.

Toutes les tables étant libres, il n'eut qu'à choisir, et il s'installa au fond de la salle, dans un coin où on pouvait causer sans craindre les voisinages trop rapprochés.

Il comptait bien inviter Julien, et, en attendant qu'il vînt, il commanda deux douzaines de Marennes, pour marquer son intention de le traiter.

Les huîtres arrivèrent avant le convive, et Dou-trelaise eut tout le temps de se préparer à l'entretien qu'il prévoyait.

En galant homme qu'il était, il se proposait de tirer tout de suite de peine le malheureux garçon qui allait lui demander un prêt, de prendre d'abord la chose gaiement, de la traiter comme une bagatelle, et de changer de sujet de conversation, après avoir remis à Julien le chèque destiné à panser ses blessures.

Puis, plus tard, au moment du cigare, qui pousse aux confidences, aborder doucement le chapitre des conseils, s'enquérir avec tous les ménagements imaginables de la véritable situation de son jeune ami, et en venir enfin à l'histoire de la rencontre dans l'escalier, qui amènerait forcément une explication sur l'opale et sur bien d'autres choses.

Il méditait depuis vingt minutes, quand il vit poindre Julien à l'entrée du café.

Le frère de mademoiselle de la Calprenède était un grand garçon, aussi brun que sa sœur était blonde. Il avait des traits irréguliers, des yeux d'une mobilité singulière, et une physionomie tourmentée. L'ensemble était sympathique, en dépit d'un certain air de hauteur qui déplaisait au premier abord. Et il suffisait de le regarder pour voir que cet agité n'était pas le premier venu.

Ce matin-là, il était plus pâle que de coutume, et son visage fatigué disait assez qu'il avait passé une nuit orageuse.

Quand il aperçut Doutrelaise, il fit un geste de satisfaction et il vint droit à lui.

On croira sans peine qu'il fut bien accueilli. Albert lui tendit les deux mains et le fit asseoir, sans lui laisser le temps de formuler le moindre compliment.

— On m'a remis votre lettre ce matin, dit-il rondement. Merci d'avoir pensé à moi. Quoi que vous ayez à me demander, c'est fait. Mais déjeunons d'abord. Je meurs de faim.

— Pas moi, murmura Julien.

— Bon ! je sais pourquoi. Vous avez soupé cette nuit. J'en suis bien fâché, mais je me brouillerai avec vous, si vous ne m'aidez pas à expédier ces Marennes, un perdreau froid et une ou deux bouteilles d'un Grave qui vous remettra tout à fait.

— Je n'ai rien à vous refuser, mon cher Doutrelaise, car je suis déjà votre obligé, puisque vous avez pris la peine de venir ici.

— Parbleu ! j'étais charmé de vous avoir à déjeuner. Mais pourquoi n'êtes-vous pas entré chez moi, au lieu de m'écrire ?

— Je suis sorti de très bonne heure et je n'ai pas voulu vous réveiller.

3.

— Vous ne m'auriez pas réveillé, car j'ai peu dormi... et je parierais que vous n'avez pas beaucoup plus dormi que moi.

— Je ne dors plus.

— Le fait est que je ne suis jamais sorti du cercle sans vous y laisser. La partie a dû cesser au petit jour ?

— Probablement.

— Vous n'en êtes pas sûr ? Vous n'y étiez donc pas ?

— Si, mais je ne suis pas resté jusqu'à la fin.

— Alors, c'est que vous avez gagné.

— Pourquoi ?

— Parce qu'on ne s'en va pas quand on perd. On veut se refaire, et on s'achève.

— C'est ce qui est arrivé cette nuit à un de vos amis, M. de Courtaumer.

— Bon ! je m'en doutais. Est-ce qu'il s'est *enfilé* dans les grands prix ?

— Vingt-cinq mille, je crois.

— Diable ! c'est une somme, dit Doutrelaise, en faisant un peu la grimace.

Il pensait que cette somme, Jacques de Courtaumer aller la lui emprunter, et comme il tenait par-dessus tout à obliger Julien, il se demandait avec une certaine inquiétude à quel chiffre allaient s'élever les deux prêts réunis.

— Courtaumer n'a pas de veine et il ferait bien

de renoncer au baccarat, reprit-il. Et vous, mon cher, comment vous en êtes-vous tiré ?

— Je n'ai pas joué.

— Ah ! dit Albert tout surpris. Vous êtes donc devenu sage ?

— Pas précisément, mais je n'avais pas d'argent... et j'en dois.

— Eh ! mais, c'est une preuve de sagesse que de n'avoir pas voulu courir la chance de vous endetter davantage.

— Je l'aurais peut-être courue, si je n'avais pas eu des raisons qui m'obligeaient à m'abstenir.

— N'importe ! c'est très méritoire.

— Vous ne diriez pas cela, si vous les connaissiez.

— Je ne vous les demande pas, mon cher Julien, et je vous répète que je suis tout à votre discrétion pour réparer vos brèches.

— Je vous remercie ; mais avant d'accepter, je tiens à vous expliquer ce dont il s'agit.

— A quoi bon ? Vous n'avez qu'à me dire le chiffre, et quel qu'il soit...

— Il n'est pas énorme, heureusement. Mais ce n'est pas seulement un service d'argent que j'ai à vous demander.

— Tant mieux ! Ma personne et ma bourse sont à votre service.

— Voici le cas où je me trouve : quelqu'un m'a offensé, et je veux me battre.

— Je serai bien volontiers votre témoin.

— Je n'attendais pas moins de vous, mais ce n'est pas tout. Mon adversaire se trouve être mon créancier. Je lui dois une somme perdue contre lui sur parole, et je ne puis pas me battre avant de l'avoir payé.

— Ce serait en effet contraire à toutes les règles. Il refuserait le duel, et il n'aurait pas tort. Mais vous allez le payer aujourd'hui, si vous voulez. J'ai sur moi tout ce qu'il faut pour cela.

Ce vin de Grave est excellent avec les huîtres, mais je suis d'avis d'appuyer le perdreau par quelques verres de Pontet-Canet, dit Doutrelaise en faisant un signe au garçon qui les servait.

— Vous n'imaginez pas quel service vous me rendez, murmura Julien. Grâce à vous, je vais pouvoir traiter ce drôle comme il le mérite.

— Que vous a-t-il donc fait ? De quoi s'agit-il ?

— Mon cher, il s'agit de ma sœur. C'est vous dire que l'affaire ne peut pas s'arranger.

— De votre sœur ? s'écria Doutrelaise. Comment mademoiselle de la Calprenède se trouve-t-elle mêlée à une affaire qui va finir par un duel ?

— On a parlé d'elle d'une façon qui ne me convient pas, dit brusquement Julien.

— Alors, vous avez le droit d'exiger une réparation. Mais qui donc s'est permis...

— Qui ? un drôle que vous connaissez, au moins
de vue, car il est de notre cercle et il habite la
même maison que nous... M. Anatole Bourleroy.

— Quoi ! cet idiot qui singe les grandes manières et qui a été créé et mis au monde tout
exprès pour auner du calicot ! En vérité, c'est
trop fort, et il mérite une correction que je me
chargerais bien volontiers de lui appliquer.
Mais... monsieur votre père ne lui a jamais
fait, que je sache, l'honneur de le recevoir, et
s'il a salué mademoiselle de la Calprenède, c'est
probablement parce qu'il s'est croisé avec elle en
montant ou en descendant l'escalier. Qu'a-t-il
donc pu dire ?

— Sur elle, rien. S'il s'était permis de la ca-
lomnier, j'aurais commencé par le souffleter. Mais
il a tenu des propos qui nous offensent tous... Ma
sœur, mon père et moi-même.

— Vous en êtes sûr ?

— Je les ai entendus. Cette nuit, je suis arrivé
au cercle fort tard. Ils étaient trois ou quatre qui
causaient assis devant la cheminée du salon
rouge. Ils me tournaient le dos, et ils ne m'ont
pas entendu entrer... pas plus qu'ils ne m'ont vu...
vous savez qu'il y a des tapis épais et que les fauteuils ont des dossiers hauts comme des paravents.

Moi, j'ai reconnu tout de suite la voix de Bourleroy. Il était en train de raconter aux autres que
mon père avait déménagé le mois dernier parce
qu'il était ruiné au point de n'avoir pas pu payer
son terme.

— S'il n'a dit que cela, murmura Doutrelaise
en haussant les épaules, ce sot discours ne vaut
pas qu'on le relève. On sait bien que ce n'est pas
vrai.

— Que ce soit vrai ou non, peu importe. Je
n'admets pas que ce joli monsieur s'occupe de ce
que font les miens. Mais il ne s'en est pas tenu là.
Il a ajouté que nous avions un moyen bien simple
de nous tirer de la misère... qu'il ne s'agissait que
de marier ma sœur à un homme assez riche et
assez épris de ses charmes pour la prendre sans
dot, et que cet homme, nous l'avions trouvé.

— Et.... il l'a nommé? demanda Albert qui pâlissait à vue d'œil.

— Parfaitement. C'est le propriétaire de la
maison.

— M. Matapan?

— Lui-même. Que dites-vous de l'insolence de
ce Bourleroy, qui ose supposer que mon père va
conclure un pareil marché... car ce serait un véritable marché... Matapan a cinquante ans... il
ressemble à Barbe-Bleue... on ne sait pas d'où il
sort... mais on sait fort bien qu'il n'est pas gen-

tilhomme, quoiqu'il se fasse appeler monsieur le baron par les gens à ses gages... et quand il n'y aurait pas d'autre raison pour lui refuser l'honneur de s'allier à nous...

Doutrelaise tressaillit. Lui non plus n'était pas gentilhomme.

— Prétendre que le comte de la Calprenède sacrifierait sa fille aux millions de ce vieux parvenu, c'est nous insulter tous, et c'est ce que je ne puis ni ne veux souffrir.

— Et cependant vous l'avez souffert ! dit Albert très ému.

— Vous savez pourquoi, répliqua Julien. Bourleroy, avant-hier, m'a gagné à l'écarté six mille francs. J'avais beaucoup perdu depuis deux mois, et je lui ai demandé quelques jours pour le payer. Je suis son débiteur, et par conséquent condamné à me taire. J'ai été assez maître de moi pour quitter la place. Il ne s'est pas douté que j'étais là. Je suis rentré à la maison, la rage dans le cœur. Je voulais tout dire à mon père. Puis, j'ai réfléchi que l'affaire me regardait seul, et je suis revenu au cercle. J'espérais y trouver un ami qui m'aurait prêté ces six mille francs. J'avoue même que j'avais tout d'abord pensé à vous.

— Je vous en remercie.

— J'aurais, séante tenante, payé ma dette à ce drôle, et ensuite je lui aurais dit son fait. Mais vous n'y étiez pas et il était parti. Alors, après vous avoir attendu jusqu'à quatre heures, je suis rentré encore une fois et je vous ai écrit.

— Vous avez bien fait, mon cher Julien. Je vais vous remettre la somme. Me permettrez-vous seulement de vous donner un conseil?

— Lequel? demanda Julien d'un air assez rétif.

— Mon avis est que M. Bourleroy doit recevoir une leçon, mais qu'il serait malséant de lui chercher querelle à propos d'un bavardage où le nom de mademoiselle de la Calprenède a été prononcé.

— A quel propos alors?

— Mais... sous le premier prétexte venu. Je me charge de le trouver, et même, si vous teniez à m'être agréable, vous me laisseriez prendre cette affaire à mon compte.

— Vous oubliez, mon cher, qu'elle ne vous regarde pas.

— Pardon! J'ai l'honneur d'être reçu chez monsieur votre père, j'ai pour lui et pour tous ceux qui portent son nom la sympathie la plus vive...

— Je n'en doute pas, mais vous n'êtes ni son parent, ni son allié. A quel titre vengeriez-vous une injure qui nous est personnelle?

Si Doutrelaise avait pu dire ce qu'il pensait, la réponse à cette question assez sèche ne se serait pas fait attendre; mais le ton de Julien ne l'encourageait pas à déclarer qu'il ne souhaitait rien tant que d'entrer dans la famille La Calprenède par un mariage.

— A titre d'ami, puisque je n'en ai pas d'autre, répondit-il, sans laisser paraître qu'un mot l'avait blessé, un mot lâché par le frère de mademoiselle Arlette à propos des roturiers qui aspirent à épouser des filles nobles.

— Cela ne suffit pas, et je ne serais pas digne d'être le vôtre si je vous cédais ma place. C'est à moi seul qu'il appartient de provoquer ce Bourleroy... si vous voulez bien me rendre le service que je vous ai demandé.

— En douteriez-vous ? demanda Doutrelaise en cherchant son portefeuille.

— Non, certes, puisque vous me l'avez promis. Mais pas ici, je vous prie. Il y a pas loin de nous des gens qui nous connaissent.

La salle en effet n'était plus déserte. On déjeunait à des tables voisines.

— Comme il vous plaira ! dit Albert. Goûtons le Pontet-Canet et parlons d'autre chose.

— Très volontiers. De femmes, si le cœur vous en dit.

— Non, ma foi !

— Ah! c'est vrai, j'oubliais que vous êtes amoureux.

— Qu'en savez-vous ? s'écria Doutrelaise.

— Tous vos amis le prétendent, et vous rougissez quand on en parle. Donc, ils ont raison.

— C'est une plaisanterie imaginée par Courtaumer... qui ne comprend pas que j'aime à me
coucher tôt.

— Il m'a dit ce matin au cercle qu'il vous avait
reconduit jusqu'à la maison et que vous étiez
rentré à minuit.

— Oui, un instant après vous.

— Comment ! après moi ? mais je viens de vous
dire que j'étais rentré à deux heures.

— Vraiment ?

— A deux heures un quart, pour être plus précis.

— C'est singulier ! J'avais cru...

— Quoi donc ?

— Vous avoir rencontré sur l'escalier.

— Allons donc ! je vous aurais vu.

— Non, car la scène s'est passée dans l'obscurité la plus profonde.

— La scène ! Quelle scène ?

— Mais... une scène assez curieuse. Entre le
premier et le second étage, je me suis heurté
contre un homme qui montait devant moi et qui
m'a aussitôt saisi le bras. Je me suis dégagé, je l'ai
repoussé et j'ai cherché à l'empoigner à mon tour,
mais j'y ai renoncé. Il ne me convenait pas de me
colleter avec un ivrogne, car je croyais avoir
affaire à un ivrogne. Je l'ai laissé là, et je suis
remonté chez moi.

— C'est bizarre en effet, et cela prouve que la maison est fort mal tenue. Le seigneur Matapan devrait renvoyer son portier. Mais il s'en gardera bien. Ils s'entendent comme larrons en foire.

Ah ! çà, est-ce que par hasard vous vous seriez figuré que c'est moi qui ai engagé avec vous un pugilat nocturne ?

— J'avoue que cette idée m'est venue, répondit Doutrelaise en regardant fixement Julien.

— Voilà qui est flatteur pour moi ! s'écria le jeune la Calprenède, qui paraissait fort calme. Mais enfin quel motif aviez-vous de supposer que je rôde la nuit par les escaliers à seule fin d'attaquer les gens ?

— C'est que l'homme en question, au lieu de courir après moi, a ouvert la porte de votre appartement et y est entré.

— Ouvert ! avec quoi ? avec un *rossignol ?*

— Tout simplement avec une clef.

— Vous êtes sûr de cela ?

— Absolument sûr. Je m'étais arrêté à cinq ou six marches plus haut, et j'ai entendu la clef tourner dans la serrure.

Julien devint sérieux. Son front se rembrunit, et il se tut. Il réfléchissait.

— Naturellement, j'ai pensé que c'était vous, reprit Doutrelaise.

— Eh ! bien, murmura Julien, si je vous disais

que ce n'est pas la première fois qu'on s'introduit chez moi, la nuit, pendant mon absence, que penseriez-vous ?

— Ce que je penserais ? répéta Doutrelaise ; mais je penserais qu'on est entré chez vous pour vous voler.

Il dit cela avec une certaine hésitation. La question que venait de lui adresser le jeune la Calprenède lui paraissait bizarre, et il se demandait si elle n'avait pas pour but de lui faire prendre le change, car il persistait à croire qu'il ne s'était pas trompé et que c'était bien Julien qu'il avait rencontré dans l'escalier.

— Eh bien ! non, reprit le frère d'Arlette, on ne m'a rien volé du tout.

— Et vous êtes certain qu'on s'est introduit dans votre appartement pendant la nuit ?

— A peu près certain. Des objets que j'avais placés moi-même à un certain endroit ont été changés de place... des meubles dérangés... des chaises renversées... comme si quelqu'un s'était promené sans lumière, à travers ma chambre, en cherchant quelque chose....

— Qu'on n'a pas trouvé, puisqu'on n'a rien enlevé. C'est fort extraordinaire.

— D'autant plus extraordinaire que c'est arrivé cinq ou six fois depuis que nous avons déménagé, c'est-à-dire depuis le 15 octobre.

— Mais il y a une explication assez naturelle, ce me semble. Le valet de chambre de monsieur votre père vous sert, je crois. Il a bien pu traverser la pièce que vous habitez et...

— Mon père n'a plus de valet de chambre. La cuisinière ne couche pas dans l'appartement, et la femme de chambre de ma sœur ne se permettrait pas de venir chez moi quand je n'y suis pas.

Cette réponse attrista Doutrelaise. Elle lui rappelait la situation du comte, que des revers de fortune avaient obligé dans ces derniers temps à réduire son état de maison.

— Or, reprit Julien, c'est chez moi, et non ailleurs, qu'on s'est glissé nuitamment. Et si c'était dans l'intention de me voler, les gens qui ont violé mon domicile devaient être fort mal renseignés, car je porte toujours sur moi tout ce que je possède.

— Qui prouve que ces gens-là ne sont pas allés plus loin que votre logement particulier ?

— Plus loin, c'est la chambre de mon père, qui, bien entendu, ne découche jamais et qui a le sommeil très léger. Mon logement, vous le savez, se compose de deux pièces. On n'a pas dépassé la seconde, qui est un cabinet de travail... où je ne travaille guère.

— C'est précisément là qu'on s'est arrêté cette nuit.

— Qui, on ?

— La personne qui est entrée à minuit et demi et que j'avais prise pour vous.

— Comment savez-vous ce qu'elle a fait chez moi ?

— L'incident de l'escalier avait éveillé ma curiosité. De mes fenêtres on domine les vôtres. J'ai regardé, et j'ai vu...

— Quoi ? demanda Julien.

— Une ombre qui passait derrière les vitres, dans votre chambre d'abord, puis dans le cabinet de travail, où elle s'est arrêtée. Il m'a semblé qu'elle s'agenouillait...

— Près de la fenêtre, à gauche ?

— Précisément ! Qui vous a dit...

— Il y a à cette place un petit meuble de Boule, un meuble très bas, que plusieurs fois j'ai trouvé dérangé... une fois même on l'a renversé.

Mais... que s'est-il passé ensuite ?

— Je n'en sais rien. J'étais de plus en plus convaincu que c'était vous, et j'ai cessé de regarder.

— C'est fâcheux, dit Julien, pensif. Vous auriez peut-être trouvé l'explication que je cherche depuis un mois.

Et il reprit, après un silence :

— Mon père dormait, je pense ?

— Je n'ai pas vu de lumière dans sa chambre.

— Et chez ma sœur ?

— Chez mademoiselle de la Calprenède, répondit Doutrelaise en rougissant, il m'a semblé que la lampe n'était pas éteinte.

Julien se tut encore une fois. Il avala distraitement un verre de vin de Bordeaux, et il s'accouda sur la table, dans l'attitude d'un homme qui médite ou qui rêve.

Albert l'observait avec attention. La conversation qu'il venait d'avoir avec lui n'avait pas modifié ses idées. Au contraire, ses soupçons étaient devenus des certitudes, depuis qu'il connaissait la dette avouée par Julien.

— Il a pris ce collier pour en faire de l'argent, pensait-il ; de l'argent qu'il voulait se procurer immédiatement et à tout prix pour payer et provoquer ensuite ce Bourleroy, qui s'est permis de mal parler de mademoiselle de la Calprenède. Le but excuse le moyen.

Oui, c'est bien cela... il y a au cercle des garçons de jeu qui prêtent de la main à la main aux perdants solvables... il doit y en avoir qui prêtent sur gage aux insolvables. Julien aura tenté l'affaire et, n'ayant pu la conclure, il rapportait tristement le collier... le seul bijou sans doute qui lui reste de l'héritage de sa mère.

Et pour me dérouter, il a inventé toutes les histoires d'introductions nocturnes qu'il vient de me conter. Il ne s'est probablement pas aperçu qu'une opale lui manquait... c'est tout naturel, puisqu'il s'est couché sans lumière... il aura serré le collier sans l'examiner.

Il faut pourtant que j'entame la grosse question, car je ne veux pas qu'il recommence. Maintenant qu'il est sûr de s'acquitter avec son créancier, il ne songe plus à engager ce bijou ; mais les six mille francs que je vais lui donner ne pareront qu'à la nécessité du moment. D'autres besoins surviendront bientôt, et la tentation de se défaire du collier se représentera. Le seul moyen de l'empêcher d'y céder, c'est de lui apprendre que j'ai surpris son secret et de lui représenter, qu'en cas de nouveaux malheurs, il fera bien de recourir encore à moi, au lieu d'emprunter sur un objet qu'il devrait conserver pieusement.

Pendant que Doutrelaise raisonnait ainsi, Julien, qui avait mangé du bout des dents, alluma un cigare sans songer à en offrir un à son sauveur.

Évidemment, Julien était très préoccupé, puisqu'il oubliait tout à la fois le dessert et les règles du savoir-vivre.

Doutrelaise, qui avait hâte d'aborder la difficulté principale et qui n'était pas venu pour déguster un déjeuner fin, refusa tous les fromages et tous les fruits que le garçon lui offrit en les énumérant les uns après les autres, sur le même ton qu'un écolier récitant sa leçon.

Doutrelaise demanda du café, de l'eau-de-vie de Martell et du Kummel Eckau-double-zéro.

Il savait que Julien avait un faible pour cette liqueur de Riga, et il comptait qu'elle l'amènerait à ouvrir son cœur.

Et, en attendant le moment de la lui verser, il se lança dans des discours fantaisistes et tout à fait étrangers au sujet brûlant qu'il venait de traiter.

Doutrelaise avait l'esprit parisien, et il était très gai de son naturel. L'amour, depuis quelques mois, l'avait rendu sérieux, mais il savait encore causer et amuser les gens quand il le voulait.

Il se mit à faire le portrait-charge de quelques personnages ridicules, habitués assidus de ce cercle où on perdait si lestement des centaines de louis, et il esquissa si drôlement d'un seul mot leurs faiblesses et leurs travers, qu'il parvint à dérider son convive.

C'était précisément ce qu'il voulait et il préparait ainsi le coup qu'il allait porter. Il méditait de surprendre le jeune la Calprenède par une question imprévue, lancée à brûle-pourpoint, de le troubler, de le mettre hors de garde et de lui arracher ainsi une confession involontaire.

La morale devait venir ensuite, une morale

amicale et douce, dont Julien ne pourrait pas s'offenser et qu'il finirait bien par goûter.

Julien semblait se prêter au dessein de Doutrelaise. Il riait de ses plaisanteries, et, après quelques verres de Kummel, il en vint à lui donner la réplique.

— Voir ces types-là tous les soirs, dit-il, c'est assommant, mais perdre son argent contre eux, c'est un comble. J'ai bien envie de les lâcher.

— C'est facile, vous n'avez qu'à donner votre démission ; j'en ferai autant, et je n'aurai pas grand mérite, car le jeu ne m'amuse plus.

— Vous êtes bien heureux, murmura Julien en fronçant le sourcil. Moi, je n'ai pas encore pu m'en guérir, et ce ne sont pas les leçons qui m'ont manqué.

— La dernière a été sévère. Se trouver débiteur de M. Anatole Bourleroy, c'est dur.

— Oui, c'est dur, et vous n'imaginez pas par quelles angoisses j'ai passé depuis deux jours. J'étais fou, je n'espérais plus rien, et je ne sais en vérité ce que je n'aurais pas fait pour me tirer des griffes de ce drôle.

Heureusement, vous voulez bien me venir en aide... oui, fort heureusement, car dans ces extrémités-là, je perds la tête, et, pour me procurer la somme qui me manque, je serais capable de tout... de dévaliser un passant au coin d'une rue... de prendre l'argenterie de mon père et de la porter au Mont-de-Piété...

— Allons donc ! cher ami, jamais vous ne me feriez croire que vous commettriez une vilaine action, mais... à propos du Mont-de-Piété, il faut que je vous montre une trouvaille que j'ai faite, et sur laquelle on prêterait, je crois, une assez jolie somme, dit vivement Doutrelaise en fouillant dans ses poches.

C'était le moment, le vrai moment, de frapper le grand coup.

La Calprenède ne s'attendait à rien, et il suivait d'un air très calme les mouvements de Doutrelaise qui cherchait un objet dans la poche de son gilet et qui ne perdait pas de vue son jeune convive.

L'épreuve que l'amoureux Albert avait imaginée devait être décisive. En racontant l'histoire de sa rencontre dans l'escalier, il s'était arrêté à temps, il n'avait pas dit un mot de l'incident de la pierre arrachée du collier. Julien ne pouvait pas se douter que cette pierre était entre ses mains. Donc, Julien, en la voyant, allait ressentir une violente émotion, et il n'était pas encore d'âge à se maîtriser au point de garder une attitude impassible.

A vingt-deux ans, on n'a pas encore eu le temps de se faire un front d'airain. On se trouble quand on est pris en faute.

— Que dites-vous de cette joaillerie, cher ami ? demanda Doutrelaise, en posant l'opale sur la nappe et en le regardant fixement.

Julien eut l'air étonné, mais il ne broncha point. Son visage ne changea pas de couleur, et sa main ne trembla pas en ramassant la pierre pour l'examiner de près.

— Elle est fort belle, dit-il tranquillement. Elle miroite comme la gorge d'un pigeon qui roucoule en plein soleil. C'est dommage que l'opale porte malheur, car c'est une pierre charmante.

— Vous croyez à ce préjugé ! murmura Doutrelaise surpris et charmé tout à la fois de le voir si calme.

— Pas précisément, mais j'ai une telle déveine que, pour rien au monde, je ne porterais ce bijou-là, si on m'en faisait cadeau... une déveine qu'aucun talisman n'a pu conjurer... tenez ! ce petit cochon que je porte en breloque m'a coûté dix louis la semaine dernière cher le bijoutier, et, depuis que je le possède, j'ai perdu à peu près cent fois ce qu'il m'a coûté.

— Mon opale n'est pas faite pour être portée en breloque, ni même au doigt.

— Non, car elle est énorme, et montée comme elle l'est, je me demande même ce qu'on en peut faire.

— Vous n'y voyez rien de particulier ?

— Rien que son éclat... c'est-à-dire... attendez donc !... oui, elle tenait à deux autres pierres... la chaîne qui les reliait entre elles a été brisée tout récemment.

— Oui, tout récemment.

— Par qui ? Ah ! au fait, vous n'en savez rien, puisque vous l'avez trouvée.

— Mais si, je le sais.

— Alors, vous savez aussi à qui elle appartient.

— Je croyais le savoir, mais maintenant je suis très disposé à admettre que je m'étais trompé.

— Et moi, mon cher Doutrelaise, je ne comprends rien du tout à ce que vous me dites. Vous prétendez connaître la personne qui a cassé ce collier ou ce bracelet et vous ajoutez que vous ne connaissez pas la personne qui en est l'heureux propriétaire.

— Tout cela est vrai.

— Alors, si vous tenez à me renseigner, veuillez vous expliquer plus clairement.

— Très volontiers. C'est moi qui ai rompu la chaîne qui attachait cette opale.

— Pourquoi faire, mon Dieu ?

— Oh ! sans le vouloir. J'ai tiré dessus, et elle m'est restée dans la main.

— Je comprends de moins en moins.

— Alors, sérieusement, vous ne l'aviez jamais vue ? Elle ne vous rappelle aucun souvenir ?

4.

— Aucun.

— C'est étrange !

— Ah ! çà, mon cher, dit en riant la Calprenède, est-ce que vous me prenez pour un bijoutier?

— Non, mais...

— Eh bien, où tendent donc toutes les questions que vous m'adressez? Vous m'interrogez comme si vous étiez juge d'instruction, et comme si j'étais accusé.

— Le fait est que je dois vous paraître prodigieusement ridicule. Excusez-moi. Je m'étais logé dans la cervelle une idée absurde.

— Laquelle, s'il vous plaît?

— Je me figurais que ce collier était à vous.

— Bon ! vous y revenez ! Décidément, vous croyez que je fais le commerce des pierreries.

— Non, je vous le jure. Mais ce bijou peut bien vous être échu par un héritage.

— Si cette antiquaille était à moi, il y a longtemps que je m'en serais défait.

— Même si elle vous avait été léguée par votre mère ?

— Dans ce cas-là, je me serais arrangé pour qu'elle revînt à ma sœur. Et c'est précisément ce que j'ai fait pour les diamants que ma mère a laissés. J'avais dix ans quand je l'ai perdue, et naturellement ces diamants sont restés entre les mains de mon père, qui était mon tuteur.

A ma majorité, il m'a rendu des comptes de tutelle, on a fait un inventaire, et, d'un commun accord, nous avons décidé qu'Arlette garderait les parures. On les a estimées et j'ai touché ma part du prix. Je n'avais que faire de bijoux, et Arlette au contraire pourra les porter quand elle sera mariée.

— C'est très juste, dit Doutrelaise en rougissant.

Les allusions au mariage futur de mademoiselle de la Calprenède le troublaient toujours.

— Mais, reprit Julien, je suis parfaitement sûr que les écrins de ma mère ne contenaient pas une seule opale. Personne du reste ne porte au cou une enfilade de ces pierres-là, et si elles ont jamais été de mode, c'est à une époque qui se perd dans la nuit des temps, ou bien dans des pays extravagants, au Japon ou en Araucanie. Examinez cette monture, et dites-moi si vous pensez qu'on trouverait la pareille chez un bijoutier parisien.

— Elle est ancienne, en effet.

— Ancienne et tout à fait exotique. Elle a dû être travaillée par des artistes de l'extrême Orient, et on a dû la voler dans le trésor du Mikado. Je parie que le collier fait partie d'une collection, à moins qu'il ne figure dans un Musée.

Et je puis bien à mon tour vous demander par quel hasard et dans quelle occasion vous en avez détaché un morceau.

Tout cela fut dit d'un air si naturel, les réponses de Julien étaient si nettes, que les soupçons de Doutrelaise étaient déjà presque entièrement dissipés.

Et il n'était pas peu satisfait de reconnaître qu'il avait eu tort d'accuser le jeune homme d'une assez méchante action.

L'honneur du nom de la Calprenède le touchait presque autant que s'il se fût agi du sien.

— Voyons, cher ami, reprit le frère d'Arlette, ce n'est pas un mystère, puisque rien ne vous obligeait à me montrer votre trouvaille... où diable l'avez-vous faite? Pas dans la rue, j'imagine.

Doutrelaise, complètement rassuré sur le compte de Julien, pensa qu'il n'avait plus rien à lui cacher.

— Ce n'est pas tout à fait une trouvaille, dit-il en souriant ; c'est plutôt une conquête.

— Comment cela?

— Oui, puisque c'est moi qui ai arraché la pierre, en brisant le collier.

— Vous me l'avez dit tout à l'heure, mais à qui diable l'avez-vous arrachée ?

— Vous ne vous en doutez pas un peu ?

— Ma foi, non.

— Je vous ai pourtant raconté mes aventures nocturnes dans l'escalier.

— Quoi ! ce serait...

— Vous y êtes.

— Mais, non, je n'y suis pas. Vous m'avez raconté qu'en rentrant cette nuit, vous aviez heurté un homme...

— Eh ! bien, en le repoussant, j'ai saisi un objet qu'il tenait à la main, j'ai tiré de toutes mes forces, et cette opale m'est restée.

— Pour le coup, voilà qui est prodigieux. Et comment avez-vous pu croire que c'était moi qui circulais dans les ténèbres avec un collier de pierres précieuses au poing ?

Est-ce que, par hasard, vous avez supposé que je l'avais volé ?

— Non, certes. Voulez-vous que je vous dise ce que je pensais ?

— Il est indispensable que je le sache, répliqua sèchement Julien.

— C'est que je crains de vous fâcher.

— Je ne me fâcherai que si vous m'offensez.

— Il me semble que vous vous fâchez déjà un peu, dit en souriant Doutrelaise. Mais nous sommes trop amis pour que vous preniez en mauvaise part l'aveu que je vais vous faire.

Je pensais que ce collier appartenait à vous, ou à quelqu'un des vôtres, et qu'ayant besoin d'argent, vous songiez à le mettre en gage.

— Vous avez une triste opinion de moi, monsieur, dit la Calprenède en se redressant, et je trouve fort mauvais que vous m'imputiez les faits étranges qui se passent la nuit dans la maison où nous demeurons tous les deux.

— Des faits étranges ! dit une voix railleuse : il me semble, monsieur, que vous calomniez mon immeuble.

Doutrelaise, qui causait, penché sur la table, releva vivement la tête et reconnut avec stupéfaction M. Matapan.

Les deux jeunes gens étaient attablés en face l'un de l'autre, Doutrelaise au fond et Julien tournant le dos à la salle.

Julien n'avait donc pas pu apercevoir M. Matapan, et Doutrelaise, qui était placé de façon à voir les gens qui entraient, Doutrelaise baissait le nez et regardait la nappe, au moment où ce personnage s'était présenté dans le restaurant.

Les déjeuners arrivaient, les garçons allaient et venaient, les maîtres d'hôtel circulaient, majestueux et graves comme des ministres, et, grâce à cet encombrement, M. Matapan avait traversé la salle sans attirer l'attention de ses locataires, très préoccupés tous les deux.

Ils ne pensaient pas du tout à lui, et quand sa voix de basse profonde résonna tout à coup à leurs oreilles, ils furent aussi surpris l'un que l'autre, mais ils ne manifestèrent pas leur étonnement de la même façon.

La Calprenède se leva brusquement, sauta sur son chapeau, l'enfonça sur sa tête avec un geste qui est devenu traditionnel au théâtre, tant il exprime bien la colère, et d'un ton impérieux demanda son pardessus au premier garçon qu'il put accrocher au passage.

Doutrelaise, de plus en plus stupéfait, regardait alternativement son convive si pressé de sortir et son propriétaire qui s'était montré si mal à propos.

— Quoi! Julien, vous partez! s'écria-t-il.

— Vous le voyez bien, répondit sèchement la Calprenède.

— Attendez-moi, cher ami. Je sors avec vous. J'ai quelque chose à vous remettre.

— C'est inutile. Je n'ai besoin de rien et je n'ai pas le temps d'attendre, répliqua Julien.

Et, comme il était en possession de son pardessus, il fit volte-face pour s'acheminer vers la porte.

— Il me paraît, monsieur, que c'est moi qui vous chasse, ricana M. Matapan. Ah! çà, je vous fais donc l'effet de la statue du Commandeur? Voilà ce que c'est que d'avoir l'habitude de donner des congés : tous mes locataires se sauvent quand je parais.

Julien était déjà loin.

— Mon cher, lui cria Doutrelaise, je suis toujours à votre disposition pour ce que vous savez. Vous me trouverez chez moi ou au cercle.

Le frère de mademoiselle Arlette ne daigna pas lui répondre, et s'enfuit comme si tous ses créanciers eussent été à ses trousses.

— Quel caractère impossible a ce garçon ! pensait Doutrelaise consterné. En vérité, j'ai fait là une belle besogne ! En cherchant à l'obliger, je me suis brouillé avec lui, et Dieu sait comment il se tirera d'embarras, car je vois qu'il ne veut plus de mon argent.

Enfin ! à quelque chose malheur est bon. Il ne pourra pas se battre avec ce Bourleroy, et je trouverai peut-être l'occasion de corriger moi-même ce polisson, qui s'est permis de s'occuper de mademoiselle de la Calprenède.

M. Matapan avait assisté avec un calme parfait à cette petite scène, et on devinait, à son sourire, qu'elle lui paraissait ridicule.

Ce seigneur de l'argent était un solide compagnon, qui portait gaillardement ses cinquante hivers. Ils avaient un peu voûté ses robustes épaules, mais ils n'avaient pas neigé sur sa tête, car ses cheveux étaient encore d'un noir de jais. Sa barbe seule commençait à grisonner, une barbe rude et drue qui lui couvrait la moitié des joues.

Ses yeux, ombragés par d'épais sourcils, brillaient comme des charbons ardents, et quand il riait, il montrait des dents de loup, longues, blanches et pointues.

Il avait à peu près le masque de Polichinelle : un front bombé, un nez proéminent et recourbé, un maître nez qui tendait à rejoindre un menton de galoche.

Le teint était d'un blanc mat, mais la peau était comme tannée, une peau de matelot qui a roulé sous toutes les latitudes.

Petit, cet homme avec sa grosse tête et sa figure tragique eût été grotesque ; mais il avait la taille et l'encolure d'un cuirassier, et l'idée n'était jamais venue à personne de se moquer de lui.

En somme, sa physionomie intelligente et expressive n'avait rien de déplaisant. Elle était habituellement gaie, d'une gaieté un peu railleuse, et par moments elle devenait sympathique.

Doutrelaise, qui le connaissait bien, se demandait ce qu'il était venu faire au café de la Paix, à midi. Pas déjeuner assurément, car il ne se disposait point à s'attabler ; il avait même l'air de se préparer à s'en aller.

Et Doutrelaise n'aurait certes pas cherché à le retenir.

Tout à coup, son attitude changea, sans qu'Albert pût deviner pourquoi.

5

Il posa une main sur le dossier de la chaise que Julien de la Calprenède venait de quitter, et il se mit à la balancer de l'air indécis d'un homme qui ne sait pas trop s'il va partir ou rester.

A ce moment, Doutrelaise aperçut l'opale qu'il avait posée sur la table en entamant la conversation avec Julien, et qu'il avait oublié de remettre dans sa poche lorsque Julien s'était brusquement éloigné.

Sa première pensée fut de la cacher en la couvrant avec sa serviette ; mais M. Matapan le regardait, et il changea aussitôt d'avis.

Un mouvement précipité aurait éveillé la curiosité, peut-être la défiance de ce millionnaire, qui avait l'œil vif, l'esprit alerte, et qui ne se gênait guère pour questionner les gens.

Il se dit que mieux valait manœuvrer autrement, demander la note et, en attendant que le garçon l'apportât, occuper l'attention de Matapan, se concilier sa bienveillance en lui donnant ce titre de baron qu'il avait acheté quelque part, le distraire en échangeant avec lui quelques banalités, et, tout en causant, mettre adroitement la main sur la pierre précieuse.

Mais le compère prit les devants.

— Je suis entré ici pour chercher quelqu'un, dit-il d'un ton dégagé. Je n'aperçois pas mon homme, mais j'espère qu'il va arriver. Vous dé-

plaît-il que, pour l'attendre, je prenne la place du
sire de la Calprenède ?

— En aucune façon, répondit Albert, qui ne
disait pas ce qu'il pensait.

— Je ne vous ennuierai pas longtemps et je puis
vous offrir un bon cigare, reprit M. Matapan, qui
était déjà établi sur le siège vacant, un cigare
comme personne n'en fume à Paris. L'année dernière, j'ai envoyé tout exprès un de mes amis à la Ha-
vane pour en acheter dix mille de cette marque-là.

— Merci, mon cher baron, dit Doutrelaise en
avançant la main pour recevoir ce précieux
cadeau.

Il comptait profiter de ce geste pour escamoter
l'opale, mais il crut s'apercevoir que son vis-à-vis
suivait des yeux tous ses mouvements, et il n'osa
pas y toucher.

— Quelle mouche a piqué votre jeune ami ? reprit Matapan ; je lui ai fait une plaisanterie innocente en prenant ma grosse voix de propriétaire
à propos d'une phrase que je venais de saisir au
vol et il est parti comme un furieux.

— Il est assez ombrageux, murmura Doutrelaise.

— Ombrageux comme un cheval vicieux, mon
cher. Ne s'est-il pas fâché aussi contre vous ? Il
m'a semblé qu'il vous répondait sur un ton assez
acerbe.

— Oh ! je n'y ai pas pris garde.

— Et vous avez eu raison. Ce dernier des l
Calprenède est un grand enfant. Mais, à propos.
de quels faits étranges parlait-il donc ?... des fait
étranges qui se seraient passés la nuit dans m
maison ? Elle m'est chère, ma maison, et tout c
qu'on y fait m'intéresse.

Doutrelaise ouvrait la bouche pour répondr
qu'il ne s'était rien passé du tout, mais il lui vin
à l'esprit que mieux vaudrait peut-être dire tou
simplement la vérité.

Doutrelaise était bien sûr maintenant qu
ce n'était pas Julien qu'il avait rencontré entr
minuit et une heure. Il ne craignait pas de l
compromettre en racontant l'aventure de l'escalier.

Rien ne l'obligeait d'ailleurs à parler des suppositions qu'il avait faites avant de s'être expliqu
avec le frère d'Arlette.

Et il n'était pas fâché de savoir ce que le propriétaire pensait de tous ces mystères nocturnes

Il se disait aussi qu'en causant avec M. Matapan
il l'amènerait peut-être à parler de sa visite matinale au comte de la Calprenède, cette visite qu
inquiétait ses susceptibilités d'amoureux.

Et comme il ne se pressait pas de parler, le baron reprit en riant :

— Si le père de ce garçon sait que monsieur

son fils passe ses nuits à courir comme les chats,
l devrait l'enfermer dans sa chambre. Mais ce
gentilhomme manque de décision. Je viens de lui
faire une proposition très avantageuse, et je n'ai
pas pu en tirer une réponse catégorique.

— En effet, dit vivement Albert, je vous ai rencontré au moment où vous entriez chez lui.

— Oh! je n'y suis pas resté longtemps, et il est
probable que je n'y retournerai pas de si tôt. Il est
même possible que je n'y remette jamais les pieds.

L'amoureux respira, et il se sentit tout disposé
à consulter sur l'histoire assez obscure de la nuit
dernière ce bon M. Matapan, qui ne songeait point
à mademoiselle de la Calprenède, quoi qu'en dît
l'héritier présomptif des Bourleroy.

— Et maintenant, voyons, cher ami, reprit le
propriétaire, est-ce qu'il y a des revenants dans
ma maison?

— Non, mon cher baron, ce ne sont pas des
revenants qui s'y promènent la nuit. Ce sont des
hommes de chair et d'os comme vous, et même
des hommes très solides.

— Mes locataires, parbleu! Ils ont bien le droit
d'aller et de venir comme bon leur semble. Moi,
je n'aime plus à me coucher tard, mais lorsque
j'étais jeune, je ne me privais pas de rentrer à
des heures indues, et je trouve tout naturel que
vous en fassiez autant,

Est-ce que par hasard monsieur mon portier se serait permis de vous adresser des observations, à vous ou à ce petit la Calprenède?

— Non, non, ce n'est pas cela. Seulement, il a quelquefois le tort de ne pas veiller à l'éclairage après minuit. Hier, je n'ai pas trouvé de lumière pour allumer mon bougeoir, et il en est résulté...

— Je vous remercie de m'avertir. Je laverai la tête à cet imbécile de Marchefroid. C'est un brave homme, mais depuis que sa fille est en passe de débuter au théâtre, la vanité lui trouble la cervelle.

Vous disiez donc que de sa négligence il était résulté...

— Qu'en montant l'escalier à tâtons, je me suis cogné contre un monsieur que je n'avais ni vu ni entendu avant de le heurter.

— N'est-ce que cela? dit en riant le baron. C'est désagréable, assurément, mais enfin vous n'êtes pas de verre, et vous avez résisté au choc. L'autre, je suppose, ne s'est cassé non plus ni bras, ni jambes?

— Il ne s'est rien cassé du tout ; seulement...

— Alors, la scène a dû être comique. Je parie que vous avez échangé des gros mots. J'aurai voulu être là.

— Nous n'avons échangé que des voies de fait. Il m'a serré le bras à me faire crier, mais j'ai été stoïque. Je n'ai pas soufflé et je l'ai poussé contre la muraille. Il a reçu la bourrade sans prononcer une parole.

— Une lutte à la muette. Comment a-t-elle fini ?

— J'ai passé mon chemin et lui aussi.

— C'est-à-dire que vous avez continué à monter et lui à descendre.

— Non, il montait devant moi quand je l'ai rencontré. J'ai pris les devants ; il n'a pas cherché à me rattraper, mais il ne s'est pas arrêté.

— Qui peut être ce noctambule silencieux ? dit Matapan d'un air intrigué. Voyons un peu. Nous aurons tôt fait de passer en revue tous mes locataires. Ma maison n'est pas une caserne.

Bon ! j'y suis. Un domestique en rupture d'antichambre. Il s'était attardé chez le marchand de vins, et il ne se souciait pas d'être reconnu. Le vôtre, peut-être ?

— Je ne crois pas.

— Je suis sûr que ce n'est pas le mien. Il ne boit que de l'eau et il va se coucher dès que je n'ai plus besoin de lui.

Ah ! à propos... à quel étage avez-vous rencontré votre homme ?

— Entre le premier et le second.

— Au premier, c'est moi ; au second, c'est M. de la Calprenède, qui n'a plus à son service que des femmes. Au troisième, il y a M. Bourleroy, qui s'est donné le luxe d'un valet de chambre.

Mais, j'y pense, les domestiques passent toujours par l'escalier de service.

— Je suis certain que ce n'était pas un domestique.

— Eh ! bien, si c'est un maître, vous devez savoir où il est entré.

— Il est entré dans l'appartement du second.

— Tiens ! c'est curieux. Alors, c'était le comte de la Calprenède ou son fils.

— J'avais pensé que c'était le fils ; mais il vient de me dire qu'il est resté à son cercle jusqu'à deux heures.

— Est-ce parce que vous l'interrogiez sur ses habitudes qu'il s'est fâché ? car il l'était... il vous regardait de travers et il me faisait des mines furibondes. Du diable si je sais pourquoi il m'en veut, par exemple ! Il n'a qu'à se louer de moi, je vous assure.

— Il est de mauvaise humeur parce qu'il n'est pas heureux au jeu.

— Hum ! il peut perdre : mais quant à payer, c'est une autre affaire. Où prendrait-il de l'argent?

— C'est ce qui ne nous regarde pas, dit vivement Doutrelaise.

— Oh ! cela me regarde bien un peu, murmura M. Matapan ; mais il ne s'agit pas de cela.

Alors, ces faits étranges dont vous lui parliez se bornent à la bagarre nocturne que vous venez de me raconter. Entre nous, il est bien inutile que j'ouvre une enquête. Ce jeune homme n'a pas voulu convenir qu'il s'était laissé malmener par vous dans l'obscurité, mais c'est bien certainement lui que vous avez collé contre le mur.

Doutrelaise, tout en causant, avait réussi à couvrir de sa serviette l'opale qui était restée sur la table.

Son instinct l'avertissait qu'il valait mieux que Matapan ne la vît pas, non qu'il doutât encore des dénégations de Julien, mais parce qu'il n'était pas résolu à raconter l'histoire jusqu'au bout. Il pensait assez sagement qu'un garçon qui joue et qui n'a pas de ressources donne toujours prise à des suppositions fàcheuses, et il ne voulait pas que le frère de mademoiselle de la Calprenède pût être soupçonné.

Du reste, M. Matapan n'avait sans doute pas remarqué la malencontreuse pierre, car il n'en disait mot, et s'il l'eût aperçue, il n'aurait pas manqué d'en parler.

Albert, qu'elle ne gênait plus, puisqu'il ne lui restait qu'à la faire passer adroitement dans sa poche, pensa qu'il n'y avait plus d'inconvénient à demander au baron ce qu'il pensait de certaines

5.

particularités bizarres que Julien venait de lui
raconter.

— Je crois que vous vous trompez, dit-il ; ce
n'est pas Julien que j'ai rencontré cette nuit.

— Qui donc, alors, s'est introduit chez M. de la
Calprenède ?

— Je n'en sais rien, ni lui non plus, mais il
paraît que c'est déjà arrivé. Il a trouvé plusieurs
fois dans les deux pièces qu'il occupe des traces
du passage d'un visiteur inconnu : des meubles
dérangés... dans le cabinet de travail particulièrement.

— Là ! que vous disais-je qu'il y avait des revenants dans mon immeuble !

C'est affaire aux fantômes de rôder la nuit et
d'entrer chez les gens en passant par le trou de la
serrure. Mais en vérité, ce garçon a grand tort de
débiter de pareilles histoires. Il oublie qu'elles
peuvent nuire à sa sœur.

— Que voulez-vous dire ?

— Parbleu ! c'est bien simple. Personne ne croit
aux esprits, mais il y a des malveillants qui
croiront ou qui feront semblant de croire que
mademoiselle de la Calprenède a un amoureux et
que cet amoureux se promène la nuit...

— Ce serait une infamie ! s'écria Doutrelaise.

— D'accord, répondit M. Matapan sans s'émouvoir, mais il reste toujours quelque chose d'une

calomnie, si absurde qu'elle soit. Et tous ces contes bleus sont insensés. Ah! si vous me disiez qu'on est entré chez le comte de la Calprenède pour voler, ce serait différent. Je vous promets que le voleur serait bientôt pris, car j'organiserais une surveillance... au besoin, je ferais moi-même la police de ma maison.

— Eh! bien, mais, quoi qu'en dise Julien, je suis persuadé que l'homme de cette nuit a volé.

Doutrelaise, sans s'en apercevoir, s'était laissé prendre dans un engrenage de questions qui l'avaient insensiblement mené plus loin qu'il ne voulait aller dans la voie des confidences.

— Volé, quoi? demanda M. Matapan d'un air bonasse. Je ne pense pas que le comte ait un trésor chez lui. Ah! au fait, on lui a peut-être pris ce bijou que vous montriez à son fils, quand je suis arrivé.

— Quel bijou? balbutia Doutrelaise en rougissant jusqu'aux oreilles.

— Celui que vous avez là sous votre serviette.

Albert sentit qu'il s'était enferré et qu'il n'y avait plus à reculer, sous peine de laisser le champ libre à toutes les suppositions qui pourraient germer dans la cervelle de M. Matapan.

— Eh! bien, vous avez deviné, murmura-t-il en découvrant l'opale. Je ne voulais pas vous le dire de peur de vous inquiéter. Mais l'homme que j'ai rencontré cette nuit dans votre escalier était probablement un voleur. Cette pierre faisait partie d'un collier qu'il tenait à la main. Je la lui ai arrachée en luttant avec lui.

— Voulez-vous me permettre de la regarder de près? demanda le baron.

Il la prit et il l'examina avec une attention minutieuse. Ses yeux brillaient et ses mains tremblaient imperceptiblement quand il la remit sur la nappe, après l'avoir considérée pendant une demi-minute, et il sembla à Doutrelaise que sa figure avait changé d'expression.

— Alors, demanda-t-il, vous croyez que cette opale a été volée à M. de la Calprenède?

— Non, répondit Albert, et son fils ne le croit pas non plus.

— Peu importe. On l'a volée à quelqu'un, et je tiens beaucoup à découvrir le voleur. Nous sommes tous intéressés à ce qu'on le prenne, car il doit habiter la maison. Je ne vous demande pas de me confier cette pièce à conviction mais je puis compter, n'est-ce pas, que vous ne vous en dessaisirez pas jusqu'à ce que j'aie éclairci l'affaire?

— Je vous le promets.

— Alors, dit M. Matapan, je crois que je ne tarderai pas à retrouver le propriétaire du collier. Et après... nous verrons!

Mais il est une heure. Le monsieur que j'attendais ne paraît pas. Je m'en vais, ajouta-t-il en se levant brusquement.

Doutrelaise serra la main que son propriétaire lui tendait, mais il n'essaya pas de le retenir. Il se reprochait déjà de lui en avoir trop dit, et il craignait de se laisser aller à lui en dire davantage.

III

Le déjeuner a été inventé sous le Directoire.

Avant la Révolution — la première — on dînait à midi. Pendant la Terreur, les sans-culottes n'avaient point d'heure fixe pour se repaître, et, en fait de repas, les aristocrates se contentaient de *souper chez Pluton*, — style de l'époque.

Maintenant que les mœurs se sont adoucies, ils ont encore le droit de souper au café Anglais, et tous les Parisiens déjeunent plus ou moins, mais pas tous de la même façon.

Les gavroches se contentent d'un cervelas, les trottins de modistes croquent des pommes vertes dans la rue, et les ouvriers se régalent d'un *ordinaire* dans l'arrière-boutique d'un marchand de vins. Les demoiselles qui débutent dans la galanterie vont chez la crémière, les employés au bouillon Duval et les provinciaux au restaurant à prix fixe.

Les petits, les mésaisés, déjeunent comme ils peuvent; mais les riches, qui déjeunent comme ils veulent, pratiquent aussi des systèmes variés.

Il y a les indépendants, qui ne mangent jamais chez eux pour éviter l'ennui de compter avec une cuisinière; les sages, qui dînent dehors et qui ont dressé leur valet de chambre à leur confectionner le matin les deux plats traditionnels : les côtelettes et les œufs.

Tous ceux-là, bien entendu, appartiennent à la nombreuse et fantaisiste corporation des célibataires.

Les gens mariés déjeunent en famille ou en tête-à-tête, quand ils n'ont pas d'enfants.

Pour les couples mondains, c'est le repas intime. On y cause sur le mode familier.

Le dîner, même sans invités, comporte toujours un certain apparat. On s'habille avant de se mettre à table et on s'observe lorsqu'on y est assis.

Les domestiques sont là.

Au déjeuner, on peut les renvoyer dès qu'ils ont servi. C'est l'heure où on échange des confidences et où on bâtit des projets; l'heure où on se raccommode quand un nuage passager a obscurci le ciel conjugal; quelquefois aussi l'heure où on se brouille, quand un mauvais vent a soufflé sur le ménage.

Chez M. de la Calprenède, le déjeuner n'était plus une fête comme autrefois, au temps heureux où la comtesse vivait encore et venait prendre place en face de son mari, entre sa fille et son fils.

La comtesse était morte, et il semblait qu'elle eût emporté avec elle la joie et le bonheur de sa maison.

Mais c'était encore le moment le plus gai de la journée.

Le père aimait à y retrouver ses enfants, qu'il ne voyait pas aussi souvent qu'il l'aurait voulu, car il avait fort peu de temps à leur donner.

Non qu'il remplît aucun emploi public, mais la gestion de sa fortune suffisait amplement à l'occuper, car cette fortune avait été considérable.

Malheureusement, elle se trouvait engagée tout entière dans des affaires industrielles, qui n'avaient jamais prospéré et qui périclitaient depuis quelques années.

M. de la Calprenède était né avec deux défauts, qui paralysaient toutes ses qualités.

Il avait la passion des découvertes et la faiblesse de croire que la nature l'avait créé tout exprès pour conduire de grandes entreprises. Il suffisait qu'un inventeur s'adressât à lui pour qu'il l'aidât de sa bourse et de son influence. Il suffisait qu'on

l'entretînt d'un projet hardi ou d'une spéculation
hasardeuse, pour qu'il s'offrît de s'y associer et
même d'en prendre la direction.

Et, invariablement, les projets avortaient, les
spéculations tournaient au pire.

On eût dit que Dieu le punissait de méconnaître
cette loi naturelle qui prédestine les hommes à
suivre les instincts que leurs ancêtres leur ont
transmis avec le sang.

Ce descendant fourvoyé d'une race de batailleurs expiait le tort d'avoir déserté la tradition de
ses pères en se lançant dans des luttes mercan-
tiles, et ce tort il l'expiait cruellement : le plus
clair de son bien y avait passé.

Il tenait encore son rang, et tout n'était pas
perdu, car parmi les aventures financières qu'il
avait imprudemment courues, quelques-unes pouvaient finir bien ; mais de la richesse il ne lui restait plus que les apparences, et pour la reconqué-
rir, il ne pouvait guère compter que sur des
hasards improbables.

Ces revers mérités n'avaient ni abattu son courage, ni abaissé son caractère. Il marchait encore
la tête haute, et il en avait le droit, n'ayant jamais
failli à l'honneur. Il envisageait l'avenir sans
honte et sans crainte, prêt à subir stoïquement la
ruine comme il avait noblement porté la fortune,
ne reniant rien de son passé et ne redoutant pas

que ses enfants lui reprochassent un jour de ne leur laisser qu'un nom intact.

Sa femme, qu'il avait épousée presque pauvre, ne les avait pas enrichis en mourant, et son fils Julien n'était entré en possession, à sa majorité, que d'un avoir assez maigre. Sa fille Arlette n'avait pas vingt ans, et l'heure n'était pas venue de lui rendre des comptes de tutelle, qu'elle n'aurait certes pas demandés alors même qu'elle eût été d'âge à les exiger.

Elle adorait son père, qui le lui rendait bien, et ils ne s'étaient jamais quittés; tandis que Julien, élevé hors de la maison, avait montré de bonne heure des goûts d'indépendance qui s'accordaient assez mal avec les idées autoritaires du comte de la Calprenède.

Julien l'aimait pourtant ce hautain gentilhomme auquel il ressemblait par bien des côtés, mais il l'aimait sans pouvoir s'accommoder de la vie commune, que d'ailleurs le comte ne tenait point à lui imposer.

L'intimité naît surtout des contrastes, et Julien se plaisait beaucoup mieux avec sa sœur, qui n'avait pas un seul de ses défauts. C'était à elle, à elle seule, qu'il confiait ses peines, lorsque ses peines n'étaient pas de celles qu'une jeune fille doit ignorer. C'était elle qui le consolait, et il acceptait d'elle des conseils qu'il ne suivait pas souvent. Il était toujours prêt à la défendre, comme elle était toujours prête à se sacrifier pour lui.

Il ne lui en avait pas encore fourni l'occasion, mais elle n'avait eu que trop souvent à excuser ses écarts, qu'elle blâmait au fond de son cœur, tout en prenant sa défense.

Que de fois il lui était arrivé de pleurer et de cacher ses larmes pour que M. de la Calprenède ne lui en demandât pas la cause ! Que de fois elle avait plaidé la cause de l'absent, lorsque le comte irrité se plaignait de voir qu'à table la place de l'enfant prodigue était vide !

Elle l'était ce matin-là, le lendemain de cette nuit accidentée qui devait marquer dans la vie d'Albert Doutrelaise.

Julien, qui courait après un emprunt, n'était pas venu s'asseoir entre son père et sa sœur. Il en était déjà au kümmel du café de la Paix, quand ils commencèrent à déjeuner sans lui, à midi précis, comme toujours.

Le comte n'avait rien changé à ses habitudes, et, quels que fussent ses embarras d'argent, sa maison était tenue, non pas sur le même pied, mais avec le même décorum qu'autrefois.

Il ne recevait plus le soir, il ne donnait plus de dîners, il n'avait plus ni voiture, ni chevaux, ni cocher, ni valet de chambre ; mais le service était toujours digne et l'appartement avait toujours grand air, quoique depuis un mois le comte eut monté d'un étage pour réduire sa dépense.

C'était la gêne, mais la gêne cachée, et rien ne sentait la misère dans cet intérieur moins riche, mais assurément moins vulgaire que celui des parvenus du troisième.

M. et madame Bourleroy se consolaient de cette infériorité en disant à leurs amis que le mobilier des la Calprenède était saisi et que l'argenterie prenait pièce par pièce le chemin du Mont-de-Piété.

Leur fils Anatole tenait, on le sait, des propos plus méchants.

Mais de ces droguistes et de leur lignée, le comte et sa fille ne prenaient nul souci.

Malheureusement, ils avaient d'autres préoccupations et de plus graves.

Le comte entra dans la salle à manger, plus sombre encore que de coutume. Arlette était pâle, et ses yeux rougis par les larmes trahissaient l'état de son âme.

— Tu es sortie ce matin ? lui demanda M. de la Calprenède en la baisant au front.

— Oui, mon père. Je suis allée à l'église, répondit-elle après avoir un peu hésité. Je serais entrée chez vous pour vous le dire, mais vous n'étiez pas seul.

— M. Matapan m'a honoré de sa visite. Tu ne l'as pas rencontré ?

— Non, mon père.

— Julien n'est pas ici, à ce que je vois, reprit le comte en fronçant le sourcil.

— Je crois qu'il est allé prendre une leçon d'armes, dit timidement la jeune fille.

— Pour se remettre sans doute, ajouta M. de la Calprenède avec amertume. Je l'ai entendu aller et venir toute la nuit, et je pense qu'il ne s'est pas couché. Au surplus, je suis fort aise qu'il ne déjeune pas avec nous, car j'ai à te parler sérieusement.

Laissez-nous, Julie, dit-il à la femme de chambre, qui sortit.

Il y eut un silence presque embarrassant.

Le comte, en se versant une tasse de thé, regardait Arlette, qui baissait les yeux.

Elle avait le pressentiment d'un malheur prochain.

— Sais-tu ce que M. Matapan est venu faire chez moi ? lui demanda brusquement M. de la Calprenède.

— Non, mon père, répondit Arlette, tout étonnée.

Elle ne songeait guère à M. Matapan, et il ne lui arrivait pas souvent d'entendre M. de la Calprenède prononcer le nom de ce personnage.

— Tu ne devines pas ce qu'il est venu me demander ? reprit le comte.

— Mais, je suppose qu'il avait à vous parler d'affaires.

— D'affaires ? oui, c'est bien une affaire qu'il m'a proposée. Il m'a demandé ta main.

Arlette tressaillit ; les larmes lui vinrent aux yeux.

— L'audace de cet homme passe les bornes, n'est-ce pas ? La proposition qu'il a osé me faire est injurieuse. C'est bien ton avis, je pense ?

— Cette proposition est si étrange que je ne me l'explique pas, murmura mademoiselle de la Calprenède.

— Je me l'explique fort bien, moi. Il est riche.

— Qu'importe ?

— Il est riche, et je ne le suis plus. Il croit que ses millions suffiront à combler la distance sociale qui nous sépare.

— Il vous connaît bien mal, mon père.

— Et il te connaît plus mal encore. Tu ne serais pas de mon sang si tu ne méprisais pas l'argent.

Arlette se tut. On voyait bien qu'elle souffrait, et qu'elle aurait souffert encore davantage s'il lui avait fallu exprimer la généreuse indignation qu'elle ressentait.

Les jeunes filles ont de ces pudeurs. Il y a des insultes qu'il leur répugne de relever, et il lui semblait que M. Matapan l'avait insultée en se présentant pour l'épouser.

— Tu ne me demandes pas ce que je lui ai répondu ? reprit le comte.

— Je le sais, dit-elle, car je suis bien sûre que nous sentons de même.

— Moi aussi, j'en suis sûr, et c'est parce que j'en suis sûr que je ne t'ai pas consultée.

A ce seigneur de nouvelle fabrique, j'ai dit que ma fille n'était pas faite pour porter le nom ridicule qu'il a dû ramasser dans un dictionnaire de géographie, et je n'ai pas pris la peine de colorer mon refus.

J'aurais rougi de recourir à une défaite polie.

Croirais-tu qu'il a eu l'impudence d'insister et la sottise de me rappeler qu'il était baron ? J'ai ri au nez de sa baronnie et j'ai coupé court à ses discours impertinents.

Il n'y reviendra pas et il est sorti furieux, je n'en doute pas, mais il ne me l'a pas laissé voir, et nous nous sommes quittés sans qu'il y ait eu d'éclat.

Je ne m'en suis pas moins fait un ennemi irréconciliable.

— Heureusement, vous n'avez rien à craindre de lui.

— Rien ?... non, en ce sens qu'il n'osera pas me déclarer la guerre ouvertement. Mon honorabilité est au-dessus de ses attaques, et je ne suis pas sous sa dépendance, puisqu'il n'est pas mon créancier.

Les relations forcées que j'ai eues avec lui prendront même fin bientôt, car j'ai résolu de me priver dans six mois de l'avantage d'être son locataire.

— Vous voulez quitter cette maison ! dit vivement Arlette.

— Oui, certes. Est-ce que tu la regretteras ?

— Ce que vous ferez sera bien fait, mon père. Seulement... j'y étais habituée, et elle me rappelait tant de souvenirs... ma pauvre mère y est morte.

— Dans l'appartement que j'ai été obligé de quitter et que cet homme occupe maintenant, dit le comte d'un air sombre. C'est presque une profanation, et j'ai souvent regretté de ne pas avoir acheté la maison, alors que je le pouvais et qu'il voulait la vendre. Je me serais épargné une amère douleur... et j'aurais sauvé une partie de ma fortune... il me resterait un patrimoine à te laisser.

— La pauvreté ne m'effraye pas, murmura la jeune fille.

— Oui, je sais que tu as l'âme haute et que tu porterais fièrement la misère ; mais j'espère encore te l'épargner. C'est déjà trop que tu aies subi par contre-coup l'humiliation d'avoir été recherchée en mariage par le sieur Matapan. Il ne se serait pas permis de songer à toi, s'il ne connaissait pas ma situation embarrassée.

— Vous lui avez montré qu'il nous jugeait mal.

— Peu m'importe ce qu'il pense de la façon dont je l'ai reçu. Je ne songe qu'à te mettre à l'abri des visées insolentes des gens de son espèce. Et j'y réussirai, s'il plaît à Dieu. Le présent est triste, mais je compte sur l'avenir... un avenir prochain, qui nous rendra plus que je n'ai perdu.

— Dieu ! Ah ! je le prie ardemment chaque jour pour vous... pour mon frère.

— Prie-le surtout pour Julien. Puisse-t-il éclairer ce malheureux enfant qui court aux abîmes ! J'ai renoncé à le ramener dans le droit chemin, et je tremble à chaque instant d'apprendre qu'il a fait une tache à notre nom.

— Lui, mon père ! il a pu se laisser entraîner... il a pu oublier qu'il a été élevé chrétiennement... mais il est incapable de manquer à l'honneur.

— S'il y manquait, je le tuerais.. Mais il mène une vie de désordres... Il a dévoré en moins de deux ans l'héritage de sa mère... et j'en suis à me demander d'où il tire des ressources pour continuer cette existence honteuse... Si je te disais que l'idée m'est venue qu'il s'est abaissé jusqu'à emprunter de l'argent à ce Matapan ?...

— Non... je ne croirai jamais cela !

— Et moi je ne le crois plus. S'il lui en devait, M. Matapan me l'aurait dit pour se venger de

6

l'accueil que j'ai fait à ses ambitions matrimoniales.

Mais laissons là ton garnement de frère et parlons de toi, ma chère Arlette.

Je n'ai pas pu empêcher un parvenu vaniteux de te faire l'affront de songer à toi, mais la même lubie peut passer par la tête de quelqu'autre enrichi, et je voudrais bien n'être plus exposé à subir les assauts de tous les sots qui s'enflammeront pour tes beaux yeux.

— Mes yeux ne se sont jamais levés sur M. Matapan, dit Arlette en souriant à demi.

— J'en suis très persuadé, répliqua M. de la Calprenède. Le drôle ne vaut pas qu'une jeune fille bien née le regarde. Mais il t'a regardée, lui, et de plus j'imagine qu'il eût été très flatté d'une alliance qui aurait relevé sa noblesse d'occasion.

Je ne vois guère qu'un moyen de te garantir contre d'autres prétendants de la même sorte.

— Lequel? Je ne souhaite rien tant que de le connaître.

— Pour l'employer, n'est-ce pas ? Eh ! bien, mais ce moyen, c'est... de te marier, ma chère enfant.

— Me marier ! répéta la jeune fille très émue.

— Oh ! pas aux millions d'un aventurier, ni à ceux d'un bourgeois, comme le sieur Bourleroy.

Non ! à un homme qui te plairait, à un homme jeune, intelligent, pensant et vivant bien. Je n'exigerais pas qu'il fût riche. Il me suffirait qu'il t'apportât l'indépendance immédiate... j'appelle l'indépendance une fortune modeste... La richesse viendrait plus tard... je me fais fort de vous la donner.

Voilà mon programme. Qu'en penses-tu ?

— Je pense... à ne jamais vous quitter, mon père, dit Arlette avec embarras.

— Bon ! c'est la réponse obligée en pareil cas ! s'écria gaiement le comte. Mais je ne m'en contenterai pas. J'entends que nous nous expliquions à cœur ouvert.

Voyons, ma chère enfant, si je te présentais ce mari que je rêve, comment l'accueillerais-tu ?

— Mais... comme il vous plairait que je l'accueillisse, mon père, dit Arlette, non sans quelque intention malicieuse.

— Encore ! ah ! cette fois, c'est trop fort, et il est temps d'en finir avec les faux fuyants.

Agréerais-tu mon phénix, oui ou non ?

— En conscience, mon cher père, je ne puis pas me prononcer avant de l'avoir vu.

— J'accorde cela. Mais, en attendant que je te le montre, je vais te dire comment il est.

— Quoi ! il existe !... vous l'avez rencontré ! s'écria la jeune fille qui pâlissait à vue d'œil.

— Sans doute. Si je n'avais pas quelqu'un en vue, je ne te parlerais pas ainsi. Maintenant, écoute-moi.

Il a trente ans, il est fort bien de sa personne, il a des manières parfaites et je lui crois des sentiments élevés. Je ne sais pas le chiffre exact de son revenu, mais je sais que ce chiffre dépasse le minimum que je me suis fixé pour toi. Le seul reproche que j'aurais à lui adresser ce serait d'être oisif et de ne pas s'être piqué jusqu'à présent de tenir une conduite exemplaire. Mais tu te chargerais de le ramener à la sagesse, et je me chargerais, moi, de lui trouver une occupation... qui nous enrichirait tous.

Voyons, tu ne devines pas ?

— Pas du tout, dit Arlette anxieuse.

— Je vais t'aider. Tu connais notre aimable voisin de là-haut... M. Doutrelaise ?

— Lui ! s'écria mademoiselle de la Calprenède en mettant la main sur son cœur, qui battait à l'étouffer ; c'est à lui que vous voulez me marier !

— Comment ? quoi ? demanda le comte en fronçant le sourcil. Qui te parle d'épouser ce garçon ? Et d'où te vient cette idée saugrenue que je pense à faire de ma fille une madame Doutrelaise ?

Doutrelaise ! répéta d'un ton dédaigneux M. de la Calprenède. Un joli nom vraiment, et qu'il ferait beau te voir porter! Tu n'y as jamais songé, j'espère!

— Non, murmura la pauvre Arlette; pardonnez-moi... j'avais cru...

— Tu n'as pu croire que je m'étais mis en tête de te marier à un homme qu'on veut bien recevoir dans notre monde, mais qui n'en est pas.

Et si tu m'avais laissé achever, au lieu de m'interrompre par des exclamations... peu sensées, conviens-en... tu saurais déjà à qui s'appliquait l'énumération des qualités que possède le gendre qui m'agréerait.

Ce n'est pas sans intention que je t'ai parlé de M. Doutrelaise. Je voulais te mettre sur la voie. M. Doutrelaise connaît mon candidat. Il est même très lié avec lui. Ils ne se quittent presque pas, depuis un an.

— Je... non... je n'ai pas remarqué, balbutia la jeune fille.

— Voyons... te souviens-tu d'un soir de cet été... un soir où, par hasard, il ne pleuvait pas... et où nous sommes allés au concert Besselièvre... aux Champs-Elysées?

— Oh! très bien! dit vivement Arlette.

— Nous y avons rencontré notre voisin de là-haut. Il a été fort poli... comme toujours, car il est parfaitement élevé, et je m'explique à merveille qu'il voie les gens bien nés... il nous a

6.

abordés, et j'ai trouvé bon qu'il prît une chaise à côté des nôtres...

— Vous l'aviez vu très souvent l'hiver dernier chez M. de Fourrilles, chez madame de Rennevilliers...

— Parfaitement. Tu n'oublies rien. Et je sais qu'il ne se montre que dans des salons où on n'admet pas le premier venu.

Eh ! bien, puisque tu as si bonne mémoire, tu dois te rappeler qu'au concert tu as engagé avec ce garçon une conversation très animée sur Mozart, sur Gluck...

— M. Doutrelaise est excellent musicien et, comme moi, il aime à la passion les anciens maîtres.

— De sorte que vous vous entendiez à merveille. Je n'étais pas de force à vous suivre dans les hautes sphères de l'art, et je me serais ennuyé si je n'avais trouvé à qui parler.

Heureusement, M. Doutrelaise n'était pas seul.

— En effet... je crois me souvenir...

— Qu'il nous a présenté un de ses amis.

— Peut-être bien.

— Quoi ! tu n'en es pas sûre ! Je m'étonne que tu n'aies pas remarqué ce jeune homme, car il n'est pas de ceux qui passent inaperçus. Il est d'une distinction parfaite... et j'ai pris le plus grand plaisir à causer avec lui, pendant que tu dissertais sur la musique.

Mais, si sa personne n'a pas attiré ton attention, son nom aurait dû te frapper. C'est un des plus vieux de la noblesse normande.

— Je ne l'ai pas retenu.

— Alors, je vais te le dire. Mon protégé s'appelle Jacques de Courtaumer.

— Oui, balbutia mademoiselle de la Calprenède, je sais maintenant. N'est-il pas parent de madame de Vervins ?

— Il est son neveu. C'est chez elle que j'ai pu l'apprécier à toute sa valeur. C'est elle aussi qui m'a renseigné sur lui, et l'opinion de cette excellente marquise a du poids. De sa main, j'accepterais un gendre les yeux fermés.

— Et elle vous a dit que M. de Courtaumer songeait à moi ?

— Pas précisément, mais...

— Je croyais qu'il ne pensait pas à se marier.

— Là ! tu vois bien que tu en sais plus long sur son compte que tu n'en veux convenir ! s'écria le comte en riant.

— Mais non, mon père ; seulement...

— Son ami Doutrelaise t'aura sans doute raconté qu'il avait juré de rester garçon ; mais c'est là un serment de viveur, qu'on n'est pas obligé de tenir.

Au vrai, voici la situation. M. de Courtaumer

a servi douze ans dans la marine de l'État, et fort bien servi. Il a donné sa démission l'année dernière, et sa tante avoue qu'il l'a donnée pour venir à Paris se divertir un brin. C'est à quoi il s'occupe depuis dix-huit mois. Mais madame de Vervins, qui le connaît à fond, proteste qu'il est déjà las de mener une existence vide et qu'il ne faudrait pour achever sa conversion qu'une jeune fille qui lui convînt et qui lui plût. Or, elle est d'avis que tu lui conviens tout à fait.

— Mais, je n'ai pas pu lui plaire. C'est à peine s'il me connaît... je crois bien qu'il ne m'a jamais parlé.

— Il est très réservé. Mais il a parlé de toi à la marquise, et nous savons qu'il te trouve à son gré.

Si, de ton côté, tu n'as pas de répugnance à le rencontrer, rien ne serait plus facile que de vous mettre en relations.

— Je ferai ce que vous m'ordonnerez, mon père... mais...

— Mais il me paraît que tu ne tiens pas à revoir M. de Courtaumer.

— Je désire ne jamais vous quitter, dit Arlette en baissant les yeux.

M. de la Calprenède eut un léger mouvement d'impatience.

— Tu me réponds toujours comme si tu étais

encore une enfant ! reprit-il après un silence. Tu es cependant d'âge à entendre le langage de la raison. Écoute-le, ma chère Arlette. Le moment est venu où il faut que j'aie avec toi une explication décisive.

Je commence par te dire que, quoi qu'il arrive, j'entends te laisser entièrement libre de refuser ou d'accepter le mari que je te souhaite. Personne ne disposera de toi que toi-même. Je n'interviendrais qu'au cas où tu aurais fait un choix indigne, et cela n'arrivera pas. Tu sais aussi bien que moi que mademoiselle de la Calprenède ne peut épouser qu'un homme qui sera son égal par la naissance, par l'éducation et par les sentiments.

J'ajoute que je ne t'ai point engagée sans te consulter. Je n'ai fait aucune ouverture à M. de Courtaumer. Tout s'est borné à un échange de vues entre sa tante et moi.

Et peut-être aurais-je différé de t'entretenir de mon projet, si l'impertinente tentative de M. Matapan n'était venue tout à point me rappeler que je puis mourir et te laisser seule au monde, sans protecteur... et sans fortune.

— Mourir ! vous pensez à mourir ! s'écria la jeune fille, en faisant un mouvement pour se jeter dans les bras de son père.

Il l'arrêta d'un geste et il reprit avec un sourire :

— Je n'en ai nulle envie, je te l'assure. J'espèr
même que je vivrai assez pour te voir heureus
comme tu mérites de l'être. Mais je dois tout pré
voir.

Que deviendrais-tu, si je venais à te manquer
Tu n'oseras pas m'affirmer que ton frère serai
un appui sérieux pour te soutenir dans le
épreuves que tu aurais à traverser. Julien s
conduit de telle sorte qu'il ne m'est plus permi
de compter sur lui, en cas de malheur.

Oh ! n'essaie pas de le défendre. Je l'ai jugé, e
j'attendrai, pour revenir sur l'opinion que j'ai d
lui, qu'il ait donné des preuves de sagesse.

Il est indispensable que tu connaisses la vérit
sur l'état de mes affaires.

Je t'ai dit qu'elles n'étaient pas désespérées
mais le mal est grave. Un mot suffira pour t
mettre à même d'en mesurer l'étendue.

Si j'étais obligé demain de te remettre le bie
que ta mère t'a laissé, je ne saurais où prendre l
somme que je te dois.

Une grosse part de ma fortune a été englouti
dans des spéculations malheureuses. Le reste es
engagé dans une entreprise qui réparera ample
ment mes pertes si elle tourne bien, mais qui, e
ce moment, absorbe toutes mes ressources.

Nous en sommes réduits, jusqu'à ce qu'elle
réussisse, au plus strict nécessaire. Tu ne t'en

aperçois que trop. J'ai changé d'appartement pour payer un loyer moins élevé; je ne reçois plus, je ne te conduis plus dans le monde, en un mot, j'ai été obligé de restreindre toutes mes dépenses.

— Je vous jure, mon père, que je ne regrette rien. Je suis même très heureuse de ne plus voir personne que vous.

— Je sais que tu as pris gaiement la situation. Elle n'en est pas moins très pénible; il me tarde qu'elle prenne fin, et, je ne te le cacherai pas, ma chère Arlette, le mari que je rêve pour toi pourrait contribuer à hâter cet heureux dénouement.

— Quoi! M. de Courtaumer...

— M. de Courtaumer a été un excellent marin, et à ce titre il possède des connaissances spéciales qui trouveraient leur emploi dans l'affaire sur laquelle reposent ton avenir et le mien.

Je ne t'ai jamais dit comment j'avais placé mes derniers capitaux?

— Non, mon père.

— Eh bien, il est temps que tu le saches. Ils m'ont servi à acheter la propriété d'un navire naufragé.

Arlette regarda avec stupeur M. de la Calprenède. Elle n'entendait rien aux spéculations, mais celle-là lui semblait si bizarre, qu'elle se demandait si son père parlait sérieusement.

— Je m'empresse d'ajouter, reprit le comte en

souriant, que ce navire portait des tonnes d'or et que ce précieux chargement m'appartient... la difficulté est de le retirer de la mer qui l'a pris et qui le garde. C'est ce sauvetage que je vais tenter et qui te ferait riche, beaucoup plus riche que le millionnaire Matapan.

Comprends-tu maintenant à quoi pourrait me servir le concours de M. de Courtaumer ?

— Pas très bien, je l'avoue, murmura tristement Arlette.

— Quoi ! s'écria M. de la Calprenède, tu ne comprends pas que M. de Courtaumer, qui a navigué douze ans, qui sait son métier à fond et qui connaît, j'en suis certain, la côte où le navire a sombré, tu ne comprends pas que, s'il voulait participer à mon entreprise et la diriger lui-même, nous serions assurés de réussir ?

— Peut-être... mais..

— Tu doutes qu'il le veuille ? Moi, je n'en doute pas. Ce jeune homme est déjà las de battre le pavé de Paris. L'oisiveté lui pèse. Il est à l'âge où on aime les expéditions audacieuses. Celle-là lui sourirait, je le sais. Sa tante, que j'ai pressentie sur ses dispositions, me l'a dit.

— Je pensais qu'il avait, au contraire, donné sa démission pour...

— Pour vivre sans rien faire. Ce n'est pas tout à fait exact. Il avait aussi d'autres raisons pour

renoncer à la marine... On ne prévoit pas de
guerre, et avec ses opinions politiques il n'aurait
avancé qu'à l'ancienneté. C'est surtout pour cela
qu'il a quitté. Mais il ne demanderait pas mieux
que d'utiliser son intelligence, son activité, ses
aptitudes spéciales pour tenter une aventure au
bout de laquelle il apercevrait la fortune... et une
grosse fortune.

Car il ne s'agit point de créer une société avec
de l'argent fourni par des actionnaires. Je ne m'a-
viserais certes pas de proposer à M. de Courtaumer de se faire l'employé d'une compagnie indus-
trielle, mais je puis lui offrir d'être mon associé.
Nous sommes du même monde et nous nous en-
tendrions bien vite. Je lui apporterais un trésor à
partager, il m'apporterait une valeur égale en
se chargeant d'une opération difficile que peu de
gens seraient en état de conduire et surtout de
mener à bien.

Ainsi, par exemple, notre aimable voisin Doutrelaise, qui connaît si bien Glück et Mozart,
serait fort embarrassé, je suppose, s'il lui fallait
inventer et appliquer les moyens de repêcher mon
trésor.

Cette allusion inattendue à l'ami du ci-devant
officier de marine troubla visiblement mademoiselle de la Calprenède. Elle rougit, elle baissa les
yeux et elle garda le silence.

7

— Maintenant que je t'ai confié mon secret....
car c'est un secret, reprit le comte, et je te prie
de le garder pour toi... je ne veux pas que ton
frère sache que j'ai des tonnes d'or quelque part...
maintenant, dis-je, te voilà édifiée sur une des
raisons qui me font souhaiter ton mariage avec
M. de Courtaumer.

Cette fois, Arlette eut le courage de dire ce qu'elle
pensait.

— Mon père, commença-t-elle d'un ton assez
ferme, il me semble que M. de Courtaumer pourrait se charger de cette grande opération sans
m'épouser. Je n'aperçois même pas très bien quel
rapport il y a entre mon mariage...

— Et des travaux sous-marins ? Assurément,
mes deux projets sont indépendants l'un de l'autre,
et, en offrant à ce jeune homme une part dans cette
affaire, je n'y mettrai pas pour condition qu'il demandera ta main.

— Non, car cela ressemblerait beaucoup à un
marché, dit doucement la jeune fille, et vous vous
indigniez tout à l'heure que M. Matapan osât vous
offrir ses millions en échange de...

— Ce n'est pas la même chose, interrompit
M. de la Calprenède. Ce Matapan n'est pas fait
pour toi, tandis que mon protégé... mais je te répète qu'il n'est pas question de forcer la main à
M. de Courtaumer. Ne crains rien, ma chère en-

fant, je ne te jetterai à la tête de personne, et j'entends bien ne te marier qu'à un homme qui appréciera et recherchera l'honneur de t'épouser.

— Ce n'est pas le cas de M. de Courtaumer.

— Qu'en sais-tu ? Il a dit à madame de Vervins qu'il te trouvait charmante. Cela suffit pour le moment. Vous autres, jeunes filles, vous n'avez sur les choses de la vie que des idées fausses. Vous vous imaginez que l'amour doit éclater comme un coup de foudre. Ces explosions-là n'arrivent que dans les romans. Dans le monde où nous vivons, tout se passe d'une façon plus prosaïque. On songe d'abord aux convenances, et quand elles se présentent, on laisse le temps faire le reste.

— Les convenances ! mon père. Ne venez-vous pas de dire que je suis pauvre ? Si médiocre que soit la fortune de M. de Courtaumer...

— Elle est encore supérieure à ta fortune présente ; c'est très juste. Aussi ne s'agit-il pas de conclure ce mariage maintenant, ni même de le mettre sur le tapis. Crois-tu donc que je ne suis pas aussi fier que toi et que je consentirais à me donner l'apparence d'un homme qui cherche à marier sa fille par intérêt ?

— Non, certes.

— Si j'étais cet homme-là, je n'aurais pas éconduit l'opulent personnage que je viens de mettre à la porte, ou peu s'en faut.

Non, mademoiselle, continua gaiement M. d
la Calprenède, ce n'est pas ainsi que je procéd
rai avec le gendre de mon choix, et je veux bie
vous apprendre ce que je compte faire.

Je demanderai tout simplement à M. de Courtau
mer s'il lui convient de s'associer à ma grande en
treprise. Si, comme je l'espère, il accepte, il se
obligé de quitter Paris. Mon galion n'est pas a
fond de la Seine. Mais il n'est pas non plus au bo
du monde. Les travaux seront longs... d'autan
plus longs que je veux y employer un petit nom
bre d'ouvriers; je tiens à ne pas ébruiter ma dé
couverte. Pendant que l'opération se poursuivr
j'aurai nécessairement avec M. de Courtaumer d
fréquentes relations. Il viendra souvent ici, et j'i
rai souvent là-bas... sur la côte. Tu pourras mêm
m'accompagner si le cœur t'en dit. Donc, les occa
sions de voir et de connaître ce jeune homme n
te manqueront pas.

S'il te déplaît après que tu auras étudié son carac
tère, tout sera dit; nous en resterons là. Si le sau
vetage ne réussit pas, tout sera dit encore, car m
dernière espérance s'envolera et tu seras tro
pauvre pour prétendre désormais à un rich
mariage.

Si nous réussissons, au contraire, tu auras au
tant d'argent que mon associé, puisque je parta
gerai avec lui... non... pas tout à fait autant, ca

il a déjà du bien, et moi, j'ai un fils que les lois...
existantes... m'interdisent de déshériter ; mais du
moins la différence de fortune ne sera pas telle
que tu ne puisses devenir la femme de M. de Courtaumer sans qu'on t'accuse de l'avoir épousé pour
ses millions.

Et tout finira comme dans les contes de fée...
tu sais... ils furent parfaitement heureux, ils vé-
curent longtemps et ils eurent beaucoup d'enfants.

Que dis-tu de mon plan, fillette ?

Arlette respira. Le danger qu'elle redoutait
n'était plus imminent. Elle avait le temps de le
conjurer. Un mariage subordonné à tant d'éven-
tualités n'était plus qu'un projet en l'air. Et il lui
paraissait inutile de contrarier M. de la Calprenède en refusant par avance un consentement
qu'on ne la mettrait probablement jamais en demeure d'accorder.

— Je ferai ce que vous voudrez, mon père, dit-
elle doucement. Et je crois qu'en vous obéissant,
je ne courrai pas grand risque de m'engager dans
des liens éternels, ajouta la malicieuse jeune fille,
car je persiste à croire que M. de Courtaumer ne
s'occupera jamais de moi.

— C'est ce que nous verrons. En attendant, nous
voilà d'accord et je n'ai plus rien à ajouter. Je ne
voulais pas te prendre en traître, et tu sais main-

tenant ce que je veux faire de toi. Peut-être ai-je
eu tort de ne pas te cacher mes intentions. Si je
ne t'avais jamais parlé de ce jeune homme, tu
l'aurais trouvé charmant et je ne serais pas étonné
que tu le prisses en grippe uniquement parce que
je te l'ai recommandé.

— Vous avez bien mauvaise opinion de moi, dit
Arlette en souriant.

— Mon Dieu, non ; mais tu ne serais pas femme
si tu n'avais pas un peu l'esprit de contradiction.
J'aurais dû te dire beaucoup de mal du prétendant que j'appuie : c'était le meilleur moyen de te
disposer à l'accepter. J'en ai dit beaucoup de bien,
et je ne me dédis pas. Maintenant, c'est à lui de
te faire revenir de tes préventions et je crois qu'il
y parviendra.

— C'est la grâce que je lui souhaite, dit Arlette à demi-voix. Vous verserai-je du thé, mon
père ?

— Très volontiers. Le sermon que je viens de
prononcer m'a altéré. Tu comprends, le manque
d'habitude... je n'ai jamais prêché que ton mauvais sujet de frère, et je le vois si rarement...

Qu'y a-t-il, Julie ? Je n'ai pas sonné.

— M. Matapan demande si monsieur le comte
veut lui faire l'honneur de le recevoir, répondit la
femme de chambre qui venait d'entrer sans qu'on
l'eût appelée.

— Ah ! cette fois, c'est trop fort, dit entre ses dents le père de Julien.

Et il reprit tout haut :

— Vous avez répondu, je pense, que je n'y étais pas.

— J'ai répondu que monsieur le comte était à table ; mais M. Matapan a dit qu'il avait à faire à monsieur le comte une communication importante et qu'il attendrait que monsieur le comte eût fini de déjeuner.

— C'est bien ! dit M. de la Calprenède avec impatience. Faites-le entrer dans mon cabinet.

Et quand il se retrouva seul avec sa fille, que l'annonce de ce retour offensif du baron avait fort troublée :

— Il faut en finir avec les incursions de ce personnage, reprit-il en se levant brusquement. Puisqu'il ne se tient pas pour battu, je vais le recevoir de façon à lui ôter l'envie de recommencer. Mais je ne m'explique pas qu'il ose revenir à la charge, après le refus tout sec qu'il a emboursé.

— Mon Dieu ! murmura la jeune fille, s'il venait pour vous parler de... mon frère !

— De Julien ? s'écria M. de la Calprenède. D'où te vient cette idée ? Et que peut-il avoir à me dire sur ton frère ?

— Mais, mon père, murmura la jeune fille, c'est vous-même qui tout à l'heure...

— Quoi ? achève donc.

— Vous vous demandiez si Julien n'aurait pas eu le malheur d'emprunter...

— De l'argent à cet homme ! Si mon fils avait fait cela, je ne le reverrais de ma vie. Je puis lui pardonner tout, excepté une bassesse.

Mais non. Il s'agit d'autre chose. Si M. Matapan était son créancier, il n'aurait pas manqué l'occasion de m'être désagréable quand je l'ai congédié. C'est un brutal, qui ne prend pas de détours pour dire ce qu'il sait, et il m'aurait sans scrupule aucun jeté à la face la honte de Julien.

Au surplus, je vais être fixé dans un instant, et toi aussi, car mon entrevue avec lui ne sera pas longue, et je réponds que ce sera la dernière.

Reste ici, ma chère Arlette, et ne te tourmente pas. La journée a bien commencé, puisque tu acceptes mes idées sur ton avenir. Elle finira de même.

Dans dix minutes, je reviendrai t'apprendre ce que me veut ce sauvage.

Arlette, médiocrement rassurée, n'essaya pas de retenir son père, quoiqu'elle n'augurât rien de bon de cette nouvelle visite du baron Matapan, et M. de la Calprenède sortit pour aborder l'ennemi.

Le cabinet de travail où l'attendait ce personnage était précisément celui qui séparait la chambre de Julien de celle de son père. On y entrait par un corridor circulant autour de l'appartement et, grâce à cette ingénieuse disposition, le comte pouvait y recevoir un étranger sans lui faire traverser les pièces contiguës.

Et, comme Julien n'y séjournait guère, le comte y donnait volontiers audience aux gens d'affaires, afin de réserver le salon aux amis qui venaient le voir.

Il y trouva M. Matapan, dans une attitude correcte, c'est-à-dire debout et le chapeau à la main ; l'air froid, mais poli, sans aucune apparence d'embarras.

On eût dit que ce propriétaire venait traiter une question de réparations locatives.

Le comte lui rendit à peine son salut et ne lui offrit pas de s'asseoir.

— Je pensais m'être expliqué clairement ce matin, lui dit-il d'un ton sec ; qu'avez-vous encore à me dire, monsieur ?

— Rien qui ait trait à ce dont je vous ai parlé tantôt, monsieur, répliqua M. Matapan, sans s'émouvoir de cet accueil plus que dédaigneux.

— Je l'espère bien.

— Et moi je n'aime pas à revenir sur un sujet épuisé. Je vous ai présenté une demande très simple ; vous m'avez répondu par un refus très net. La question est vidée.

7.

— Alors, de quoi s'agit-il?

— D'un renseignement que vous pouvez me donner.

— Un renseignement! c'est chez moi que vous venez vous renseigner! sur quoi, s'il vous plait?

— Sur un fait qui vous touche comme locataire de ma maison, et qui me touche, moi, bien davantage.

— Les questions d'intérêt peuvent se régler par correspondance, et je n'aperçois pas l'utilité de votre visite.

— Une correspondance entre nous aurait pris du temps, et je n'en ai pas à perdre. D'ailleurs, il ne s'agit pas d'une question d'intérêt, mais d'une affaire grave. Si vous voulez bien m'entendre, vous reconnaîtrez vous-même que mieux vaut la traiter de vive voix, pour qu'il n'en reste aucune trace, dans le cas où elle s'arrangerait.

M. de la Calprenède tressaillit. Il pensait à son fils et ce singulier préambule l'inquiétait. Il interrogea d'un coup d'œil le visage de M. Matapan, mais il n'y put rien lire.

— Je dois vous prévenir que je suis obligé de commencer par une espèce d'interrogatoire, reprit le baron.

— Je verrai s'il me convient de vous répondre. Parlez.

— D'abord, je désirerais savoir s'il est vrai que

vous avez renvoyé votre valet de chambre ?

— Que vous importe ? Vous moquez-vous de moi ? s'écria le comte, rouge de colère.

— En aucune façon, monsieur, et je vous prie de croire que j'ai de sérieuses raisons pour vous demander cela. Il s'est passé cette nuit une chose que je serais très disposé à imputer à un de vos domestiques.

— Je n'ai à mon service que des femmes.

— C'est bien ce qu'on m'avait dit. Mais ce valet de chambre, que vous avez congédié, n'aurait-il pas, en partant, emporté une clef de votre appartement ?

— Non, certes.

— Et n'aurait-il pas gardé une clef du mien, que vous occupiez avant de déménager ?

— Non, mille fois non. Où voulez-vous en venir ?

— A vous apprendre d'abord que cette nuit quelqu'un s'est introduit chez vous.

— Qui ?

— Je l'ignore, et je voudrais le savoir.

— Pourquoi ? Est-ce que vous pensez avoir le droit de contrôler les entrées des gens que je reçois ?

— Non. Mais j'ai le droit de m'occuper de ce qui se passe dans mon domicile à moi, et un homme, que je ne connais pas, y a pénétré pendant que je dormais.

— Cela ne me regarde pas.

— Il a ouvert ma porte. Donc, il avait une clef.

— C'est probable, mais je n'y puis rien.

— Il avait aussi une clef de la vôtre, car en sortant de chez moi, il est entré chez vous.

— Et vous supposez que c'est mon ancien valet de chambre qui...

— Je ne suppose pas. Je cherche à m'éclairer.

— Éclairez-vous ailleurs. Je ne suis pas chargé de faire la police de votre maison. Et d'ailleurs, cette histoire est absurde.

— Elle est vraie. On a rencontré l'homme dans l'escalier.

— Alors, ceux qui l'ont rencontré ont dû le reconnaître.

— Non. L'escalier n'était pas éclairé. Mais on est sûr qu'il est entré dans votre appartement. On l'a entendu ouvrir et refermer ensuite votre porte.

— Qui l'a entendu ?

— M. Doutrelaise.

— De quoi se mêle-t-il ? Et qu'y a-t-il là d'extraordinaire ? Je ne suis pas sorti hier soir, mais mon fils a l'habitude de se coucher tard. C'était lui sans doute qui rentrait.

— Je ne puis ni je ne veux croire cela.

— Pour quelle raison, je vous prie ? demanda le comte de plus en plus irrité.

— Parce que, comme j'ai déjà eu l'honneur de

vous le dire, l'homme qui s'est introduit chez vous avait commencé par s'introduire chez moi.

— Je vous suis en vérité fort obligé de ne pas accuser mon fils d'une telle action.

— Je l'en accuse d'autant moins qu'on m'a volé.

— Ah ! voilà donc où tendaient vos questions ! Et vous prétendez que j'ai donné asile au voleur?

— Pas du tout. Je suis même parfaitement convaincu que vous ignoriez qu'il s'était réfugié dans votre appartement. Il n'en est pas moins certain qu'il s'y est réfugié. M. Doutrelaise l'affirme.

— Qu'il l'affirme ! peu m'importe, et vous êtes libre de donner à cette affaire la suite qu'il vous plaira de lui donner. Mais vous n'attendez pas de moi, j'imagine, que je vous aide à faire une enquête sur une aventure à laquelle je suis tout à fait étranger.

— Non, monsieur. J'agirai seul... si on me met dans la nécessité d'agir. On m'a volé cette nuit un collier auquel je tenais beaucoup, d'abord à cause de sa valeur, qui est considérable, et aussi parce que c'est un bijou de famille.

M. de la Calprenède eut un sourire dédaigneux. Il ne croyait pas beaucoup à la famille du baron.

— Et le voleur devait savoir où le collier était placé, car il a ouvert le tiroir où je l'avais serré hier soir avant de me coucher, et il n'a touché à aucun autre meuble. Il devait aussi connaître par-

faitement mon appartement, car il est allé tout
droit à la pièce où je dépose habituellement des
objets précieux... c'est celle qui correspond au
cabinet où nous sommes en ce moment. Il n'a pas
fait de bruit et il ne s'est pas servi de lumière,
puisque je ne me suis pas réveillé. Mon domestique
non plus n'a rien entendu.

— Et vous concluez que c'est un des miens qui
est le coupable. A cela, monsieur, je n'ai rien à
répondre. Déposez une plainte, si bon vous semble.
Je n'ai pas un mot de plus à vous dire, et le moment me paraît venu de clore cet entretien.

Il y eut un silence. Le comte attendait que
M. Matapan le débarrassât de sa présence, et
M. Matapan ne faisait pas mine de sortir. Il se re-
cueillait, et on pouvait deviner sans peine qu'il se
préparait à serrer la question de plus près.

— Ainsi, monsieur, dit-il lentement, vous me
donnez le conseil d'aller me plaindre au parquet?
Avez-vous bien réfléchi aux conséquences d'une
telle démarche? Elle en aurait de très fâcheuses...
pas pour moi assurément... mais pour quelqu'un...
qui ne vous est pas indifférent.

— D'abord, monsieur, répliqua vivement le
comte, je ne vous ai donné aucun conseil. Adres-
sez-vous à la justice ou abstenez-vous de déposer
une plainte, peu m'importe. Cela ne regarde que
vous seul.

Quant à la menace peu déguisée que vous venez de formuler, je n'en tiendrais aucun compte, alors même que je devinerais à qui elle s'applique : mais je ne sais pas ce que vous voulez dire, et je ne tiens nullement à le savoir.

Arrêtons là cette conversation, et faites comme il vous plaira.

— Monsieur, reprit sans s'émouvoir le baron Matapan, je comprends fort bien que vous me mettez à la porte en termes polis, et en toute autre circonstance, je ne ne me ferais pas répéter deux fois le congé que vous me signifiez. J'y répondrais même par des paroles qui rendraient toute entente impossible entre nous, car je ne suis pas patient et je ne tolère pas qu'on m'offense.

— Et moi, je ne souffre pas qu'on prenne avec moi le ton que vous affectez en ce moment. Ainsi donc, je vous le répète, brisons là.

— Pas avant que vous m'ayez entendu jusqu'au bout. J'ai eu l'honneur de vous dire que, si je me décidais à avertir le parquet, vous pourriez éprouver quelques désagréments. Je tiens à m'expliquer d'une façon plus claire et plus précise, et cela dans votre intérêt. Il faut que vous envisagiez la situation telle qu'elle est. C'est pour vous la montrer sous son véritable jour que je prolonge cet entretien, sans tenir compte de votre langage hautain et de vos façons cassantes.

— Eh ! bien, soit ! parlez : je vous écoute ; mais finissons-en.

— Ce ne sera pas long. Je viens de vous apprendre qu'on m'a volé un collier d'un grand prix. Personne ne doutera de ce que j'affirme. Tous ceux qui me connaissent ont vu ce collier en ma possession. Il a disparu cette nuit. Donc, on me l'a pris. Et le magistrat auquel je signalerai le vol ne refusera certainement pas d'en rechercher l'auteur.

— Que me fait cela ?

— Il commencera par m'interroger ; il me demandera ce que je pense de la moralité des gens qui m'entourent ; il voudra savoir si je soupçonne quelqu'un.

— Oserez-vous lui répondre que vous soupçonnez une personne de ma famille ou de mon entourage ?

— Non. J'aurai même soin de ne pas laisser paraître ce que je pense de cette affaire. Dans des cas aussi graves, la réserve la plus absolue est un devoir.

— Et que pensez-vous donc ? s'écria M. de la Calprenède, tout prêt à s'emporter.

— Vous me permettrez de garder mes appréciations pour moi, dit froidement l'imperturbable Matapan.

Je reviens au magistrat qui recevra ma plainte.

Il m'invitera à déposer sur les circonstances qui ont précédé ou suivi le vol, et je serai bien obligé de l'instruire de tous les faits qui sont à ma connaissance. Je ne pourrai rien lui cacher, absolument rien.

Il me faudra lui apprendre, par exemple, que l'homme qui a emporté mon collier est entré chez vous.

— Il vous faudra aussi prouver cela, et je vous en défie, car je ne crois pas un mot de ce conte ridicule.

— M. Doutrelaise sera entendu, et son témoignage sera décisif.

— En quoi, décisif? Il a entendu ouvrir ma porte par quelqu'un qu'il venait de rencontrer dans l'escalier. Ce n'est pas une preuve. Et je vous déclare encore une fois que cette histoire est absurde.

— Le magistrat ne sera pas de cet avis lorsque M. Doutrelaise lui aura dit que l'homme qui avait la clef de votre appartement tenait à la main le collier qu'on m'a volé. Si, par impossible, ce magistrat doutait encore, M. Doutrelaise lui montrerait une des pierres du collier, une opale qu'il a arrachée de ce collier en luttant avec le voleur sur les marches de l'escalier.

— Vous l'avez vue, cette pierre?

— Je l'ai vue, il y a une heure, sur la table d'un

restaurant où M. Doutrelaise déjeunait avec... un
de ses amis. Je l'ai reconnue aussitôt, car la monture ne ressemble à aucune autre. Mes opales ont
été serties par des ouvriers orientaux, qui ne
travaillent pas du tout comme les nôtres. L'ami
auquel M. Doutrelaise la faisait voir est parti, et
M. Doutrelaise resté seul avec moi m'a raconté
son aventure nocturne. Je ne lui ai pas dit que ce
joyau m'appartenait. Je me suis borné à le prier
de ne pas s'en dessaisir, et il me l'a promis. Mais
je suis accouru chez moi et j'ai constaté, ce dont
je ne doutais pas d'ailleurs, la disparition de mon
collier.

Quand je me suis présenté chez vous ce matin,
j'ignorais encore le vol et les faits étranges qui
s'y rattachent. Je ne pouvais donc pas vous en
parler.

Mais, maintenant que je suis renseigné, il m'a
paru que je ne devais pas agir sans vous avertir.

Ce fut dit d'un air froid, presque digne, qui
frappa M. de la Calprenède.

— Monsieur, dit-il après quelque réflexion,
j'apprécie l'intention qui vous amène ici, mais je
n'aperçois pas encore bien nettement le but de
votre visite.

Vous tenez à découvrir le voleur, je conçois
cela, et je souhaite que vous rentriez en posses-

sion de vos pierreries. De la plainte que vous allez porter il pourra résulter, quoi?... qu'on interrogera mes domestiques... mes enfants... qu'on m'interrogera moi-même. Il n'est jamais agréable d'avoir à déposer en justice, mais c'est une obligation à laquelle nul ne peut se soustraire et qui n'a rien d'effrayant. Je m'y soumettrai, puisqu'il ne dépend pas de moi de l'éviter.

— Ainsi, reprit le baron, en pesant tous ses mots, vous envisagez tranquillement les suites judiciaires de ma plainte... Ainsi, par exemple, si un commissaire de police se présentait pour faire une perquisition dans votre appartement...

— Qu'osez-vous dire, monsieur?

— La chose du monde la plus simple. C'est évidemment par une perquisition qu'on commencera, puisque le voleur est entré ici. On supposera qu'il y a caché le collier, et si, par malheur, on l'y trouvait...

— On ne l'y trouvera pas, vous le savez fort bien ; car en admettant que mon ancien valet de chambre l'ait dérobé, en admettant même que ce valet de chambre soit entré chez moi, ce qui me paraît impossible, il n'y aurait pas laissé ce collier. S'il vous l'a pris, c'est pour le vendre, je suppose, et non pas pour le garder. Il devait lui tarder de s'en défaire.

Du reste, je vous le répète, personne ne croira

qu'un domestique renvoyé depuis un mois s'est avisé de revenir la nuit chez le maître qui l'a congédié pour y déposer le produit d'un vol... surtout après ce qui s'est passé dans l'escalier au dire de M. Doutrelaise.

Comment! voilà un homme qui vient de risquer les galères et qui, après avoir fait son coup, est surpris par un monsieur domicilié dans la maison, surpris tenant à la main l'objet qu'il a volé ; et cet homme, au lieu de gagner la rue, se réfugierait dans un appartement habité par des gens qu'il a servis !

C'est insensé, convenez-en.

— Sur ce point, monsieur, je suis tout à fait de votre avis... et il est très probable qu'on n'accusera pas votre valet de chambre.

— Qui donc accusera-t-on ? demanda le comte en regardant fixement M. Matapan.

M. Matapan ne répondit pas, mais il ne baissa pas les yeux.

— Parlez donc, monsieur ! reprit avec colère M. de la Calprenède. Ayez le courage de vous expliquer. Est-ce la femme de chambre de ma fille qu'on accusera ?

— Non, le vol a été commis par un homme.

— Par moi ou mon fils, alors ?

— Vous êtes, monsieur, au-dessus d'un tel soupçon.

— Mais mon fils, lui, pourrait être soupçonné ! Est-ce là ce que vous voulez insinuer ?

Il y eut un silence. Le comte, très ému, attendait. M. Matapan restait impassible et muet.

— Monsieur, dit-il enfin, les magistrats de ce pays-ci commencent toujours par s'enquérir de la vie que mènent les gens qui se trouvent mêlés plus ou moins directement à une affaire criminelle, et leur opinion se forme d'après les notes qu'ils recueillent sur eux. Pour devenir aussitôt suspect à un juge d'instruction, il suffit qu'on soit joueur ou qu'on ait des dettes.

— Et mon fils en a ; mon fils joue ! dit vivement M. de la Calprenède. Si c'est à vous qu'il doit, je...

— Qu'il me doive ou non, peu importe. Tout le monde sait qu'il a des créanciers et que ses dépenses sont supérieures à ses ressources.

— Ce n'est pas une raison pour qu'on lui impute une action honteuse. Si on osait l'accuser, il se justifierait, et je veux voir si on l'osera !

Allez déposer votre plainte, monsieur. Il faut que la lumière se fasse et je ne la crains pas.

— Fort bien, monsieur. Je souhaite sincèrement que vous n'ayez pas lieu de regretter la résolution que vous me signifiez.

En venant ici, j'espérais, je l'avoue, que vous m'entendriez mieux... que nous pourrions éviter un éclat qu'il m'est très pénible de provoquer ; et vous me permettrez de vous dire, avant de vous quitter, que je ne me serais pas adressé à la justice si vous aviez mieux accueilli la demande que je vous ai faite ce matin.

— Ah ! s'écria le comte, blême de colère, c'est donc là que vous en vouliez venir !

J'aurais dû me douter que vous reparaissiez chez moi pour me proposer une honteuse transaction. Je m'explique maintenant votre audace. Vous espérez m'intimider avec je ne sais quelle histoire de vol que vous avez probablement inventée. Et vous vous imaginez que pour éviter d'être interrogé par un magistrat, je vais vous donner ma fille !... Vous croyez que je céderai à ce chantage ignoble ! Vous ne me connaissez pas, monsieur. Je me ris de vos menaces ridicules ; mais fussent-elles sérieuses, ma résolution ne changerait pas.

J'aimerais mieux voir mon fils passer en cour d'assises que ma fille porter votre nom.

— Mon nom en vaut un autre, dit froidement M. Matapan. C'est le nom d'un honnête homme. Vous n'avez pas voulu de moi pour gendre, c'était votre droit et je n'aspire plus à l'honneur d'entrer dans votre famille. Je ne suis pas venu pour vous offrir un marché : je suis venu pour savoir si vous vouliez éviter un danger que je me suis fait un devoir de vous signaler.

Je n'aurais pas mieux demandé que d'étouffer cette triste affaire, et j'espérais que vous consentiriez à interroger votre fils en ma présence. S'il est innocent, il se serait justifié ; s'il est coupable, il aurait restitué. Tout cela sans scandale, car personne n'en aurait jamais rien su.

Vous n'avez pas voulu entendre raison, et au lieu de me savoir gré de ma démarche, vous le prenez avec moi sur un ton qui me dispense de garder aucun ménagement.

Je n'ai plus qu'à aller porter plainte.

— Allez ! dit le comte en montrant la porte au baron, qui s'inclina et sortit.

Son dernier mot fut :

— S'il vous arrive malheur, rappelez-vous, monsieur, que c'est vous qui l'avez voulu.

M. de la Calprenède ne daigna pas répondre à cette phrase lancée comme la flèche du Parthe. Il était encore plus indigné qu'irrité, et il ne regrettait pas d'avoir repoussé les ouvertures de M. Matapan, ni d'avoir traité comme il méritait de l'être cet impudent personnage, car il ne tenait aucun compte de ses insinuations perfides.

Il n'admettait pas que Julien fût un voleur, et il ne redoutait pas plus pour son fils que pour lui-même les questions d'un juge. Il avait du reste quelque peine à croire que M. Matapan eût sérieusement l'intention de les impliquer dans une affaire criminelle, car il le soupçonnait d'avoir imaginé, ou tout au moins exagéré, pour l'effrayer, l'étrange histoire qu'il venait de raconter.

Mais il maudissait ce fils égaré dont les désordres donnaient prise à de telles accusations et, dans sa colère, il se demandait s'il n'était pas temps de fermer sa maison au malheureux garçon qui la compromettait par une conduite inqualifiable.

— Je le défendrai contre les calomnies de cet homme, murmurait-il en marchant à grands pas, mais s'il refuse de s'amender, je veux qu'il quitte Paris. Si je l'y laissais, il finirait par se déshonorer, et sa honte rejaillirait sur ma fille et sur moi.

M. de la Calprenède ne se demandait pas si les torts de Julien ne pouvaient être imputés qu'à Julien lui-même, s'il avait fait pour cet enfant tout ce qu'un père sensé doit faire, s'il s'était occupé de le diriger à son entrée dans la vie, de lui montrer le danger de l'oisiveté, de lui ouvrir une carrière, de lui donner des idées justes sur l'argent, au lieu de le laisser gaspiller le bien de sa mère ; s'il avait prêché d'exemple, lui qui ne s'était jamais piqué d'autre chose que de vivre en gentilhomme et qui s'était jeté dans des spéculations hasardées pour réparer les brèches faites à son patrimoine par ses goûts de dépense et par son insouciance des choses sérieuses.

Il ne voyait pas qu'il avait transmis à son fils ses défauts en même temps que ses qualités, que la passion du jeu est dans le sang, et que la pêche aux tonnes d'or englouties dans la mer est aussi aléatoire que le baccarat.

Et, en vérité, il était un peu tard pour sévir.

Au moment où le comte se jurait d'en venir aux moyens de rigueur pour mettre un terme aux déportements de ce déraillé, la porte du cabinet s'ouvrit doucement, et Arlette se montra.

— Tu étais là! dit-il en fronçant le sourcil; je t'avais priée de m'attendre.

— Dans la salle à manger, oui, je le sais bien, répondit Arlette. Mais votre entrevue avec M. Matapan se prolongeait... j'étais inquiète...

— Tu avais deviné, interrompit M. de La Calprenède. C'est de ton frère qu'il s'agissait.

— Ah! mon Dieu! est-ce qu'il a eu la faiblesse d'emprunter à cet homme?

— Pis que cela: il l'a volé!

— C'est impossible! s'écria la jeune fille.

— C'est ce misérable Matapan qui dit cela.

— Il ment. Et vous ne l'avez pas cru... Vous ne pouvez pas le croire.

— Non. Mais c'est déjà trop qu'il accuse mon fils.

— Sur quoi se fonde-t-il pour l'accuser ? Qu'est-il donc arrivé ?

— On s'est introduit chez Matapan, et on y a pris un collier d'opales. Que pouvait faire ce vieux forban d'un collier d'opales, et d'où lui venait-il ? C'est ce que je ne me charge pas de t'expliquer, mais le collier a été enlevé cette nuit.

— Julien est rentré beaucoup plus tôt que de coutume... avant une heure... vous dormiez, mais moi je n'étais pas encore couchée... je l'ai entendu... il est même venu dans ce cabinet... sans lumière... car il a renversé un fauteuil.

— C'est singulier... je pensais... j'espérais qu'il avait passé la nuit dehors, suivant son habitude, murmura le comte, pensif.

— Vous espériez, dites-vous ?

— Oui, car on a rencontré dans l'escalier un homme qui a ouvert la porte de notre appartement... il avait la clef... un homme qui tenait encore à la main le fameux collier, à telles enseignes que celui qui l'a rencontré en a arraché une pierre.

— Et vous supposeriez...

— Je suppose, jusqu'à preuve du contraire, que cette histoire n'a pas le sens commun. Mais tu ne sais pas qui l'a racontée à M. Matapan ? C'est M. Doutrelaise, ce joli voisin dont tu apprécies tant les mérites.

— Lui ! murmura la jeune fille, en baissant la tête pour cacher sa rougeur.

— Oui, lui-même. Il est, à ce qu'il paraît, en bons termes avec M. Matapan, puisqu'il le prend pour confident. Et il a eu bien soin de garder l'opale qu'il a enlevée au voleur, et qui servira de pièce à conviction pour retrouver le coupable.

— Et il prétend que c'est mon frère qui...

— Il n'est pas allé jusque-là... Matapan me l'aurait dit...

Il n'en est pas moins vrai que cet admirateur de Mozart a joué dans cette aventure un rôle qui me déplaît fort. Il a affirmé, très à la légère, que le voleur s'est réfugié ici. Et c'est sur cette affirmation que s'appuie Matapan pour soupçonner Julien.

— Ce soupçon est indigne, et je suis sûre que M. Doutrelaise ne le partage pas... je suis sûre qu'au besoin il défendrait Julien... qui est son ami.

— Je n'en sais rien, mais M. Matapan va lui en fournir l'occasion, car il est allé en sortant d'ici dénoncer le vol au commissaire de police, et lui raconter tout ce que je viens de t'apprendre. Il s'ensuit que nous devons nous attendre à la visite de ce commissaire, qui nous interrogera tous, à commencer par ton frère. Que dis-tu de cela?

— Qu'on reconnaîtra bien vite l'absurdité des suppositions de M. Matapan.

— C'est mon avis. Et comme ce drôle a eu l'audace d'insinuer qu'il ne porterait pas plainte si je consentais à lui accorder ta main, je l'ai chassé.

— Quoi ! il a encore osé...

— Parfaitement. Mais cette fois, c'est fini. Je suis débarrassé de lui et j'attends sans aucune inquiétude la perquisition dont il m'a menacé.

— La... perquisition ? répéta mademoiselle de la Calprenède, qui n'était pas très familiarisée avec la langue judiciaire.

— C'est-à-dire que les gens de police viendront ici et fouilleront dans nos tiroirs, pour voir s'ils y trouveront le bijou de famille de M. Matapan.

— Et vous souffrirez cela !

— Il le faudra bien. Si je m'y opposais, je me mettrais dans un très mauvais cas.

Oui, ma chère enfant, voilà le résultat des rancunes de M. Matapan et des bavardages de l'aimable M. Doutrelaise. On ouvrira ton secrétaire et le mien... on les crochèterait au besoin... on a récemment forcé bien d'autres portes que celle-ci, dit le comte en jouant avec la clef qui était à la serrure d'un petit meuble à incrustations de cuivre et d'écaille.

Ce meuble était placé de côté, près de la fenêtre du cabinet.

La clef dorée tourna dans la main distraite qui la tourmentait, et le battant s'ouvrit par son propre

oids, laissant à découvert l'intérieur de cette ar-
moire en imitation de Boule.

Sur une tablette éclairée en plein par le soleil
une belle journée d'hiver, M. de la Calprenède
it avec stupeur briller des diamants que certes il
'y avait pas mis.

Il les prit. C'était le collier d'opales, le collier
olé. On ne pouvait pas s'y tromper. A la chaîne
risée il manquait une opale.

Arlette poussa un cri et tomba évanouie dans
es bras du comte, qui jeta loin de lui les pierres
maudites.

— Julien !... c'était lui !... je ferai justice de ce
misérable... Je le tuerai, dit d'une voix entrecoupée
e malheureux père.

IV

Jacques de Courtaumer était un fantaisiste insouciant, qui avait assez mal réglé sa vie, mais qui ne regrettait ni son temps perdu, ni sa fortune gaspillée. Il se gouvernait à sa guise, et il n'écoutait les conseils sages que pour ne pas les suivre.

Après avoir aimé à la passion le métier librement choisi par lui, il s'était avisé un beau matin que la carrière d'officier de marine ne le mènerait à rien, et qu'il avait mieux à faire en ce monde que de courir pendant vingt-cinq ou trente ans après les épaulettes de capitaine de vaisseau.

Pour son malheur, il était orphelin depuis son enfance, comme Albert Doutrelaise. Il ne dépendait donc de personne, n'ayant d'autres parents qu'un frère aîné et une tante à succession.

Ce frère et cette tante s'étaient fort occupés de lui dès sa première jeunesse, et s'en occupaient encore, mais il ne les consultait guère, quoiqu'il vécût avec eux dans les meilleurs termes.

Et, depuis qu'il ne naviguait plus, il menait si rondement l'existence que son patrimoine était déjà diminué d'un bon tiers : une vingtaine de mille francs de rente réduits à treize mille, en attendant qu'ils fussent réduits à zéro.

Il envisageait sans inquiétude cette fin probable, et il prenait gaiement les désastres consommés, prétendant que la philosophie console de tout, et qu'un garçon hardi se tire toujours d'affaire quand il se ruine avant d'être trop vieux pour rien entreprendre.

Doutrelaise, un camarade de collège et un ami fidèle celui-là, Doutrelaise avait beau lui montrer le danger de ce raisonnement : l'entêté Courtaumer n'en voulait pas démordre et courait en riant à un naufrage inévitable.

Quand il recevait une forte leçon, au jeu ou ailleurs, une leçon qui l'obligeait à vendre un coupon de rente ou des obligations, il s'arrêtait quelques jours — le temps de digérer sa perte, comme il disait ; — mais ses retraites n'étaient jamais de longue durée ; il se lassait bientôt de faire pénitence, et il se lançait de plus belle à travers les écueils parisiens contre lesquels sombrent les imprudents.

Le lendemain de cette nuit accidentée qu'il avait passée au cercle, Doutrelaise au lit et Julien de la Calprenède un peu partout, Courtaumer se trouva précisément dans le cas de se priver pour un temps des plaisirs coûteux. Il appelait cela : se mettre en quarantaine, et il s'y mit sans se désoler.

Il venait de perdre une jolie somme, mais il l'avait en portefeuille. Il avait pu la payer, il ne devait rien, et comme il n'en était pas encore à manquer des louis de poche, il s'était condamné lui-même à un mois de sagesse forcée.

Dans le premier moment de fièvre qui suit une partie malheureuse, il avait écrit à Doutrelaise pour lui demander de le ravitailler ; puis, après avoir dormi, il s'était dit que son ami n'était peut-être pas en fonds, que cet obligeant garçon allait sans doute se gêner pour lui venir en aide, et que mieux valait ne pas recourir à sa bourse.

Après quoi, de peur de succomber à la tentation de revenir sur cette louable résolution, il était sorti pour aller se promener, au lieu d'attendre Albert, qu'il avait prié de venir chez lui de une heure à deux heures.

Jacques de Courtaumer habitait un entresol sur la cour dans une belle maison dont sa tante, madame la marquise de Vervins, était propriétaire, rue de Castiglione.

Le logement n'était pas merveilleux : — plafonds
très bas, pièces trop petites et fenêtres donnant
sur une cour assez triste — mais il avait un avantage très appréciable pour un viveur qui n'était
pas millionnaire.

Madame de Vervins le lui louait pour rien. Au
besoin même, s'il l'eût exigé, elle l'aurait payé
pour l'occuper, car elle était heureuse et fière
d'héberger gratis ce neveu de prédilection.

Elle en avait un autre, le frère aîné de Jacques,
un frère très richement marié, père de famille et
magistrat ; mais Jacques avait toujours été son
Benjamin. Elle aimait son caractère et elle excu-
sait ses folies. Le magistrat lui inspirait plus d'estime que de tendresse. Elle le trouvait suffisamment pourvu par les apports de sa femme, et de
plus elle lui en voulait un peu de ne pas avoir encore donné sa démission de juge.

Cette respectable douairière avait toujours été
la plus vertueuse des femmes, mais les gens graves
ne lui plaisaient pas.

Et ce mauvais sujet de Jacques s'entendait très
bien avec elle. Il la négligeait fort quand il avait
de l'argent ; mais elle lui pardonnait ses absences,
et elle tuait le veau gras lorsque des revers au
baccarat le ramenaient pour un temps à sa table
et dans son salon.

Le garnement connaissait les faiblesses de l'excellente marquise et il faut lui rendre cette justice qu'il n'en abusait jamais pour se faire remettre des fonds par avancement d'hoirie. Mais il prenait un malin plaisir à aller, après une nuit de déveine au jeu, lui annoncer que, se trouvant réduit à la portion congrue par les rigueurs du sort, il comptait se mettre en pension chez elle, jusqu'à ce que la fortune l'eût remis à flot.

Et madame de Vervins ne savait alors si elle devait se réjouir ou s'affliger, partagée qu'elle était entre le contentement que lui causait le retour du neveu prodigue, et le chagrin qu'elle éprouvait d'apprendre qu'il venait encore d'écorner sa fortune.

Ce jour-là, Jacques pensa que c'était le cas ou jamais d'aller lui faire en passant une visite matinale.

Après avoir écrit à Doutrelaise de ne pas se déranger, il était monté, avant de sortir, chez la bonne dame, qui occupait le premier étage de son immeuble. Les domestiques avaient ordre de le recevoir à toute heure, et il trouva sa tante occupée à se faire mettre des papillottes par une femme de chambre presque aussi âgée que sa maîtresse.

Madame de Vervins, née de Courtaumer, n'était pas trop vieille, quoiqu'elle fût veuve d'un gentilhomme qui avait été garde du corps du roi

Charles X ; à la voir, et surtout à l'entendre, on ne lui aurait pas donné soixante ans, quoiqu'elle en eût soixante-dix bien sonnés.

Elle était gaie comme les femmes de ce temps-ci ne le sont plus, causeuse comme l'étaient nos grand'mères, remuante par tempérament et indépendante par caractère, ce qui n'empêchait pas qu'elle eût grand air.

— Te voilà, bel oiseau de nuit, cria-t-elle à Jacques, dès qu'il se montra. Si matin, c'est mauvais signe ! combien as-tu perdu ?

— Assez pour avoir besoin que vous m'invitiez à dîner jusqu'au jour de l'an, ma chère tante.

— Oh ! oh ! la somme est forte, à ce qu'il paraît. Tant mieux ! Je te garderai plus longtemps. Mais pour ta punition, j'ai bien envie de te faire faire maigre pendant un mois. Des œufs, des légumes, du fromage à la crème et de l'eau rougie. Ce régime salutaire te rafraîchirait les idées. Qu'en penses-tu ?

— J'en ai vu bien d'autres quand j'étais embarqué, ma tante, et je n'avais pas pour me consoler de la triste chère du bord, le plaisir de vous avoir en face de moi à table.

— Eh ! bien, tu n'auras pas ce plaisir-là ce soir. Je dîne chez ton frère. Et je ne suppose pas que tu sois disposé à venir t'asseoir à ce festin de famille.

— Non. Sa femme me ferait froide mine si je
me permettais d'arriver en retard, et lui ne manquerait pas de me sermonner au dessert. Il a la
rage de prêcher, ce cher Adrien.

— Et il prêche dans le désert, car tu n'en fais
qu'à ta tête. Je te permets de te dérober ce soir à
ses remontrances, mais je ne te tiens pas quitte
des miennes. Je reviendrai prendre le thé ici à
neuf heures. J'attends un de mes amis, et je compte
sur toi pour ne pas me laisser en tête-à-tête avec
lui.

— Vous croyez que ce serait dangereux ? demanda Jacques en riant.

— Monsieur mon neveu, vous êtes un imperti-
nent. Quand on a une tante à héritage, on doit la
ménager, et ce n'est pas en lui jetant son âge au
nez qu'on se concilie ses bonnes grâces.

— Ma tante, je vous jure que vous ne m'avez
pas compris. Vous êtes toujours jeune. C'est votre
ami que je soupçonne d'être vieux.

— Vieux ou non, il a le mauvais goût de se
plaire en ta compagnie, et je tiens à la lui procurer pour le récompenser de me venir voir. Tu
voudras bien passer ta soirée ici. Je te permettrai
de fumer, et tu ne t'ennuieras point, car mon ami
est un aimable homme.

— Qui est-ce ?

— Le comte de la Calprenède. Tu l'as déjà vu

chez moi, et tu dois connaître son fils qui mène,
à ce qu'on dit, une vie de sacripant : qui se ressemble, s'assemble.

— Je le connais fort peu... pas beaucoup plus
que le père... et le père ne m'a pas parlé trois
fois dans sa vie.

— Bon ! et la fille... tu l'as remarquée, je pense ?

— Oui, ma tante, et je déclare qu'elle est ravissante. C'est aussi l'avis de mon camarade Doutrelaise.

— Qui ça, Doutrelaise ?

— Comment ! vous ne vous souvenez pas de lui ?
Je vous l'ai présenté dès mon arrivée à Paris, et
vous n'avez jamais donné un bal sans l'inviter.

— Ah ! je me rappelle... un blond qui a d'assez
bonnes façons... de quoi s'avise-t-il de se nommer
Doutrelaise ?

— Ce n'est pas sa faute. Ses parents lui ont
laissé ce nom-là... sans le consulter.

— Bon ! mais il ne s'agit pas de cela. L'épouserais-tu, dis, cette charmante fille de mon ami
la Calprenède ?

— Moi ! s'écria Jacques de Courtaumer. Vous
voulez que j'épouse mademoiselle de la Calprenède ?

— Je ne veux pas que tu l'épouses, répondit
madame de Vervins. Je te demande si tu l'épouserais.

I.   9

— C'est la même chose.

— Pas du tout. Je m'enquiers de ton sentiment, mais je ne prétends pas t'imposer le mien.

— Mon sentiment, ma chère tante, est que le mariage n'est pas fait pour moi... ou que je ne suis pas fait pour le mariage... comme il vous plaira.

— Bon ! tu changeras d'avis.

— Quand j'aurai cinquante ans, c'est possible. Et alors, il sera trop tard.

— Non; quand tu n'auras plus le sou.

— Eh bien ! dans ce cas-là aussi, il serait trop tard.

— Pas du tout, car je te laisserai mon bien, et tu serais encore un parti assez sortable. Mais comme je vivrai très vieille et que tu n'en as pas pour trois ans à manger ce qui te reste, je voudrais savoir ce que tu feras en attendant ma succession.

Note bien que de mon vivant, mon beau Jacques, je ne te donnerai que la table et le logement... à l'entresol, comme maintenant.

— Sous les toits, si vous voulez, ma tante, ou dans la loge de votre portier.

— Parle sérieusement, grand fou! Que feras-tu?

— Je naviguerai.

— Comme matelot, alors, puisque tu as donné ta démission... et je ne t'en blâme pas... ton frère devrait bien donner la sienne.

— Je trouverai à commander un navire de commerce.

— Très joli ! Un Courtaumer s'adonnant à la pêche de la morue, ou du hareng !

— Je ne serais pas le premier. Est-ce que nous n'avons pas eu un ancêtre qui racheta les terres de la famille avec l'argent qu'il avait gagné en allant chercher des épices à Java ?

— Ça ne compte pas. C'était sous François Ier. Et puis il a découvert je ne sais combien d'îles.

— J'en découvrirai d'autres.

— Si c'est ta vocation, tu tombes bien. La Calprenède a quelque chose de pareil à te proposer.

— Comment ! votre noble ami s'intéresse aux progrès de la géographie ? Je pensais qu'il ne s'occupait que d'administrer sa fortune. On prétend même qu'il l'a si bien administrée qu'il l'a fort compromise.

— Tais-toi. Tu n'es qu'une mauvaise langue. Et je te déclare, moi, que si mademoiselle de la Calprenède t'acceptait pour mari, je ne te plaindrais pas.

— Moi, je la plaindrais, ma chère tante. Voyons ! est-ce que j'ai l'air d'un homme qui rendrait sa femme heureuse ? Et je vous aime tant que je serais capable de me laisser convertir à vos idées matrimoniales. C'est pourquoi je me sauve.

— Je ne te retiens pas, vaurien. Mais si tu m
manques de parole ce soir, je te déshérite.

Cette menace ne troubla point Jacques. Il em
brassa madame de Vervins sur les deux joues, e
il s'enfuit comme un écolier qni a peur d'êtr
grondé.

En mettant le pied dans la rue, il s'aperçut qu'i
avait faim, et il pensa un instant à aller déjeune
dans un des restaurants du boulevard.

S'il avait pu deviner qu'à l'heure où il se con
sultait pour savoir où il irait calmer son appétit
Doutrelaise traitait au café de la Paix le jeune l
Calprenède, il n'aurait pas manqué une si bell
occasion de rencontrer un ami.

Mais il faisait beau et, après une nuit passée
respirer de la fumée de cigare autour d'un tapi
vert, il éprouvait le besoin de prendre l'air et de
marcher.

C'était sa méthode, surtout quand il avait perdu
et il prétendait que rien ne valait une longue
promenade pour chasser les soucis d'argent.

Les Champs-Élysées étaient à deux pas, et il devait y trouver tout ce qu'il cherchait : la nourri-
ture du corps et le calme de l'esprit. Il y alla tout
droit, très décidé à y rester jusqu'à l'heure où
les équipages reviennent du bois.

Il aimait à regarder le défilé des voitures élé-
gantes et des demoiselles à la mode, et ce passe-

temps, économique s'il en fut, convenait parfaitement à sa situation de décavé.

Mais la revue des mondaines et des demi-mondaines, en hiver, commence à deux heures, et il avait tout le temps de se restaurer avant de remonter l'avenue.

Il entra au café des Ambassadeurs, où il dînait volontiers en plein air pendant la belle saison, et il fut agréablement surpris de trouver attablés dans la salle du rez-de-chaussée des gens qui avaient eu la même idée que lui.

La claire et belle journée qui s'annonçait avait attiré dans ces parages un certain nombre de déjeuneurs, et Courtaumer, qui ne recherchait pas la solitude, se félicita d'être si bien tombé.

Il aperçut même quelques figures de connaissance, de celles qu'on rencontre partout et qu'on finit quelquefois par saluer.

Il y avait dans un coin quatre jeunes gens de son cercle et, parmi eux, M. Anatole Bourleroy, qui ne lui plaisait guère et qu'il évitait d'aborder, quoiqu'il le rencontrât au jeu à peu près tous les soirs.

Il échangea avec ces messieurs un salut fort court, et il alla s'asseoir à une table assez éloignée de la leur, pour se dispenser de se mêler à leur conversation.

Puis, sans plus s'occuper d'eux, il se mit en devoir de se refaire de ses fatigues nocturnes, en attaquant une tranche de pâté de foie gras et une bouteille de chablis première.

Cette intéressante occupation ne l'empêchait pas d'examiner ses voisins. C'était une de ses distractions préférées que de s'amuser à deviner ce que pouvaient être les gens dont il étudiait les allures, le costume et la physionomie.

Sa sagacité ne trouvait pas à s'exercer sur M. Bourleroy et sa bande, qu'il savait par cœur, mais il ne se privait pas de se moquer d'eux *in petto*.

Le gracieux Anatole ressemblait parfaitement à une de ces figures coloriées qu'on voit sur les cartes d'échantillons des tailleurs. Tiré à quatre épingles, cravaté dans le dernier goût et coiffé avec trop de soin, il ne lui manquait, pour avoir l'apparence d'un homme du vrai monde, qu'un certain air qui ne s'achète pas chez les fournisseurs.

Sa raie au milieu du front agaçait Courtaumer, qui portait courts ses cheveux frisés naturellement.

— Elle est râtissée comme une allée de jardin, disait-il entre ses dents. On s'y promènerait. Ce garçon était né pour être perruquier. Et Doutrelaise qui me parlait hier soir d'épouser sa sœur ! J'aimerais mieux être sous-préfet dans les

Hautes-Alpes que d'avoir un beau-frère comme celui-là.

Cette réflexion lui rappela les discours de sa tante, et il sourit en pensant que le pauvre Albert ne se doutait guère qu'on poussait son meilleur ami à le supplanter auprès de mademoiselle de la Calprenède.

— Il n'a rien à craindre. Je ne me laisserai pas faire, et je trouverai peut-être ce soir l'occasion de parler pour lui en causant avec le père, murmurait le brave Jacques en se versant à boire.

Mais ses idées prirent bientôt un autre cours.

Il avisa au fond de la salle, et tout juste en face de lui, un type qui accapara promptement son attention.

C'était un homme d'un certain âge, ou plutôt d'un âge certain, pas très grand, mais taillé en force.

Son visage osseux était soigneusement rasé, et sa peau brunie par le soleil accusait à première vue une origine méridionale.

Il était impossible de prendre ce personnage pour un Parisien, car ses habits devaient avoir été confectionnés dans un pays où les modes françaises ne pénètrent qu'au bout de dix ans; il portait des bagues énormes, une chaîne de montre grosse comme un câble, et il se servait de son couteau pour porter les morceaux à sa bouche.

— On dirait un Américain du Sud, pensa Courtaumer. Et ce qu'il y a de curieux, c'est qu'il me semble avoir déjà vu cette tête-là.

Il mangeait lourdement, bruyamment, avec un remuement prononcé des mâchoires, à la façon des carnassiers, et il buvait en levant le coude, comme on boit devant les comptoirs des marchands de vins.

Mais, tout en ne perdant pas un coup de dent, il regardait en-dessous l'ex-lieutenant de vaisseau, et leurs yeux se rencontraient souvent.

— Il paraît que je l'intéresse, grommelait Jacques. Pourquoi cet animal-là s'occupe-t-il de moi ? Il est vrai que je m'occupe de lui. Peut-être qu'il me connaît. On ne m'ôtera pas de l'esprit que nous nous sommes rencontrés quelque part. Où ? Je n'en sais rien. Pas dans un salon, assurément.

L'homme, ayant dévoré le pain qu'on lui avait servi, se leva tout à coup pour en prendre un autre qui se trouvait sur une table voisine.

— J'y suis maintenant, se dit Courtaumer. C'est un marin. Il marche les jambes écartées comme s'il y avait du roulis. Ce gaillard-là a passé sa vie à naviguer, c'est clair. Et il n'est pas étonnant que je l'aie rencontré dans un port ou sur un bâtiment quelconque. Est-il Français ? Je n'en sais rien, mais certainement ce n'est pas un officier... un quartier-maître tout au plus. Et

encore ! J'en ai connu qui avaient meilleure façon.

Accoutumé sans doute à se servir lui-même,
l'homme avait repris sa place et s'était remis à
mastiquer avec un robuste appétit.

M. Bourleroy et ses petits amis avaient remarqué ses manières inusitées, et riaient sous cape de
ce nigaud qui se dérangeait pour aller prendre
du pain au lieu d'appeler impérieusement le garçon.

Courtaumer, qui les trouvait ridicules, ne s'occupait pas d'eux, mais son vis-à-vis du fond de la
salle l'intriguait de plus en plus.

— Si c'est un simple matelot, se disait-il, il faut
que ce soit un baleinier qui a fait une bonne campagne et qui vient manger à Paris ses parts de
prise, car il ne regarde pas à la dépense. Il s'offre
un déjeuner de deux louis, et il a un diamant à
chaque petit doigt.

A force de réfléchir à la solution de ce pro-
blème, il finit par conclure qu'il ne la trouverait
jamais, et comme elle lui paraissait après tout médiocrement intéressante, il renonça à la chercher.

L'homme, d'ailleurs, après l'avoir regardé avec
une certaine persistance, ne s'occupait plus de
lui, et achevait de vider sa seconde bouteille d'un
vin qui devait coûter cher, car on le présentait
couché dans un panier.

9.

Courtaumer, qui n'avait plus ni faim, ni soif, alluma un cigare, et pensa à autre chose : à ses billets de banque perdus, d'abord. Il était beau joueur à la partie, mais le lendemain de la bataille, il donnait volontiers un souvenir à ses morts. Cet argent qu'il avait laissé sur le tapis devait lui servir à dorer son hiver, et il le regrettait fort.

On a beau être philosophe, on ne se console pas si vite d'un gros désastre, et il est permis au plus résigné de maudire les gagnants pendant vingt-quatre heures.

Anatole Bourleroy était un de ceux qui s'étaient partagés ses dépouilles et, ce jour-là, Courtaumer le trouvait encore plus déplaisant que de coutume. Sa voix aigre lui portait sur les nerfs, et il n'avait garde d'écouter ses propos, qui l'auraient irrité bien davantage.

Il l'entendit pourtant prononcer deux ou trois fois le nom de Julien de la Calprenède, et quoique Julien ne lui fût pas très sympathique, il se hâta d'avaler son café, de peur de saisir au vol quelque parole malsonnante et de céder à l'envie de la relever vertement.

Il s'aperçut alors que le personnage qu'il prenait pour un baleinier s'était arrêté court au beau milieu de son déjeuner. Au lieu de compléter cette fête gastronomique par une sérieuse absorption de liqueurs variées, il venait de demander sa note,

— Comment! ni rhum, ni eau-de-vie! se disait
Jacques. Est-ce que je me serais trompé! Un
marin qui vient à terre pour s'amuser ne serait
pas si pressé de se lever de table.

Et avec la mobilité d'esprit qui était un de ses
moindres défauts, Jacques revint à ses observations sur cet inconnu, qui n'avait pas l'air de se
douter qu'on s'occupait de lui et qui payait, sans
vérifier l'addition.

— Je serais curieux de savoir où il va, pensait
le versatile neveu de madame de Vervins. Je ne peux
pourtant pas m'amuser à le suivre... D'abord, ça
ne m'amuserait pas... et puis, Dieu sait où il me
conduirait... Ah! le voilà qui *envergue* un pardessus à capuchon... un vrai caban... et qui met son
chapeau en arrière comme un vieux *gabier*... il
roule plus que jamais en marchant...

L'homme passa tout près de lui pour gagner la
porte vitrée qui donne sur les Champs-Elysées, et
il put le dévisager à son aise.

— Oh! oh! dit-il tout bas, il a les oreilles percées. Décidément, c'est un matelot. Et il me semble
bien qu'il m'a lancé un coup d'œil en dessous.
Bah! s'il me connaissait, il m'aurait parlé, car il
n'a pas précisément l'air timide. Et puis... qu'est-
ce que ça me fait qu'il me connaisse ou non? Je
ne sais pas ce que j'ai ce matin; je tourne à l'agent
de police.

Mais voilà mon bonhomme parti. Je vais en faire
autant. C'est le vrai moment de profiter du soleil
pour aller voir rouler les voitures qui vont au bois.
Je suis sûr qu'aujourd'hui toutes les jolies femmes
de Paris sont dehors.

Et l'idée de jouir de cet aimable spectacle lui fit
oublier en un instant toutes les suppositions dans
lesquelles il venait de se lancer à propos d'un seigneur de bien médiocre apparence.

Il solda sa carte et il s'en alla, en affectant de
ne pas tourner la tête du côté où pérorait M. Bourleroy, qui devenait de plus en plus bruyant.

Il avait pris pour sortir le même chemin que
l'individu qui l'avait occupé plus que de raison, et
il crut bien l'apercevoir à trente pas devant lui,
marchant assez lentement et se dirigeant vers
l'avenue ; il lui sembla même qu'il louvoyait un
peu, au lieu d'aller droit ; mais il ne pensait déjà
plus à cet original et il ne prit aucun souci de ses
allures.

Le temps était à souhait pour la promenade. Un
ciel clair, un soleil un peu pâle et une brise chaude
qui chassait les feuilles mortes sur le sol sec de la
contre-allée de droite, la route privilégiée que
suivent de préférence les habitués des Champs-
Élysées.

La montée des équipages ne faisait que commencer, mais les fiacres abondaient déjà, voitu-

rant vers le bois des mères et des enfants, des modistes en rupture d'atelier, et des commis en liesse.

Des bandes de jeunes Anglaises, court-vêtues, solidement chaussées, trottaient à pied, les cheveux au vent, sous l'œil vigilant de longues et maigres gouvernantes.

Sur les chaises alignées au bord de la chaussée, une rangée de messieurs correctement mis, guettant l'occasion de saluer une femme à la mode, ou tout simplement un huit-ressorts bien attelé.

Excellent moyen de faire accroire aux passants naïfs qu'on a de belles connaissances. Peu importe d'ailleurs que le salut soit rendu.

Courtaumer savait son Paris sur le bout du doigt. Il n'y était installé à demeure que depuis deux ans, mais il y avait été élevé, et il était assurément fait pour y vivre, étant de ceux qui s'acclimatent aisément dans les pays où on s'amuse.

Il ne se donnait pas la peine de tirer des coups de chapeau aux équipages luxueux et aux petits coupés discrets, mais il aurait pu nommer tous ceux et toutes celles qui les occupaient, et il prenait un plaisir extrême à les voir défiler sous ses yeux clairvoyants.

Sa joie eût été complète s'il avait pu découvrir quelque jeune visage inconnu, une débutante heureuse et fière de ne plus aller en fiacre et d'afficher sa récente promotion dans l'état-major de la galanterie.

Mais il n'apercevait que des célébrités anciennes, des maréchales du demi-monde, gradées et chevronnées depuis longtemps. La vieille garde tout entière était là, et il l'avait trop souvent passée en revue pour se plaire encore à la contempler.

Il fit trois fois, aller et retour, le trajet de la place de la Concorde au rond-point, sans rencontrer une nouvelle venue qui valût la peine d'être regardée.

Enfin, au quatrième voyage, il dénicha au fond d'une voiture de modeste apparence une figure de femme qu'il ne se souvenait pas d'avoir jamais aperçue aux Champs-Élysées à l'heure où les demoiselles y circulent.

La promeneuse était plutôt belle que jolie, une beauté de déesse de la Liberté ou de statue de la République, et la voiture devait être louée au mois, car le cocher portait une livrée voyante et des gants douteux.

— Tiens! se dit Courtaumer, une corvette qui part pour sa première campagne! Elle n'est pas mal, mais l'armateur qui l'a lancée ne s'est pas ruiné pour l'équiper. Cette guimbarde peinte en vert n'est pas beaucoup plus élégante qu'un quarante sous.

Le coupé que l'ami de Doutrelaise assimilait à

un simple fiacre allait au pas et serrait d'assez près le trottoir de la contre-allée. La dame tenait évidemment à se faire voir, et elle avait tout l'air de chercher des yeux quelqu'un parmi les gens assis qui inspectaient les passants et surtout les passantes.

Il y en avait une file interminable de ces observateurs sédentaires : des isolés engoncés dans un fauteuil Tronchon et se chauffant au soleil ; des couples bourgeois venus là pour assister à une représentation gratuite ; des groupes de jeunes établis en cercle, échangeant des remarques sur les femmes et sur les attelages.

Courtaumer, jugeant que le moment était venu de se reposer, prit position à côté d'un gros arbre où il venait d'aviser quelques sièges vacants. Il en retint deux pour lui tout seul, en prévision de l'arrivée d'un ami, car il se proposait de faire une assez longue station dans ce coin propice à la rêverie, et il espérait que le hasard amènerait là un camarade aimable.

En attendant, la compagnie de son cigare lui suffisait, et il se mit à fumer consciencieusement, sans plus songer à l'imposante personne qui avait occupé un instant son attention.

Il ne pensait pas davantage à l'homme aux oreilles percées, et il s'amusait depuis cinq minutes à dessiner des ronds sur le sable avec la pointe de sa canne, lorsqu'en se redressant il s'aperçut qu'il avait un voisin, un monsieur qui s'était sournoisement assis à sa droite, et qui n'était autre que l'inconnu du café des Ambassadeurs.

Que venait faire là ce singulier personnage, qu'il avait complètement perdu de vue depuis une heure ? Était-ce le hasard qui l'y amenait, ou bien avait-il choisi sa place avec intention ?

La dernière de ces deux suppositions paraissait être la plus probable, et Courtaumer s'y arrêta tout de suite.

Restait à savoir pourquoi l'homme au caban le poursuivait ainsi.

Courtaumer, qui prenait volontiers les choses du mauvais côté, se mit à le dévisager d'un air à mettre en fuite un bourgeois paisible.

L'inconnu ne se sauva point, mais il baissa les yeux et il s'agita sur sa chaise, comme un visiteur embarrassé qui cherche à entamer la conversation et qui se demande par où il va commencer.

Ce manège significatif décida bientôt Jacques à l'interpeller, en termes médiocrement courtois.

— Ah ! çà, lui cria-t-il, est-ce que vous me prenez pour une jolie femme ? Tout à l'heure, au café, vous ne cessiez de me regarder, et voilà maintenant qu'après m'avoir suivi, vous venez vous camper à côté de moi !

— Pardon, monsieur, dit l'homme sans se fâcher ; je n'ai pas l'intention de vous être désagréable et je serais désolé de vous gêner, mais...

— Mais, quoi ? Vous ne me connaissez pas, je pense ! Donc, vous n'avez rien à me dire, et je vous engage à me laisser en repos.

— Je vous jure, monsieur, que je ne me permettrais pas de vous aborder si...

— Alors, c'est pour m'aborder que vous vous êtes assis là ? Vous êtes franc, au moins. J'aime mieux ça. Maintenant, que me voulez-vous ?

— D'abord, vous prier de me dire si je ne me trompe pas... vous demander si vous n'avez pas navigué autrefois.

— Et quand j'aurais navigué ? demanda Courtaumer, assez étonné, quoiqu'il s'attendît à quelque chose de pareil.

— Dans les mers de Chine... sur une frégate qui s'appelait la *Junon*...

— Eh ! bien, oui ; après ?

— Je savais bien que c'était vous... Je vous ai reconnu tout de suite, quoiqu'il y ait cinq ans de ça...

— Que signifie : de ça ? Où m'avez-vous rencontré ? Est-ce que vous faisiez partie de l'équipage de la *Junon* ?

— Oh ! non, mon commandant.

— Pourquoi m'appelez-vous mon commandant,

puisque vous n'avez jamais servi sous moi ?... D'a-
bord, il y a cinq ans, je n'étais qu'enseigne de
vaisseau.

— C'est vrai, mais vous avez tout de même
commandé pendant six mois une chaloupe canon-
nière.

— En station à l'embouchure de la rivière de
Saïgon.

— Vous en sortiez quelquefois.

— Oui, quand on signalait des pirates chinois
sur la côte. J'en ai même fait pendre plus d'un.

— Ceux-là ne l'avaient pas volé ; mais, sans
vous, j'aurais fini comme eux au bout d'une ver-
gue, et j'étais innocent comme l'enfant qui vient
de naître.

— Comment ? sans moi vous auriez été pendu !

— Je veux dire que, si j'avais eu affaire à un
autre officier, ça me serait peut-être arrivé.

— Du diable si je me souviens de vous avoir évité
ce désagrément !

— Vraiment ? Vous ne vous souvenez pas d'a-
voir, dans l'été de l'année 75, près de la pointe
Tram, capturé et brûlé une jonque chinoise...

— Qui avait pillé depuis un mois deux navires
de commerce et massacré les équipages... oui,
parbleu ! je m'en souviens... de rudes bandits, ces
Chinois-là... ils m'ont tué ou blessé cinq de mes
hommes... et nous n'en avons ramené qu'une dou-

zaine à Saïgon... les autres se sont fait tuer...

— Oh ! ils se défendent comme des chiens enragés, les lascars... mais vous devez vous rappeler qu'ils avaient avec eux un pilote... qui n'était pas de leur race jaune...

— Oui... un marin de l'île Maurice, qu'ils avaient trouvé sur une de leurs prises et qu'ils avaient épargné parce qu'il connaissait bien les côtes de Cochinchine... ils le forçaient à tenir la barre quand ils s'approchaient de terre... un solide gaillard... je le vois encore.

— En effet, dit l'homme en riant, vous le voyez, mon commandant, car c'est moi.

— Vous ! allons donc ! s'écria Courtaumer. C'est impossible ! Je vous aurais reconnu.

— Ah ! c'est que je suis joliment changé. D'abord, ils m'avaient habillé en Chinois..., j'avais une fausse queue qui me tombait le long du dos... et à présent que j'ai repris ma figure naturelle...

— Oui... maintenant que je vous regarde de près... il me semble que vous avez à peu près la tête de ce coquin-là.

— Oh ! je savais bien que vous finiriez par me remettre, murmura le ci-devant timonier des Chinois, sans relever ce singulier compliment. Et vous comprenez pourquoi je disais que vous m'aviez sauvé la vie.

— Je me rappelle à présent que j'ai eu bonne

envie de vous faire pendre, répliqua froidement Courtaumer.

— Et moi, je ne vous en veux pas ; c'était tout naturel : je servais de pilote à des pirates, et je me cachais si peu d'être Européen, que je me mis tout de suite à vous parler français. Dans le premier moment, vous m'avez pris pour un marin de l'État ou du commerce qui avait déserté.

— Si bien que j'ai commencé par vous faire mettre aux fers.

— Dame ! ça se conçoit. Je ne m'étais pas encore expliqué. Vous m'avez interrogé, je vous ai raconté mon histoire, et je n'ai pas eu de peine à me justifier. Mais j'ai été fort heureux d'avoir affaire à un officier intelligent. Et je n'oublierai jamais qu'à Saïgon, vous avez eu la générosité de me défendre devant la commission maritime qui m'a jugé.

— Vous avez plus de mémoire que moi. Je me souviens vaguement qu'on vous acquitta, faute de preuves, et pas du tout de vous avoir défendu. J'ai été appelé à déposer ; j'ai dit ce que je savais et ce que je pensais... j'ai dit que vous vous étiez laissé prendre sans résistance quand mes marins avaient abordé la jonque, et qu'il ne me paraissait pas impossible que votre récit fût vrai.

— Il l'était, mon commandant. Si mes juges avaient eu des doutes, ils m'auraient condamné.

— Hum ! il me semble bien que les Chinois prétendaient que vous parliez parfaitement leur langue...

— Je les parle toutes... plus ou moins. J'ai tant couru le monde.

• — Ils prétendaient aussi que vous étiez venu avec eux de très bonne volonté. Ils ajoutaient même que c'était vous qui leur aviez livré le bâtiment sur lequel vous naviguiez.

— Ils mentaient... les Chinois mentent toujours.

— Je ne dis pas le contraire. Personne n'était plus là pour témoigner contre vous, puisqu'ils avaient égorgé tous vos camarades. On vous a relâché. On a bien fait. Ce n'est pas une raison pour que votre compagnie me soit agréable.

— Je ne prétends pas vous l'imposer, répliqua l'homme en changeant de ton tout à coup. Je vous ai reconnu au café, et j'ai cru que je devais saisir l'occasion de vous remercier, n'ayant pu le faire jusqu'à présent... quand on me mit en liberté, vous aviez quitté Saïgon... Mais je n'ai besoin de qui que ce soit.

— Vous avez donc fait fortune ? dit Courtaumer en le toisant de la tête aux pieds.

— Mon Dieu ! oui. J'ai entrepris le transport des *coolies* indiens à Bourbon et à Maurice ; j'y ai gagné beaucoup d'argent, et j'ai de quoi vivre à

Paris sur un bon pied. Je ne vous cacherai pas que j'y viens pour m'amuser.

— Tant mieux pour vous ! Mais je ne vois toujours pas pourquoi vous m'avez adressé la parole.

— Pour vous offrir mes remerciements, j'ai eu déjà l'honneur de vous le dire.

— Et moi je vous répète que vous n'avez aucun gré à me savoir.

— Fort bien, monsieur ! J'aurais voulu vous devoir de la reconnaissance. Vous m'en dispensez. Je n'insisterai pas, mais vous me permettrez de rester à la place que j'ai choisie.

— Les Champs-Elysées appartiennent à tout le monde, répondit Courtaumer en tournant le dos à son indiscret voisin.

Il avait bien envie de lever le siège, mais il se dit qu'il aurait l'air de céder et il mit de l'amour-propre à rester.

Il comptait d'ailleurs que cet intrus, rebuté par son accueil, allait le laisser en repos, et qu'il se lasserait bientôt d'occuper une chaise à côté d'un monsieur qui répondait si mal à ses avances.

Il se trompait. L'ancien prisonnier des pirates se tut pour allumer un énorme cigare, mais après en avoir tiré quelques bouffées, il reprit avec un calme imperturbable :

— Excusez-moi, monsieur. Je m'y suis mal pris. J'aurais dû me dire qu'à Paris, lorsqu'on veut accoster quelqu'un, il faut d'abord se faire présenter... sous peine de passer pour un aventurier. Que voulez-vous ! Je me figurais qu'entre marins on pouvait supprimer cette formalité.

— Entre marins ! répéta dédaigneusement Courtaumer. D'abord je ne le suis plus... et même quand je l'étais...

— Vous n'apparteniez pas comme moi à la marine marchande, je le sais. Et je tiens seulement, pour vous prouver que je ne suis pas le premier venu, à vous apprendre que j'ai ici des amis bien placés dans le monde, qui au besoin répondraient de moi. Je ne vous en nommerai qu'un, parce que celui-là est plusieurs fois millionnaire et fort connu à Paris.

C'est M. le baron Matapan et vous avez dû entendre parler de lui.

Au moment où Courtaumer ouvrait la bouche pour envoyer à tous les diables l'ami du baron Matapan et le baron lui-même, une main se posa sur son épaule et il se retourna vivement.

Courtaumer en se retournant vit debout derrière lui Albert Doutrelaise.

— Tiens ! c'est toi ! s'écria-t-il ; parbleu ! tu arrives à propos pour me tirer d'une situation déplaisante.

— Il me semble pourtant qu'on est fort bien ici pour voir le défilé, murmura Doutrelaise.

— Oui, la place est bonne. Mais je la quitte. Il y a des voisinages insupportables. Allons faire un tour.

Et, sans même honorer d'un regard l'ennuyeux qui l'obsédait depuis une demi-heure, l'ex-lieutenant de vaisseau se leva, prit le bras de son ami et l'entraîna vers la contre-allée avec tant de précipitation qu'il renversa deux chaises.

L'homme au caban, cette fois, se tenait sans doute pour battu, car il ne s'avisa point de le suivre. Il avait toisé Doutrelaise, comme s'il eût voulu prendre son signalement, mais ce fut tout. Sans ajouter un mot à la triomphante déclaration qu'il venait de lancer, il haussa les épaules et fit face à la chaussée.

— Quel est ce personnage qui te parlait de mon propriétaire ? demanda curieusement Albert.

— Ah ! c'est vrai, la maison où tu demeures appartient à ce Matapan, s'écria Jacques, tu me l'as dit hier soir ; mais je veux que le diable m'emporte si je sais comment il connaît l'animal que tu viens de voir et qui depuis une heure m'assomme en se jetant dans mes jambes et en me parlant malgré moi.

— Et d'où te connaît-il ? Qu'il connaisse Matapan, ce n'est pas très extraordinaire... je trouve même qu'il y a entre eux un air de famille... mais toi qui n'es pas de la même couche que ces gens-là...

— Mon cher, tout arrive. Imagine-toi que ce vilain bonhomme est un ancien matelot que j'ai rencontré en Cochinchine, il y a cinq ans.

— Tu frayais donc là-bas avec des matelots ?

— Oh ! c'est toute une histoire. Je l'ai pris sur une jonque chinoise qui était montée par des pirates et que j'ai coulée à fond.

— Et c'est en cette occasion que tu t'es lié avec lui ? dit Albert en riant.

— Pas du tout. Ma première idée a été de le faire pendre. Naturellement, il a réclamé. Il prétendait qu'il était avec ces brigands par force ; qu'ayant pris un navire anglais où il était timonier, ils lui avaient fait grâce de la vie à condition qu'il les piloterait. J'ai eu la bonté de l'écouter et de le ramener pieds et poings liés à Saïgon, où je l'ai remis aux autorités maritimes, qui n'ont point relevé contre lui de preuves concluantes, et qui l'ont relâché.

— Et tu viens de le retrouver?

— Au café des Ambassadeurs, où il déjeunait comme un prince. Il me semblait avoir vu quelque part sa déplaisante figure, mais je ne tenais pas à lui demander où ; je suis sorti, et je ne pensais plus à lui lorsqu'il est venu s'asseoir à côté de moi à la place où tu l'as trouvé. Et il a eu l'aplomb de me rappeler ses aventures, sous prétexte de me remercier de l'avoir sauvé de la corde qu'il méritait, j'en suis sûr.

— C'est assez raide, en effet, mais comment est-il arrivé à te parler de M. Matapan ?

— Pour se poser vis-à-vis de moi en homme qui a de belles relations à Paris. Il prétend que ton propriétaire est son ami intime.

— C'est fort étrange !

— Ma foi ! non. Ce Matapan passe, si je ne me trompe, pour avoir gagné ses millions on ne sait ni où, ni comment. Il a peut-être jadis écumé les mers en compagnie de mon Cochinchinois.

— Sais-tu le nom de cet homme ?

— J'ai dû le savoir là-bas, mais je l'ai oublié et je te prie de croire que je ne le lui ai pas demandé ici. Si le cœur t'en dit, il ne tient qu'à toi de l'apprendre : interroge Matapan.

— Je m'en garderai bien, dit vivement Doutrelaise ; mais pourrais-tu m'expliquer pourquoi tu déjeunais aux Champs-Élysées à l'heure où tu devais m'attendre ?

— Comment ! tu es allé chez moi ?

— J'en viens.

— Tu n'as donc pas reçu ma seconde lettre ?

— Non ; je suis sorti à onze heures. Et la première était rédigée en termes si clairs, que je n'avais pas une minute à perdre pour te tirer

d'embarras. Je n'avais garde de manquer le rendez-vous que tu m'avais donné.

— Je reconnais bien là mon Albert. La race des
amis comme toi se perd.

— Bah ! je n'ai pas grand mérite à t'obliger. Tu
es le débiteur le plus exact que je connaisse.
Voyons, combien te faut-il au juste ? Lâche ton
chiffre sans hésiter. Je sais qu'il est gros.

— Comment le sais-tu ?

— J'ai vu quelqu'un qui était au cercle cette
nuit et qui m'a dit que tu t'étais *enfilé* de vingt-
cinq mille.

— Vingt-quatre mille six cents. Ton donneur
de renseignements est assez bien informé. Parions que c'est ton voisin, M. Anatole Bourleroy.

— Jamais de la vie. Je le fuis comme la peste,
et quand j'ai le malheur de le rencontrer, j'évite
de lui parler. Ce matin, il rentrait au moment où
je sortais. C'est à peine si nous nous sommes salués.

— Moi aussi je viens de le voir déjeunant aux
Ambassadeurs... avec les louis qu'il a gagnés, et
j'ai fait comme toi... je l'ai *coupé*.

Mais pour en revenir à l'emprunt que j'avais
pensé à ouvrir et que tu aurais souscrit tout en-
tier, j'ai réfléchi, et je m'en passerai. Je ne dois
rien, n'ayant pas joué sur parole. J'en serai quitte
pour faire des économies en prenant pension chez
ma tante pendant deux ou trois mois.

Garde ton argent pour une meilleure occasion, mon vieux.

— Elle se présentera, je n'en doute pas, dit en riant Doutrelaise. Je ne crois pas que ta sagesse soit de longue durée. Et tu n'es pas le seul décavé qui cherche une somme. J'en connais un qui, pas plus tard que ce matin...

— Regarde donc, là-bas, à la portière de ce coupé qui vient à nous au pas, interrompit Courtaumer en serrant le bras de son camarade.

— Eh ! bien, quoi ?

— Une recrue, mon cher. Une jolie fille que je n'avais jamais vue ici, ni toi non plus, j'en suis sûr, et que je venais de découvrir quand tu es arrivé.

— Cette brune en toque de loutre ?

— Oui, qui dédie des signes de tête à un monsieur dont je n'aperçois qu'une épaule... le reste est caché par un gros arbre.

— Bon ! je la vois... et sa figure ne m'est pas inconnue... elle ressemble à... sapristi ! mais c'est elle !

— Qui, elle ! tes exclamations manquent de clarté, cher ami.

— C'est Lélia... la majestueuse Lélia.

— Qu'est-ce que c'est que Lélia ? J'ai lu ce nom-là dans un roman qui m'a ennuyé.

— Lélia Marchefroid, la fille de mon portier.

— Un début alors. En effet, tu m'as dit que son respectable père la destinait au théâtre. Elle y fera son chemin. Elle en est déjà à la voiture au mois.

— Je n'en reviens pas.

— Comment ! tu croyais qu'elle apprenait à jouer la comédie dans le seul but d'aider l'auteur de ses jours à tirer le cordon !

— Non, pas précisément, mais je pensais qu'elle allait encore à pied.

— Eh bien ! tu te trompais. Un protecteur éclairé de l'art dramatique lui a loué un coupé. Il est vieux et laid, le protecteur éclairé. Tiens ! il vient de se retourner pour lui sourire, et il nous montre sa face glabre et bouffie... il a des lunettes d'or comme l'illustre Prudhomme.

— Ah ! parbleu ! c'est complet ! s'écria Doutrelaise. Sais-tu qui est ce monsieur-là !

— Ma foi ! non, et je ne me soucie pas de le savoir.

— Moi, je te réponds que tu vas être ravi de l'apprendre. C'est M. Bourleroy, premier du nom.

— Le droguiste intransigeant que tu as eu l'impertinence de me proposer pour beau-père ?

— Lui-même, cher ami. Sa fille Herminie aura un demi-million de dot.

— Si ce bourgeois vicieux ne se ruine pas à protéger des débutantes.

10.

— Impossible. Il est bien trop avare pour entamer son capital. Mais me voilà fixé sur sa conduite et sur la façon dont le concierge de M. Matapan pratique la morale indépendante... et si
jamais ces gens-là s'avisaient de jouer un mauvais
tour à mes amis ou à moi, je les tiens maintenant.

— Ah ! mademoiselle Lélia nous a vus. Elle dis-
paraît dans les profondeurs de sa voiture et son
cheval se décide à prendre le trot. Le sieur Bourleroy a dû nous apercevoir aussi, car il vient de
faire le plongeon.

Passons notre chemin, mon bon. J'en ai assez
des Bourleroy père et fils, dit Courtaumer en prenant le bras de son ami, qui se laissa très volontiers entraîner plus loin.

Ils remontaient la contre-allée, et ils n'eurent
pas de peine à se perdre dans la foule des prome-
neurs.

Doutrelaise ne disait plus mot et Courtaumer
se taisait. Ils avaient tous les deux des soucis qui
ne les portaient pas à la causerie.

Courtaumer n'était pas encore consolé de sa
perte et se laissait aller malgré lui à des réflexions
mélancoliques en songeant à la vertueuse soirée
qu'il allait passer chez sa tante.

Doutrelaise pensait à l'étrange aventure de la
nuit dernière et se demandait s'il allait en parler

à son ami, le meilleur, le seul qu'il consultât habituellement dans les cas difficiles.

— Toi qui as rencontré tant de gens ce matin, lui demanda-t-il après un assez long silence, n'aurais-tu pas rencontré, par hasard, Julien de la Calprenède ?

— Julien de la Calprenède? répéta Courtaumer; non, ma foi ! je ne l'ai pas rencontré. On ne le rencontre jamais le matin ailleurs que dans son lit, je suppose, attendu qu'il se couche habituellement à l'heure où le soleil se lève. Et comme je ne vais pas chez lui, je ne l'ai pas vu aujourd'hui.

— Tu l'as vu au cercle, cette nuit ?.

— Oui, je crois bien qu'il y était. Je ne pensais qu'à mon jeu, et je n'ai pas fait grande attention à lui ; mais il me semble l'avoir aperçu rôdant autour de la table de baccarat comme un pauvre qui a faim rôde autour d'un buffet bien servi.

Il doit être diablement à la côte, ton Julien.

— J'en ai peur. Mais dis-moi... était-il au cercle quand tu y es arrivé ? Tu y es allé tout droit après m'avoir quitté, n'est-ce pas ?

— Oui, tout droit et au pas accéléré. Je me figurais que j'étais en veine. C'était une illusion qui m'a coûté cher.

— Et le jeune la Calprenède t'avait devancé?

— Non. Il n'est arrivé que longtemps après moi, à ce que je crois, car je ne l'ai pas trouvé

en entrant à minuit et demie dans le salon rouge...
et dans les autres, il m'a semblé qu'il n'y avait encore personne. La partie n'a commencé qu'à deux
heures.

Mais, pourquoi toutes ces questions?

— Parce que ce pauvre garçon m'a écrit ce matin
pour me demander un service...

— D'argent, n'est-ce pas?...

— Mon Dieu! oui. Lui aussi, il a perdu. Oh! pas
tant que toi.

— S'il avait perdu autant que moi, je crois que
ses créanciers ne seraient jamais payés.

— Il n'en a qu'un, mais mieux vaudrait qu'il en
eût dix comme toi.

— Comme moi!... c'est une hypothèse invraisemblable... je ne suis jamais créancier.

— Malheureusement. Julien doit six mille francs
à M. Bourleroy.

— Au protecteur de Lélia?

— Non. Le père ne joue pas. C'est le fils qui
les lui a gagnés à l'écarté... gagnés sur parole.

— Alors, je plains ton jeune ami. Tout le cercle
doit savoir qu'il ne paye pas ses dettes de jeu. Le
joli Anatole a dû crier l'histoire sur les toits. Je
parierais même que tout à l'heure, en déjeunant, il
la racontait à ses amis... des drôles de son espèce.

— Que ne me suis-je trouvé là! dit entre ses
dents Doutrelaise.

— Pour lui tirer les oreilles, hein ? Je l'aurais volontiers corrigé, mais je n'avais aucun titre à prendre la défense d'un garçon que je connais fort peu. Du reste, Bourleroy va être obligé de se taire, puisqu'il va recevoir son argent, car je te connais... tu as dû prêter les six mille.

— Mais non. J'allais les prêter lorsque Julien, qui déjeunait avec moi au café de la Paix, est parti brusquement.

— Sans toucher ! il est donc fou ?

— Non. Je suppose qu'il n'a pas voulu recevoir l'argent que je lui offrais en présence de M. Matapan, qui était survenu et qui s'était assis près de moi sans m'en demander la permission.

— Comme mon pirate l'a fait avec moi tout à l'heure. Je ne m'étonne plus qu'ils se fréquentent. Ils sont aussi mal élevés l'un que l'autre.

Mais je devine pourquoi Julien s'est sauvé. Il aura emprunté à M. Matapan une somme qu'il n'a pas pu lui rendre, et la présence de ce propriétaire le gênait pour recevoir des fonds qu'il ne voulait pas lui remettre.

— J'ai eu la même idée que toi, et, dès que j'ai été délivré de la présence du Matapan, j'ai couru après Julien. Impossible de remettre la main sur lui. Je suis allé au cercle ; je l'ai envoyé demander chez son père. On ne l'a vu nulle part.

— Bah ! il se retrouvera.

— Je crains qu'il n'ait fait un coup de tête. Sa situation est si compromise que...

— Tu t'imagines qu'il s'est jeté à l'eau ? Allons donc ! Pour quelques dettes criardes que son père finira par payer ! Je ne croirai jamais cela. Ah ! si tu me disais qu'il a commis une action honteuse... mais c'est impossible. Il porte un nom qui oblige.

Doutrelaise ne répondit pas. Courtaumer venait de mettre, sans y penser, le doigt sur la plaie. C'était le moment ou jamais de lui raconter l'histoire du collier et de lui demander ce qu'il en pensait. Mais Doutrelaise hésitait. La confidence était scabreuse ; avait-il le droit de consulter son ami sur un cas qui touchait à l'honneur de Julien ? Il s'était déjà repenti d'avoir trop parlé. Courtaumer n'était pas M. Matapan, mais Courtaumer n'était pas toujours très discret.

— Ah ! çà, dit-il tout à coup, il t'intéresse donc bien cet écervelé ? Je ne savais pas que tu fusses si lié avec lui.

— Lié n'est pas le mot, mais...

— Allons! avoue que c'est sa sœur qui t'intéresse.

— Je t'ai déjà prié de ne plus me parler de cela. Mademoiselle de la Calprenède n'est pas en cause. Et tu reviens sans cesse sur le même sujet.

— Aujourd'hui, j'ai une raison pour y revenir...
une raison sérieuse.

— Laquelle ? demanda Doutrelaise très étonné.

— Tu veux le savoir ? Alors, prépare-toi à tomber de ton haut. Ma tante s'est mis en tête de me
faire épouser cette jeune fille.

Ah ! tu deviens vert ! Donc, j'avais deviné, tu
l'aimes !

— Toi ! l'épouser ! tu la connais à peine.

— Il ne s'agit pas de cela. Réponds catégoriquement : L'aimes-tu, oui ou non ?

— Et si je te disais que non, tu l'épouserais ?

— Si tu me disais que non, je ne sais pas ce que
je ferais. Mais si tu me dis que oui, je déclarerai à
ma tante qu'aucune considération ne me décidera
à marcher sur les brisées de mon meilleur camarade.

— Je te défends bien de prononcer mon nom à
propos de ce mariage, dit vivement Albert. Personne ne se doute que mademoiselle de la Calprenède m'a inspiré un sentiment qui...

— A la bonne heure ! tu entres dans la voie des
aveux... et tu fais bien, car j'aurais pu me laisser
aller à *flirter* avec mademoiselle Arlette, qui est
charmante. Maintenant, sois tranquille : je ne la
regarderai même pas... jusqu'à ce qu'elle soit madame Doutrelaise... car je veux que tu l'épouses...
et tu l'épouseras. Je t'y aiderai tant que je pourrai.

— Mais tu n'y peux rien !

— Qu'en sais-tu ? Le père est l'ami de madame de Vervins, ma tante, qui est une excellente femme, et que j'endoctrinerai si bien qu'elle plaidera ta cause, qu'elle la gagnera...

— Non, Jacques, de grâce, ne lui parle pas de moi. Tu me nuirais en cherchant à me servir. Plus tard, peut-être... mais le moment n'est pas venu.

— Comme tu voudras, mon cher. Je me contenterai de te laisser le champ libre. Tu peux compter que je signifierai dès ce soir à qui de droit ma volonté bien arrêtée de rester garçon à perpétuité.

Et maintenant que la question est vidée, veux-tu que nous allions faire un tour au Bois et que nous revenions dîner au cercle ?

— Non, j'ai affaire. Il faut même que je te quitte.

— Pour courir après ton futur beau-frère ?

— Jacques, tu m'ennuies.

— Va, mon brave, va donner la chasse à ce Julien, qui s'enfuit quand on veut l'obliger. Ce sera le monde renversé, car en général ce n'est pas le prêteur qui poursuit l'emprunteur. Eh ! bien, je te l'enverrai, car je parie que je le trouverai, moi.

— Alors, fais-moi le plaisir de lui apprendre que je le cherche.

— Pas un mot de plus. Voici son père.

— Son père !

— Oui, le comte de la Calprenède en personne...

là-bas, sur la contre-allée. Il vient droit à nous...
Il nous a vus, et il a tout l'air de vouloir nous
aborder. Pas moyen de l'éviter. Je ne suis pas
fâché d'ailleurs de savoir ce qu'il peut avoir à nous
dire.

C'était vrai. Le comte arrivait, marchant à pas
pressés.

— Diable ! murmura Courtaumer, il n'a pas l'air
d'être de bonne humeur. Est-ce qu'il aurait eu
vent des nouvelles fredaines de monsieur son fils ?

Doutrelaise, qui donnait le bras à son ami, se
dégagea tout doucement. Il voyait fort bien que la
figure de M. de la Calprenède était à l'orage, et,
ne se souciant pas d'affronter sa mauvaise humeur,
il songeait à s'esquiver.

S'il avait pu deviner ce que le comte pensait de
lui en ce moment même, il se serait sauvé à toutes
jambes. Comme, après tout, il croyait n'avoir rien
à se reprocher, il résolut de faire bonne mine à
mauvais jeu et il resta.

On s'aborda poliment, mais M. de la Calprenède,
affectant de ne pas regarder le pauvre Doutrelaise,
tendit la main à Courtaumer et lui dit :

— Je suis heureux, monsieur, de vous rencontrer, et je désirerais vous entretenir un instant...
seul.

Il le tirait à l'écart, en parlant ainsi, et Jacques
se laissa emmener.

— Mon fils est de votre cercle, je crois ? lui demanda brusquement le comte. Oui. Eh bien ! si vous l'y rencontriez ce soir, je vous serais très obligé de me faire prévenir. Je crains qu'il ne s'y attarde, et j'ai absolument besoin de le voir le plus tôt possible. Je serai de neuf heures à onze heures chez madame de Vervins, et de là je rentrerai à la maison, boulevard Haussmann.

— Comptez sur moi, monsieur le comte, répondit Courtaumer. Seulement, j'ai promis à ma tante de...

Il n'acheva point sa phrase. M. de la Calprenède était déjà loin.

Courtaumer se retourna pour rejoindre Doutrelaise, qu'il avait laissé en arrière. Doutrelaise avait disparu.

— Ma parole d'honneur, s'écria-t-il, on dirait qu'ils sont tous devenus fous ! Et je commence à croire que M. Julien a sur le dos quelque mauvaise affaire. Tant pis pour lui ! Ce cher Albert est bien bon, en vérité, de lui tendre la perche, car, à en juger par l'accueil que le père vient de lui faire, il ne prend pas le chemin d'épouser la fille.

V

Neuf heures sonnaient à la pendule Louis XIV ; une pendule qui aurait fait bonne figure dans les petits appartements du Versailles d'autrefois, et que le grand-père de madame de Vervins avait sauvée jadis du pillage révolutionnaire.

Ponctuelle comme le grand Roi, la marquise était déjà établie dans son fauteuil de prédilection, au coin de la haute cheminée où brûlait un clair feu de bois de hêtre.

Le thé était servi. Un thé à l'ancienne mode, où la classique théière en porcelaine de Sèvres remplaçait le samovar russe, car la noble dame ne donnait point dans les innovations modernes.

Elle s'habillait comme au temps de sa jeunesse, avec quelques sacrifices au goût du jour, — juste ce qu'il en fallait pour n'être pas ridicule — et elle avait conservé l'habitude de se coiffer en longues boucles, qui allaient fort bien à ses cheveux blancs.

Son petit pied, dont elle tirait encore quelque vanité, pinçait nerveusement un coussin tapissé par ses belles mains et sa tête fine et pâle se détachait comme un camée sur la soie cramoisie du dossier où elle s'appuyait.

Autour d'elle, tout s'harmonisait avec cette survivante d'une époque disparue : les lourds rideaux brochés, le lustre massif, les panneaux dorés, les portraits d'ancêtres dans des cadres sculptés.

Paris — le Paris d'à-présent — finissait au seuil de ce vaste salon, solennel comme une nef de cathédrale, silencieux comme une salle de musée.

Elle était pourtant très vivante, cette aimable et alerte douairière. Ses yeux gris pétillaient d'esprit et ses lèvres minces lançaient à merveille le mot qui porte. Elle voyait tout, lisait tout, savait tout, disait tout.

Et avec toutes ces qualités, pas l'ombre de méchanceté ; rien que de la franchise, de la rondeur gaie.

Jacques disait volontiers : Ma tante est un comble.

Ce soir-là, elle avait sa figure des grandes occasions et la parole brusque plus que de coutume.

— Mon neveu n'est pas venu ? demanda-t-elle à un vieux valet de chambre, tout de noir vêtu, qui était occupé à disposer méthodiquement les tasses sur un plateau en laque.

— Pas encore, madame la marquise, dit ce serviteur un peu cassé, qui était depuis cinquante ans dans la famille.

Un véritable immeuble par destination.

— Tu ne recevras que lui et M. le comte de la Calprenède, dit madame de Vervins.

— Bien, madame la marquise, répondit le bonhomme en se retirant à reculons.

— Ah ! François ! as-tu allumé du feu dans la bibliothèque ? M. Jacques ne peut pas rester trois heures sans fumer, et je ne veux pas qu'il m'empeste ici.

— Monsieur trouvera une boîte de cigares sur la cheminée.

— De ceux qu'il aime ?

— Je les ai achetés au fournisseur de son cercle.

— Bien. Laisse-moi. Et quand le comte viendra, ne l'annonce pas trop haut. Tu as pris depuis quelque temps la mauvaise habitude de crier comme si tu étais huissier d'un ministre de la République.

François sortit sans protester, quoiqu'il en eût bien envie. Il avait les mêmes opinions politiques que sa maîtresse, et l'assimilation lui paraissait blessante.

La marquise, restée seule, se mit à somnoler. C'était sa coutume après dîner, mais elle ne dormait pas comme une bourgeoise qui s'est bourrée de truffes. Elle avait le sommeil élégant, un sommeil léger qui n'était guère qu'un assoupissement et qui ne l'empêchait pas de penser.

Elle rêvait volontiers à son neveu préféré, particulièrement les jours où il lui avait donné quelque nouveau souci.

Et c'était le cas.

— Si je n'y mets ordre, ce garçon finira sottement, ruminait-elle en fermant les yeux à demi. Il n'a pas plus de prévoyance qu'un linot, et il se moque de la ruine comme je me moque d'un rhume de cerveau. Il parle d'entrer dans la marine marchande avec une désinvolture affligeante. Et il le ferait comme il le dit. Il a de qui tenir. Son père était aussi insouciant que lui et l'a fort mal élevé. Bah ! Après tout, j'aime mieux son caractère que la sagesse gourmée de son aîné.

Sur cette réflexion consolante, elle ferma les yeux tout à fait et elle s'endormit tout de bon. Pas pour longtemps. Un quart d'heure de sommeil lui suffisait.

Et, en se réveillant, elle retrouva aussitôt le fil de ses idées.

— Ces folies-là ne se peuvent traiter que par le mariage, murmura-t-elle. Donc, il faut le marier. Et tôt. Je puis un de ces matins m'en aller dans l'autre monde, et si je n'étais plus là, il n'aurait garde de chercher femme.

Heureusement, j'en ai une toute prête. Cette petite Arlette est la meilleure créature que je connaisse, et jolie comme un cœur. Un peu triste peut-être, un peu sentimentale. Tant mieux! Ça le changera.

Ce matin, quand je lui en ai parlé, il a fait le difficile, mais il s'attendrira. On ne résiste pas à des yeux comme ceux d'Arlette.

Pourvu qu'il n'ait pas une liaison avec une drôlesse!... non, il est trop mauvais sujet pour s'être laissé prendre. Ce sont les bons jeunes gens que ces demoiselles empaument facilement.

Allons! je vais dès ce soir m'expliquer nettement avec mon vieil ami la Calprenède. Jacques lui convient, et nous allons nous entendre pour décider ce grand récalcitrant.

Hum! je le crois ruiné à blanc, ce cher comte; mais je le connais, et je suis bien sûre que ce n'est pas l'intérêt qui le pousse à choisir Jacques pour sa fille. Il est fier comme Artaban, et si je m'avisais de parler des avantages que je veux faire à mon neveu, il serait capable de prendre la mouche.

La marquise en était là de son monologue,

lorsque François, qui se souvenait des recomman-
dations de sa maîtresse, annonça d'une voix dis-
crète :

— Monsieur le comte de la Calprenède!

— Vous arrivez bien, mon ami, dit madame de
Vervins. J'allais m'endormir. Je crois même que
j'ai fait un somme. Voilà ce que c'est que d'être
vieille ! Vous souvenez-vous du temps où je valsais
jusqu'à l'aurore ?

Non. Dans ce temps-là, vous ne valsiez pas encore. J'oublie toujours que vous avez vingt ans de
moins que moi.

Le comte serra la main que lui tendait madame
de Vervins, qui s'écria:

— Fi donc ! où avez-vous gagné ces manières
anglaises ? Ma main est encore assez blanche, j'espère, pour que vous la baisiez. Autrefois, mon cher,
vous n'y manquiez jamais.

M. de la Calprenède s'exécuta sans embarras. Il
était né dans un monde où on sait aborder respec-
tueusement une femme, et il n'avait pas encore
désappris les belles coutumes du temps passé. Mais
le sourire obligé ne lui vint pas aux lèvres, et il
prit place sans mot dire sur le fauteuil qui l'attendait.

— Mon cher, commença la marquise, j'ai ouvert le siège ce matin. Jacques ne s'est pas rendu
à la première sommation. Je crois même qu'il se

défendra. Mais si nous manœuvrons bien, je suis
certaine qu'il finira par capituler. Seulement, il
faudra que notre chère Arlette nous aide un
peu.

Oh! pas maintenant, reprit madame de Vervins,
pour répondre à un mouvement du comte qui
venait de secouer la tête en signe de doute. Nous
n'en sommes encore qu'aux préliminaires, et Jacques est ombrageux comme un jeune cheval qu'on
n'a jamais attelé. Si je lui proposais de but en
blanc de le présenter à votre fille, il se déroberait.
Mais nous emploierons les vieux moyens, qui sont
encore les meilleurs. On se rencontrera comme
par hasard.

Où? C'est une question que je ne me charge pas
de décider. Je tiens à y être, car nous ne serons
pas trop de deux pour mettre mon étourneau de
neveu dans le bon chemin. Il y a le théâtre... la
soirée dans une loge à l'Opéra ou aux Français...
c'est classique, mais le spectacle n'est plus de mon
âge.

D'un autre côté, vous ne recevez plus depuis un
an... et, à ce propos-là, je puis bien vous demander
où vous en êtes de vos affaires?

— Toujours au même point, dit le comte d'un
air sombre.

— Bon! elles s'arrangeront, et j'espère que vous
ne vous lancerez plus dans les entreprises. Nous

11.

ne sommes pas faits pour nous enrichir dans l'industrie, mon pauvre ami.

Mais je reviens à notre grand projet. Voyons! si je donnais un bal? Non. Il y a quinze ans qu'on n'a dansé ici... Jacques se défierait. Des soirées de musique, comme l'hiver dernier; ce serait mieux.

Qu'en dites-vous? Pas de réponse. Décidément, Robert, vous n'êtes pas vous-même, ce soir. Que se passe-t-il? Vous n'avez rien à cacher, je pense, à une amie d'un demi-siècle.

— Non, rien, répondit avec effort M. de la Calprenède, car je viens vous confier mes peines... et vous demander un conseil.

— Je suis toute à vous. Que vous est-il arrivé?

M. de la Calprenède hésita un instant. Puis, brusquement, comme un homme qui veut s'interdire la possibilité de revenir sur une résolution prise :

— Marquise, dit-il, que feriez-vous si vous aviez un fils et que ce fils fût un voleur?

— Cher ami, répondit vivement madame de Vervins, vous me permettrez de vous dire que vous vous embarquez là dans une supposition extravagante. Si j'avais eu un fils, il aurait pu faire quelques sottises, comme mon neveu Jacques, mais commettre une action honteuse... non, mille fois non... Je suis une Courtaumer, comme vous êtes un la Calprenède... et quand on porte des noms comme les nôtres, on ne se déshonore pas.

On se ruine, par exemple, ajouta-t-elle en riant. C'est bien assez !

— Moi, je me suis ruiné, dit amèrement le comte. Mon fils a été plus loin : il s'est déshonoré.

— Julien ? Ce n'est pas possible.

— Cela est. Il a volé.

— Ah ! le malheureux enfant ! En vérité, je suis confondue. Mais comment cela est-il arrivé ? Car enfin je ne croirai jamais qu'il a forcé une caisse ou crocheté une porte.

Voyons, Robert, expliquez-vous, je vous en supplie. Je ne comprends rien à ce que vous me dites.

M. de la Calprenède se tut. Il pleurait.

— Le jeu, peut-être ? reprit la marquise très émue. Oui, c'est au jeu, n'est-ce pas, que dans un moment d'égarement il a... quelle horreur ! mieux vaudrait, je crois, qu'il eût brigandé sur les grands chemins.

Miséricorde ! voilà donc où la fréquentation de ces tripots qu'on appelle des cercles conduit les fils de famille !

Et Jacques y passe sa vie ! Jour de Dieu ! s'il y remet les pieds, je vous jure qu'il n'héritera pas de moi.

— Vous vous trompez, marquise, dit le comte

en refoulant ses larmes ; Julien n'a pas triché au
jeu. Julien n'est pas un simple escroc. Il a volé,
vous dis-je, comme les gens qu'on envoie aux galères. Il est entré la nuit dans un appartement...
avec une fausse clef... et il a pris un collier d'une
grande valeur. Comprenez-vous maintenant ?

— Un collier ! qu'en voulait-il faire, mon Dieu ?
Bon ! j'y suis : le donner à une fille dont il est
affolé. Ah ! les drôlesses ! au moins, avant la Révolution, on les enfermait à l'hôpital quand elles
perdaient nos enfants ; à présent, nous n'y pouvons rien. La liberté est une belle chose !

— Vous vous trompez encore. Il n'a même pas
l'excuse de la passion. Il a pris ce collier pour
l'engager ou pour le vendre. Il avait des dettes. Il
voulait les payer.

— Des dettes de jeu, je le disais bien. Mais il
faut que ce pauvre garçon ait perdu la tête.
Que ne s'adressait-il à mon neveu ? Jacques lui
aurait prêté tout ce qu'il aurait voulu. Il a prêté
à bien d'autres qui ne le valaient pas.

Ah ! voilà ! votre fils tient de vous. Il est fier. Il
n'a pas voulu s'humilier en empruntant à un
homme plus âgé que lui. Le sot ! comme si Jacques n'était pas un étourneau de son espèce !

— Il a préféré voler ! dit M. de la Calprenède
avec un accent qui remua le cœur de la douairière.

— Volé! volé! s'écria-t-elle ; vous n'avez que cet affreux mot à la bouche, et vous avez beau dire, mon cher Robert, je ne peux me faire à l'idée que votre fils a commis une basse infamie.

Je ne le connais pas beaucoup, car il ne m'a pas fait souvent l'honneur de me venir voir. Il est de son temps. Les jeunes gens d'à-présent ont perdu le respect et désappris la politesse.

Mais enfin vous me l'avez présenté et j'ai pu le juger. C'est un ardent, un indompté, un rétif, un brise-raison ; ce n'est pas un avili, ni un lâche.

— Je le croyais comme vous, murmura le malheureux père.

— Avez-vous la preuve du contraire ? Êtes-vous sûr qu'il est coupable ? C'est tôt fait d'accuser, mais cela ne suffit pas.

Et d'abord qui l'accuse ?

— Un homme que je méprise et que je hais : le propriétaire de la maison que j'habite.

— Quoi! ce Polichinelle barbu qui a un nom ridicule... un nom de tambour... quelque chose comme *Rataplan*...

— Il s'appelle ou se fait appeler le baron Matapan.

— Une baronnie des îles de la Sonde ou de la Terre de Feu. Et c'est à lui, ce collier?

— Oui.

— Il est donc marié ?

— Non. Ce collier, à ce qu'il prétend, est un bijou de famille.

— Il nous la baille belle. Quand on a une famille, on ne s'appelle pas Matapan.

— Il est fort riche et il a le goût des pierreries

— Soit! j'admets que le collier lui appartient Sur quoi se fonde ce drôle pour soupçonner Julien?

— Sur un fait qui s'est passé cette nuit dans sa maison, et qu'un M. Doutrelaise, qui y demeure lui a dénoncé.

— Doutrelaise! mais je le connais; je l'ai invité chez moi... pour faire plaisir à mon neveu qui est très lié avec lui et qui, pas plus tard que ce matin, me chantait ses louanges.

Eh bien! qu'a donc vu ce monsieur?

— Il n'a pas vu... c'était dans l'obscurité... il a entendu un homme sortir de l'appartement de M. Matapan et entrer dans le mien.

— Et c'est sur une preuve de cette force que le Matapan bâtit une accusation! Allons! ce n'est pas sérieux.

— Je lui ai tenu ce langage, quand il a osé la formuler devant moi, et je l'ai chassé.

— Vous avez bien fait.

— Oui, car il a eu l'insolence de me proposer d'acheter son silence en lui donnant ma fille.

— Votre fille! comment cela?

— Il lui faisait l'honneur de vouloir l'épouser.

— La prétention est bouffonne. Arlette n'est pas pour son museau. Et je ne sais ce qui me tient d'avertir mon neveu, qui est intéressé dans la question. Jacques irait crosser ce manant, qui ne l'aurait pas volé.

— Non, c'est mon fils qui a volé, dit M. de la Calprenède avec une ironie navrante.

— Encore ! ah ! pour Dieu, mon ami, démontrez-moi une bonne fois que M. Matapan ne se trompe pas. Vous me faites mourir avec vos affirmations répétées. Prouvez-les donc. J'aime mieux savoir à quoi m'en tenir.

— Ce matin, dit le comte d'une voix sourde, après avoir mis à la porte M. Matapan, j'ai trouvé le collier qu'on lui a pris.

— Vous l'avez trouvé ! Et où cela ?

— Dans un cabinet qui touche à la chambre de Julien.

— Oh ! murmura la marquise en joignant les mains.

— Oui ; le malheureux l'avait déposé sur la tablette d'un meuble dont il n'a pas retiré la clef.

— Voilà qui est inexplicable.... mais vous l'aviez donc vu déjà ce collier, puisque vous avez reconnu que c'était celui de...

— M. Matapan me l'avait décrit. Je savais qu'il

était fait de grosses opales entourées de petits brillants.

— D'opales ! c'est singulier ; on ne se me guère au cou ces pierres qui passent pour porter malheur. Mais... qu'a dit votre fils, lorsque vou avez fait cette triste découverte ?

— Il n'était pas là. Malheureusement Arlette était.

— Ah ! la pauvre enfant ! J'espère bien qu vous lui avez caché ce qui se passait.

— Je ne le pouvais plus. Je venais de tout lu dire ; avant de trouver la preuve du crime d Julien, j'espérais encore que M. Matapan l'avai calomnié... je n'avais alors aucune raison pou me taire, et je voulais que ma fille sût jusqu'o était allée l'audace de cet homme qui la deman dait en mariage.

— Comment a-t-elle supporté cet horrible coup

— Elle s'est évanouie dans mes bras, et je l'a laissée dans un état à faire pitié. Si elle en meurt ce misérable l'aura tuée... je parle de son frère.

Il y eut un silence. Madame de Vervins réflé chissait.

— Mon ami, dit-elle affectueusement, je com prends maintenant votre douleur et votre colère Votre fils a eu un accès de folie, c'est ma convic tion, mais il faut traiter ces maladies-là par des moyens héroïques. Que comptez-vous faire ?

— Que me conseillez-vous ? Je n'ai pas voulu agir sans vous consulter.

— Vous m'embarrassez fort, mais je vous remercie de votre confiance, et je suis toute à vous. Mes avis peuvent être bons à suivre. Je ne vous les épargnerai pas. Seulement... je ne sais par où commencer.

Voyons !... D'abord qu'est-il devenu, ce maudit collier ?

— Le voici, répondit M. de la Calprenède après avoir hésité un instant.

Et il le posa sur la table où le thé se refroidissait.

La marquise le prit et l'examina avec une curiosité mêlée d'un peu de dégoût.

Il lui semblait que le contact de ces pierres volées allait lui brûler les doigts.

— C'est étrange, murmura-t-elle en les regardant de plus près ; il me semble que je l'ai déjà vu, ce bijou diabolique.

— Où donc ? demanda vivement M. de la Calprenède.

— Vous me demandez où j'ai déjà vu ce collier, mon ami ? dit lentement madame de Vervins. En vérité, je n'en sais rien. En examinant sa monture bizarre, j'ai senti s'éveiller en moi un souvenir vague... un souvenir qui m'a reportée au temps de mon enfance. Il m'a semblé que ce n'était pas la première fois que ces opales chatoyaient devant mes yeux. Et on en porte si peu maintenant que cette impression doit être restée depuis de longues années au fond de ma vieille mémoire.

Mais il m'arrive quelquefois de radoter. Tout cela est très confus dans mon esprit et, au fait, tout cela n'importe guère. Revenons à des choses plus sérieuses.

Vous venez de me dire que votre fils n'était pas là quand vous avez découvert ces malheureuses pierres. Mais, depuis ce matin... vous l'avez vu, sans doute ?

— Non, répondit en secouant la tête M. de la Calprenède. Je l'ai cherché toute la journée sans pouvoir le trouver.

— Même à cet affreux cercle où ils se perdent tous ?

— J'y suis allé deux fois. Il n'y a pas paru.

— Mais il y était cette nuit ?

— Je le suppose. Il a dû y retourner après avoir caché le collier.

— Bien mal caché, puisqu'il n'a même pas emporté la clef du meuble où il l'a mis.

— Oui, dit le comte avec amertume, il ne sait pas encore prendre ses précautions. C'est un voleur maladroit.

— Un voleur ! je ne puis pas me faire à ce mot-là, murmura la marquise.

Enfin, reprit-elle tout haut, vous ne le condam-
ıerez pas sans l'entendre, et il faudra bien qu'il
'entre à la maison.

— Pour prendre ce collier qu'il y a déposé ; oh !
e n'en doute pas. Il reviendra probablement à
'heure où il croira nous trouver tous endormis.
Je veillerai, moi, et je l'attendrai.

S'il rentrait avant moi, j'en serais informé sur-
le-champ. J'ai donné à la femme de chambre d'Arlette l'ordre de m'envoyer chercher. Et s'il se
présente à son cercle pendant que je serai chez
vous, M. de Courtaumer, que j'ai rencontré tantôt
aux Champs-Elysées, m'a promis de me faire
avertir immédiatement.

— Jacques ! de quoi se mêle-t-il ?

— C'est moi qui l'ai prié de me rendre ce service, et il ne sait rien de ce qui s'est passé.

— De sorte que, d'un instant à l'autre, vous
pouvez être obligé de me quitter pour rejoindre
votre fils. Vous avez raison, mon ami, il faut que
vous preniez une résolution avant de sortir d'ici.
Et puisque vous me demandez mon avis, il faut
que je vous le donne sans perdre une minute.

— Je l'attends, dit tristement M. de la Calprenède.

— Pourvu que ce malheureux enfant ne se soit
pas tué dans un accès de désespoir causé par le
remords ! s'écria tout à coup la marquise.

— Lui ! vous le jugez trop favorablement. Il est tombé trop bas pour avoir le courage de se faire justice à lui-même.

Ne voyez-vous pas que, s'il avait voulu en finir avec la vie, il aurait fait disparaître la preuve de son crime.

— Mais non, je ne vois pas cela.

— S'il a serré le collier, c'est qu'il compte s'en servir.

— S'il se propose de le vendre, il eût été plus simple, avouez-le, de l'emporter dans sa poche, répliqua madame de Vervins en jetant sur la table le fatal joyau qu'elle tenait encore à la main.

Mais j'espère, comme vous, qu'il ne s'est pas suicidé. Il doit avoir encore des sentiments chrétiens. Et puis le suicide ne remédie à rien. Mieux vaut racheter ses fautes quand on en a commis.

Et Julien rachètera la sienne, j'en suis sûre.

Reste à décider ce que vous allez faire de lui.

— Je devrais lui brûler la cervelle.

— Joli moyen de réparer le mal !... Vous oubliez donc que vous avez une fille ? Pauvre Arlette ! Que deviendrait-elle, je vous prie, quand elle n'aurait plus ni père, ni frère pour la protéger ? On vous enverrait tout simplement en cour d'assises, mon bon ami. Nous ne sommes plus au temps où la puissance paternelle allait jusqu'à donner au chef

famille droit de vie et de mort sur les enfants
upables.

Mais vous ne parlez pas sérieusement. Cher-
ons autre chose.

Si la France avait encore l'ancien régime et les
lonies où on exportait les mauvais sujets, je
us conseillerais d'user de votre autorité pour
voyer Julien coloniser la Louisiane. Il en re-
endrait corrigé... au bout d'une dizaine d'an-
es. Malheureusement, vous ne pouvez pas le
rcer à partir, ni l'empêcher de revenir.

Il faudra donc obtenir qu'il s'exile volontaire-
ent et qu'il s'engage à ne pas remettre les pieds
Paris avant de s'être amendé.

Je suis persuadée que vous y réussirez. Julien
du cœur. C'est un égaré qu'on peut ramener en
prenant bien. Voulez-vous que je vous aide à le
nvertir, ou même que je m'en charge sans vous ?

— Oui, certes, je le voudrais. Mais il n'est plus
mps. Ce Matapan a déposé une plainte contre
i.

— Quoi ! ce mécréant a osé...

— Ce matin, il m'a menacé de le faire, et je ne
oute pas qu'il ne le fasse, s'il ne l'a déjà fait.

— De sorte que votre fils peut d'un moment à
autre être arrêté !

— Vous l'avez dit.

— C'est grave, en effet... c'est très grave, mur-

mura la marquise en hochant la tête. Et cependant... il me paraît impossible qu'on traite comme
un malfaiteur de profession un garçon dont le
passé est irréprochable et qui porte un nom honorable.

— Raison de plus pour qu'on lui applique la loi
dans toute sa rigueur.

— Au fait !... oui, c'est possible. Mais encore
faudrait-il des preuves... et s'il n'y a contre lui
que les bavardages d'un M. Doutrelaise...

— Des preuves ? En voilà une, dit le comte en
regardant le collier, dont les pierres scintillaient
à la clarté des bougies.

— Elle n'est pas à la disposition des juges, répliqua madame de Vervins. Et ils ne s'aviseront
pas de venir la chercher ici.

Il est même fort heureux que vous ayez trouvé
ce collier ; car d'autres auraient pu le découvrir
et alors...

— Julien était perdu, je le sais. Je m'attendais
même à voir arriver chez moi aujourd'hui le commissaire de police. Il n'est pas venu, mais il peut
venir demain faire une perquisition.

— Qui n'aboutira à rien, puisque le collier n'y
est plus.

— On dira que mon fils l'a caché ailleurs... et
on ne croira pas qu'il est innocent. Dans la maison
que j'habite, tout le monde sera contre lui. Ce

utrelaise ne rétractera pas son témoignage, qui
t la base de l'accusation. Un monsieur Bour-
roy, un droguiste enrichi qui demeure au-dessus
, moi, et sa famille me détestent parce que j'ai
fusé de les voir. Le portier est un drôle qui se
êle de politique et de libre-pensée. Ils feront tout
ur me nuire en chargeant Julien.

— On pourra l'accuser, je défie qu'on le con-
mne, tant qu'on n'aura pas mis la main sur le
étendu bijou de famille de M. Matapan.

— Peut-être... il n'en sera pas moins désho-
ré... et je ne veux pas qu'il le soit, dit le comte
un air sombre.

Mais ce bijou, marquise, est-ce que vous prenez la responsabilité de le garder ?

— Le garder ! moi ! s'écria madame de Vervins ;
n'en ai nulle envie.

— Et je ne songe pas à vous le laisser. Mais
l'en ferai-je?

La marquise tressaillit.

— C'est vrai, balbutia-t-elle, vous ne pouvez
ls le garder non plus. Je n'avais pas songé à cela.

— Vous voyez bien que mon fils est perdu, dit
oidement M. de la Calprenède.

— Mais, non, après tout. Il y a un moyen. Ce
i est à Matapan doit retourner à Matapan. Il
ut restituer... en conservant l'anonyme.

— Et vous croyez que c'est facile ?

— Il me semble que cela se fait tous les jou
Quand je lisais encore le *Moniteur officiel*, j'y voy
souvent de ces restitutions-là.

— Au profit de l'État, oui. Mais moi, comme
m'y prendrais-je pour envoyer à cet homme
objet volé, sans qu'il puisse savoir que c'est m
qui le renvoie ? A la poste, on me demander
mon nom. Par un commissionnaire ? on l'interr
gerait. Songez que l'éveil a été donné à la poli
et qu'elle me surveillera, moi et les miens.

Si je m'avisais de jeter ce collier dans l'escali
à la porte de M. Matapan, ce serait encore p
On devinerait d'où il vient.

— Et si vous alliez tout simplement le rendr
son propriétaire ? demanda la marquise, pensiv

— En lui disant que je l'ai trouvé. Non. Je
veux pas mentir. Si ce Matapan ne m'avait p
fait l'injure de me demander la main d'Arlette,
lui aurais dit la vérité, quelles qu'eussent pu êt
les conséquences de ma franchise... nous aurio
interrogé mon fils ensemble... et peut-être se sera
il justifié. Maintenant que Matapan m'a menac
c'est impossible.

Madame de Vervins paraissait fort perplexe, el
qui d'ordinaire ne s'embarrassait de rien.

— Mon Dieu ! dit-elle après un silence ass
long, je ne vois pas, en y réfléchissant bien, pou
quoi je ne garderais pas ces opales... provisoir

ment... jusqu'à ce que nous sachions comment tournera cette lamentable affaire.

— Vous feriez cela ? s'écria M. de la Calprenède.

— Sans doute, dit tranquillement la marquise. Et je n'aurais pas grand mérite, car si, par impossible, on venait à trouver ce collier chez moi, personne, je pense, ne me prendrait pour une recéleuse.

Ma conscience est en repos, puisque je rends service à mon plus vieil ami sans nuire à qui que ce soit. M. Matapan se passera pour un temps de ses opales de famille. Le beau malheur !

Et à force de les examiner, je finirai peut-être par me rappeler où et quand je les ai déjà vues.

Je donnerais dix ans de ma vie... non, dix mois... je ne suis pas assez sûre de vivre dix ans... oui, je les donnerais de bon cœur pour découvrir que ce coquin les a volées autrefois.

— Cette découverte-là n'innocenterait pas Julien, murmura le comte en secouant la tête.

— Malheureusement, non. Mais je vous répète, mon ami, qu'il n'y a pas de preuves contre lui. Vous, Arlette et moi, nous savons seuls où cet affreux collier était enfermé. En bonne conscience, vous n'êtes pas tenu de dénoncer votre fils, pas plus qu'Arlette n'est tenue de dénoncer son frère

Moi, on ne m'interrogera pas, car les juges et les commissaires ne peuvent pas deviner que vous m'avez remis le bijou maudit.

— Mais, un jour ou l'autre, il faudra bien le rendre.

— Oui ; je m'en charge, et quand le sieur Matapan le recevra, je vous jure qu'il ne saura jamais qui le lui renvoie, car je le garderai jusqu'à ce que cette sotte affaire soit tout à fait oubliée, et j'inventerai un moyen pour le lui remettre, sans qu'il se doute que ses pierreries ont passé par mes mains.

Et maintenant, mon ami, que vous voilà rassuré sur ce point, revenons à Julien. Il ne peut pas rester à Paris, et, puisque vous me demandez mon avis...

Madame de Vervins ne le formula point cet avis que son vieil ami attendait et qu'elle ne se pressait pas de lui donner.

Elle s'arrêta court au beau milieu de sa phrase ; et en s'arrêtant, elle fit signe au comte de se taire.

En dépit de ses soixante-dix ans, elle avait l'oreille fine, et elle venait d'entendre un bruit de voix derrière la porte du salon.

— C'est Jacques, sans doute, dit-elle. Il m'a promis de venir. Je voulais l'aboucher avec vous pour que vous puissiez l'entretenir de cette pêche aux tonnes d'or dont vous m'avez touché quelques mots... et j'aurais profité de l'occasion pour mettre sur le tapis les mérites de notre chère Arlette.

— Ne parlez pas d'elle. Le mariage que nous rêvions n'est plus possible, dit vivement M. de la Calprenède.

— Pourquoi donc ? s'écria la marquise. Ce n'est pas la faute d'Arlette si... mais nous n'avons pas le temps de discuter. Convenons seulement qu'il ne sera pas question de votre fils devant mon étourdi de neveu. Je ne me défie pas de son cœur, mais je me défie beaucoup de sa discrétion.

— Il vient sans doute m'annoncer que Julien est au cercle, et je vais...

Une porte s'ouvrit, mais François n'annonça pas le visiteur qui se montra.

François, fidèle à la consigne qu'il avait reçue, n'aurait annoncé ce soir-là que Jacques de Courtaumer, et ce n'était pas Jacques de Courtaumer qui forçait l'entrée du salon de la marquise.

C'était un monsieur qui lui ressemblait, quoiqu'il eût l'air grave et une dizaine d'années de plus que lui.

— Adrien ! s'écria madame de Vervins, comment, c'est toi, mon garçon !

Le nouveau venu qu'elle traitait si familièrement était vêtu de noir et cravaté de blanc ; ses cheveux grisonnaient fortement et sa profession était écrite sur sa figure sérieuse.

Il ne pouvait être que magistrat, et il ne devait pas être accoutumé à s'entendre appeler : mon garçon.

— Quelle mouche te pique ? reprit vivement la marquise. J'ai dîné chez toi, et je t'ai laissé en famille, il n'y a pas deux heures. Je ne m'attendais guère à te voir ici ce soir. C'est ton frère que j'attendais.

— Je vous assure, ma tante, que je ne prévoyais pas non plus, lorsque vous nous avez quittés...

— Explique-toi donc au lieu de tourner des phrases, comme si tu allais prononcer un réquisitoire. Qu'y a-t-il ? J'espère qu'il n'est pas arrivé malheur à quelqu'un des tiens ?

— Non, ma tante.

— Bon ! alors assieds-toi et conte-moi ce que tu as à me dire. Je ne te présente pas à M. le comte de la Calprenède. Vous vous connaissez.

Les deux hommes se saluèrent, non pas froidement, mais sans cordialité.

Adrien de Courtaumer n'était pas très liant de son naturel, et M. de la Calprenède ne l'avait jamais beaucoup recherché, quoiqu'il le rencontrât assez souvent dans le monde.

Chacun d'eux d'ailleurs avait, ce jour-là, de

grosses raisons pour se tenir sur la réserve.

— Maintenant, mon cher neveu, causons de ce qui t'amène, dit madame de Vervins.

Et elle ajouta en lançant un coup d'œil expressif au comte qui faisait mine de se retirer :

— Restez, Robert, restez, je vous en prie. Nous aussi nous avons à causer. Et je suppose qu'Adrien n'a rien à me dire que vous ne puissiez entendre.

— Non, ma tante, répondit après avoir un peu hésité l'aîné des Courtaumer, qu'elle interrogeait du regard. Je venais vous consulter.

— Bah ! toi aussi ! s'écria involontairement la douairière. Et sur quoi, je te prie ?

— Sur un cas qui m'embarrasse un peu... un cas sur lequel je ne serais pas fâché d'avoir aussi l'avis de M. de la Calprenède.

— De quoi s'agit-il donc, monsieur ? demanda le comte, qui ne put réprimer un mouvement nerveux.

Ce début l'inquiétait.

Il avait repris sa place au coin de la cheminée. M. de Courtaumer, qui s'était assis entre sa tante et lui, commença ainsi :

— Un quart d'heure après votre départ, ma chère tante, j'ai reçu la visite d'un magistrat de mes amis, un substitut, qui venait tout simplement pour passer la soirée avec ma femme et moi et qui, en causant des choses du Palais, m'a dit... tout à fait par hasard... que j'allais être désigné demain matin pour instruire une affaire de vol... une affaire qui...

— Et en quoi cela nous intéresse-t-il ? interrompit madame de Vervins. Je n'entends rien à la procédure criminelle, je t'en préviens... et M. de la Calprenède n'est pas juge d'instruction.

— Non, ma tante, mais je le suis, moi.

— Tu ferais peut-être mieux de ne plus l'être. Enfin !... la magistrature, c'était ta vocation... tu y es entré, et je comprends que tu veuilles y rester. Continue. Et sois clair, car je ne vois pas du tout où tu veux en venir.

— Un mot me suffira pour exposer la situation. Le vol a été commis dans une maison du boulevard Haussmann, qui est précisément celle qu'habite M. le comte de la Calprenède.

Le père de Julien pâlit, mais M. de Courtaumer ne le regardait pas en parlant, et ne s'aperçut pas qu'il changeait de visage.

La marquise se mit à tisonner pour cacher le trouble où venait de la jeter cette déclaration, plus nette et plus claire qu'elle ne l'aurait souhaité.

— Vraiment? dit-elle en affectant un ton dégagé. Mais elle est superbe cette maison... et ce quartier est le plus beau de Paris. Les voleurs ne respectent plus rien maintenant. Mon cher comte,

vous ferez bien de mettre des serrures de sûreté à
toutes vos portes... car, j'espère que ce n'est pas
chez vous qu'on a volé... Dis, Adrien ?

— Non, ma tante. C'est chez le propriétaire,
un M. Matapan, qui demeure au premier étage.

— Ah ! et que lui a-t-on pris à ce propriétaire ?
demanda madame de Vervins d'un air indifférent.

— Des diamants, je crois. Je ne sais pas au
juste. Mon collègue n'a pu me renseigner, ne
l'étant lui-même que très incomplétement. La
plainte a été déposée au parquet aujourd'hui, à
quatre heures. L'attaché qui lui a parlé de cette
affaire ne lui a donné que peu de détails, mais il
lui a dit qu'elle ferait beaucoup de bruit. Il prétend que ce sera une cause célèbre. On m'a désigné pour l'instruire parce qu'elle demande à être
conduite avec beaucoup de prudence et de tact.

— Adrien, tu te fais des compliments à toi-
même, mon ami. Oh ! ne te fâche pas ! Je sais que
tu les mérites. Tu es le modèle des juges... et des
neveux. C'est entendu. Mais pourquoi toutes ces
qualités que tu possèdes sont-elles nécessaires
pour interroger un simple voleur ?

— Parce qu'on suppose que ce voleur n'est pas
un voleur de profession.

On a des raisons de croire que le coup a été fait
par un des locataires de la maison.

Ces raisons, je ne les connais pas, puisque je ne suis pas encore régulièrement saisi ; mais il est très probable que tous les locataires seront interrogés... par moi, si je me charge de l'affaire.

Et c'est précisément ce qui m'a décidé, ma chère tante, à vous soumettre le cas. Je sais que M. le comte de la Calprenède est votre ami, et je serai sans doute obligé de l'appeler en témoignage. Mais je puis me récuser et je viens vous demander ce que je dois faire.

Je le demande à vous et à M. de la Calprenède lui-même, puisqu'un heureux hasard l'a amené ici ce soir.

M. de Courtaumer demandait conseil à sa tante, mais il désirait aussi connaître l'avis de M. de la Calprenède. Il avait pris la peine de spécifier que la question qu'il venait de poser s'adressait à lui autant qu'à madame de Vervins.

Des deux personnes qu'il consultait, pas une ne répondit sans se donner le temps de réfléchir.

La marquise pensait :

— Évidemment ce n'est pas un piège que nous tend Adrien. D'abord, il n'oserait pas se moquer de moi. Il est grandement intéressé à me ménager, et de plus je crois qu'il m'aime bien. Ensuite, je connais son caractère. Il est froid, raisonneur ; il manque d'enthousiasme et peut-être d'élévation dans les idées, mais il est incapable de mentir et même de déguiser la vérité.

Donc, il n'en sait pas plus qu'il n'en dit. Il sait qu'on a volé M. Matapan, voilà tout. Il ne sait pas que cet homme soupçonne Julien. Il ne sait même pas quel est l'objet volé.

Dans ces conditions-là, tout bien considéré, je ne suis pas fâchée qu'il instruise l'affaire. Il est juste, il est éclairé et il n'a aucune prévention contre le fils de mon pauvre Robert. Au lieu de lui être hostile, il prendra sa défense, si on en vient à l'accuser ouvertement.

Ma seul crainte, c'est que, par délicatesse, il ne se récuse lui-même, lorsqu'il apprendra qu'il s'agit d'un garçon que je connais et qu'il connaît.

Mais je vais toujours lui conseiller d'accepter.

Pendant qu'elle raisonnait ainsi, le comte se disait :

— Ce juge se moque de moi et de sa tante. Il fait l'ignorant, mais il sait fort bien que Julien est compromis, et comme je ne lui ai jamais été sympathique, il ne demande pas mieux que de l'accabler. Seulement, comme madame de Vervins est mon amie, et qu'elle le blâmerait vertement de s'être mis contre nous, il a imaginé de feindre un scrupule qu'il n'éprouve pas du tout; il compte qu'elle va l'engager à passer outre, et demain,

quand l'affaire sera entre ses mains, et quand l
déshonneur de mon fils sera public, il s'excuser
de continuer l'instruction en disant qu'il est tro
tard pour reculer; il mettra en avant le devo
professionnel.

Et il me consulte! c'est une dérision. Je sera
bien fou de lui dire que j'aimerais mieux vo.
mon fils interrogé par un autre juge : il ne m
pardonnerait pas de me défier de ses lumière
Mais je serais plus fou encore de le prier de ne pa
refuser l'instruction. Il croirait que j'ai peur e
que je compte sur son indulgence.

Le meilleur parti est de me taire.

La marquise ne partageait pas du tout l'opinio
de M. de la Calprenède, et elle le fit bien voir.

— Mon cher neveu, dit-elle, mon avis es
que tu t'embarrasses de fort peu de chose
Qu'importe à notre cher comte que tu cherche
un voleur dans sa maison? Personne, je. sup
pose, ne s'avisera de l'accuser ; et quand tu au
rais à recevoir son témoignage ou celui de quelqu'un des siens, où serait le mal ? Ils ne s'effraye-
raient pas de déposer devant un magistrat qu
est un galant homme. C'est bien votre avis
n'est-ce pas, Robert ?

M. de la Calprenède, mis en demeure par l
marquise, fut bien obligé d'acquiescer du geste.

— S'il en est ainsi, dit l'aîné des Courtaumer,

'instruirai. Je m'en faisais presque un cas de
conscience, mais je crois que je m'exagérais les
difficultés de la situation. J'ai le tort d'être souvent trop timoré.

— Quand on est appelé à juger les autres, c'est
un bon défaut, mon ami, dit en souriant madame
de Vervins.

Mais je songe à cette histoire de vol, et je me
figure que M. Matapan aura fait beaucoup de bruit
pour rien. Il s'est plaint, c'est fort bien ; mais
cela ne suffit pas. Il devrait dire qui il soupçonne.

— Mon collègue m'a assuré qu'il n'a dénoncé
personne.

— Alors, naturellement, on n'a arrêté personne.

— Non, ma tante. C'est moi seul qui signerai
demain un mandat d'amener... s'il y a lieu, bien
entendu. Il faudra d'abord que j'examine les faits
sur lesquels s'appuie le plaignant et que j'interroge des témoins.

— Ah ! le droit d'envoyer en prison les gens
t'appartient qu'à toi seul, murmura la marquise
en hochant la tête d'un air satisfait.

— Oui... c'est-à-dire, il y a des cas... le flagrant délit par exemple... ou encore lorsque le
procureur de la République, avant de m'avoir
saisi de l'affaire, juge qu'il faut arrêter le prévenu

pour l'empêcher de passer à l'étranger... mais
m'informerait immédiatement; si le cas s'ét:
présenté aujourd'hui, je le saurais déjà.

— Et comme tu n'as rien appris de pareil, il e
clair que le coupable est encore en liberté. Ta
mieux pour lui! Je voudrais que les priso:
fussent toujours vides. Ah! si j'avais été homm
j'aurais fait un détestable magistrat. L'appar
judiciaire m'effarouche et les affaires criminell
me répugnent. Je n'en lis que trop dans les jou:
naux, et je trouve que nous en avons bien ass
parlé ce soir.

Verse-nous du thé. Tu vas le prendre avec nou

— Je vous remercie, ma tante, mais j'ai prom
à Thérèse que je ne ferais qu'aller et venir.

— Ah! si cette bonne Thérèse t'attend, je n'i:
siste pas : un mari ne doit jamais manquer de p:
roie à sa femme, dit madame de Vervins, qui r
tenait pas du tout à prolonger la conversation. V
mon cher Adrien. M. de la Calprenède voudra bi
t'excuser. Et je te proposerai comme modèle à t
garnement de frère. Il m'avait juré d'être ici
neuf heures, et il n'arrive pas.

M. de Courtaumer se leva pour prendre cong
et ses yeux tombèrent sur le collier que la mar
quise avait oublié d'enlever quand son neveu éta
entré.

Elle s'aperçut aussitôt qu'il le regardait, et ell

se troubla, mais elle se rassura un peu en voyant qu'il ne paraissait pas très surpris.

— Voilà de magnifiques opales, dit-il très simplement. Je ne vous les connaissais pas. Vous les avez donc achetées récemment, ma chère tante ?

— Comment ! tu t'imagines que j'achète des parures... à mon âge ! On m'a apporté ce collier pour... me le faire voir, murmura madame de Vervins, qui ne voulait pas mentir.

— Il est superbe, mais je suis sûr que ma femme n'en voudrait pas. Elle est horriblement superstitieuse, et vous savez qu'il y a un préjugé contre les opales.

— Euh ! dit la marquise, les préjugés ont toujours une raison d'être. Ta femme a raison de ne pas porter d'opales, et je te conseille de ne jamais lui en acheter.

Maintenant, mon garçon, je ne te retiens plus. Thérèse me le reprocherait.

Adrien de Courtaumer profita aussitôt de la permission et, avant de partir, il salua M. de la Calprenède avec un empressement marqué.

— Mon cher Robert, dit madame de Vervins, dès que son neveu fut sorti du salon, je vous demande pardon de mon impardonnable maladresse. J'aurais dû serrer cet infernal collier.

— Et moi j'aurais dû vous rappeler qu'il était là sur la table. Nous étions si troublés tous les deux

qu'aucun de nous n'y a pensé. Et maintenant tout
est perdu. M. de Courtaumer l'a vu, et puisqu'il
accepte de se charger de l'instruction, comme vous
le lui avez conseillé, il apprendra demain que l'objet volé est précisément un collier d'opales.

— Bon ! mais il ne me soupçonnera pas de l'a-
voir pris dans la cassette de M. Matapan. Le pis
qui puisse arriver, c'est qu'il vienne m'en parler.
Je me charge de lui répondre.

— Et que pourrez-vous lui dire ? s'écria douloureusement M. de la Calprenède. Il est trop bon magistrat pour ne pas deviner la vérité.

— Mon cher, je ne sais pas ce que je lui dirai,
mais je vous promets que je sauverai votre fils.

— Il n'est peut-être déjà plus temps.

— Si, puisqu'il n'est pas encore arrêté.

— Qu'en savons-nous ?

— Adrien vient de nous l'affirmer.

— Quoi qu'il en soit, je suis certain qu'on le
cherche. M. Matapan n'est pas homme à me ménager. Il a dû le dénoncer nettement. Et si on ne
l'a pas encore trouvé, on le trouvera.

— C'est ce qu'il faut empêcher à tout prix. Pour
cela, il ne s'agit que de savoir où il est et de me
l'amener.

— Quoi ! vous voulez...

— Le cacher ! oui, parfaitement. Je le garderai
jusqu'à ce que j'aie arrangé son affaire et ce ne sera

pas long. J'ai un plan. Me donnez-vous carte blanche pour agir ?

— Oui, certes ; mais… le collier ?…

— Il est fort bien ici pour le moment. Et maintenant, mon ami, je vous prie de me laisser. Je sors.

— A cette heure !

— Il le faut bien puisque ce coquin de Jacques ne vient pas. Je suis sûre qu'il est à son cercle, et j'y vais.

— Pour lui apprendre ce qui se passe ? Vous ne ferez pas cela, marquise.

— Je n'ai garde ! Je vais tout simplement le prier d'attendre votre fils et de le conduire chez moi, dès qu'il se présentera.

— Julien refusera de le suivre.

— Pas du tout ; je sais ce qu'il faut que mon neveu lui dise pour l'y décider.

— Et si le malheureux ne se montre pas au cercle ?… S'il rentre à la maison ?… Elle est peut-être déjà surveillée.

— C'est ce dont vous allez vous assurer en rentrant chez vous. Moi, je ne le crois pas. Si Julien rentre cette nuit, vous reviendrez ici avec lui, sans perdre une minute. Je ne me coucherai pas et je vais donner des ordres pour qu'on vous reçoive à n'importe quelle heure. Il ne résistera pas quand il saura qu'on l'accuse et qu'il ne sera en sûreté que sous mon toit.

M. de la Calprenède allait élever d'autres objections, mais la marquise avait sonné et François
entra.

— Ma voiture ! dit-elle d'un ton qui ne permettait pas à son vieux serviteur de répliquer et qui
ferma la bouche à son vieil ami.

VI

A Paris, les cercles — comme les jours — se suivent et ne se ressemblent pas.

Ils se suivent, en ce sens qu'ils sont presque tous installés dans le même quartier, un quartier qui s'étend de la rue Drouot au quai d'Orsay, et ils se ressemblent si peu que les uns peuvent inscrire sur la liste de leurs membres les plus grands noms de France, tandis que les autres mériteraient d'être placés sous la surveillance de la police, absolument comme les réclusionnaires libérés.

Entre ces deux extrêmes, il y a une classe moyenne, car il ne suffit pas d'être un honnête homme et un galant homme pour entrer au *Jockey*, et beaucoup d'irréprochables gentlemen, qui redoutent un *blackboulage* immérité, se rabattent sur des clubs dont le nom finit en *ing* et où il est encore très honorable, quoique plus facile, d'être admis.

Jacques de Courtaumer aurait pu prétendre aux plus aristocratiques; mais il craignait les boules noires, sachant fort bien comment elles se donnent dans certaines réunions exclusives.

Et de plus, il n'avait pas le temps d'attendre. Après une campagne de trois ans dans les mers de Chine, il était pressé de redevenir Parisien, et on ne l'est qu'à moitié quand on n'est pas d'un cercle.

Celui qu'il avait choisi lui convenait à merveille, car c'était un des plus vivants, un de ceux où on jouait le plus gros jeu et où il arrivait le moins d'accidents — de ces accidents qu'on affiche sur la glace du grand salon, lorsqu'un décavé n'a pas réglé ses pertes après quarante-huit heures.

Les jeunes y étaient en majorité, mais les gens d'un âge mûr n'y manquaient pas.

Des viveurs, des artistes, des étrangers amis du plaisir, et assez de pères de famille et de célibataires rangés pour faire contre-poids.

Doutrelaise en était; M. Bourleroy père en était aussi, et ils ne touchaient jamais une carte, tandis que Bourleroy fils et Julien de la Calprenède n'y venaient que pour tâcher d'y gagner de l'argent au baccarat ou à l'écarté.

M. Matapan lui-même en faisait partie, mais on ne l'y voyait guère.

Doutrelaise avait naturellement servi de parrain à son ami Courtaumer qui avait été reçu sans difficulté et qui était fort apprécié.

Courtaumer perdait souvent et payait toujours exactement. Courtaumer parlait de tout et à tout le monde. Courtaumer n'était jamais de mauvaise humeur et ne racontait jamais ses campagnes, quoiqu'il eût fait deux fois le tour du monde.

Courtaumer avait établi son quartier général dans ce cercle, où on l'accueillait si bien. Il y arrivait régulièrement vers minuit, pour n'en sortir qu'à l'aurore, et il y dînait quelquefois.

Ce jour-là, — le jour où sa tante lui avait signifié le matin qu'elle l'attendrait chez elle dans la soirée, — Jacques s'était dit que c'était le cas ou jamais de s'inscrire pour la grande table de sept heures, afin d'être libre à neuf, et de ne pas manquer le rendez-vous de madame de Vervins.

Brusquement lâché par Doutrelaise au milieu de sa promenade aux Champs-Elysées, Courtaumer était rentré en ville assez mélancolique, et, ne sachant que faire de son temps, il avait pris machinalement le chemin du club, asile naturel des désœuvrés, refuge économique des décavés, qui s'y reposent, s'y chauffent, s'y éclairent et s'y nourrissent à peu de frais.

Il n'y avait trouvé personne à qui parler, mais de confortables fauteuils à choisir devant un bon feu ; il s'y était endormi d'un sommeil sans rêves et il ne s'était réveillé que pour passer dans la salle à manger, où sa place était retenue.

Le dîner était bon, comme toujours, et les voisins de table ennuyeux, comme presque toujours, si bien que Jacques, pour se consoler de faire pénitence en écoutant leurs propos, s'offrit une bouteille de Rœderer, qui lui rendit toute sa gaîté.

Il finit même par prendre part à la conversation générale, qui roulait sur des présentations prochaines.

On parlait beaucoup d'un candidat qu'un des convives annonçait comme ayant fait une immense fortune aux Indes, une manière de nabab qui se proposait de poser des banques de cent mille tous les soirs, et les joueurs tressaillaient à l'idée de les faire sauter.

D'autres récriminaient contre les étrangers, qui tombent à Paris, sans qu'on sache trop d'où ils viennent, et disparaissent comme les étoiles filantes, sans qu'on sache où ils sont allés.

— Celui-là du moins ne laissera pas de dettes, dit le monsieur qui appuyait la candidature, car il a plusieurs millions.

— Si j'étais sûr qu'il en laissera un à la partie, je voterais pour lui des deux mains, s'écria un *ponte* malheureux.

— Et il a un répondant solide, reprit l'autre. Il est patronné par M. Matapan.

— Encore un millionnaire qui a poussé comme un champignon...

— Vénéneux, dit une voix. Il n'a joué qu'une fois ici, et il a mis tout le monde à sec.

— Il a bien le droit de gagner, que diable !

— Oui, pourvu qu'il ne triche pas.

— On ne triche pas quand on a pignon sur rue, et M. Matapan possède à Paris quelques maisons de rapport.

— Entre autres celle qu'il habite, boulevard Haussmann.

— Et dont nous connaissons à peu près tous les locataires... Les Bourleroy, père et fils... M. de la Calprenède... Doutrelaise, votre ami, dit un des voisins de Courtaumer en s'adressant à lui.

— Parfaitement, répondit Jacques ; mais Doutrelaise n'est pas beaucoup mieux renseigné que moi sur son propriétaire.

Qu'est-ce que c'est au juste que M. Matapan ?

— Ma foi ! vous m'en demandez trop. Quand il a pris pied à Paris, il y a une dizaine d'années, on prétendait qu'il avait découvert une mine d'or... ou un gisement de guano... je ne sais plus... mais il y a longtemps qu'on ne s'occupe plus de lui. C'est un original, qui mène une existence bizarre. Il ne

13.

va ni dans le monde, ni au théâtre, et il vient très rarement ici.

— Il n'est pas marié, pourtant.

— Non, et on ne lui connaît pas la moindre liaison illégitime.

— Alors, à quoi passe-t-il son temps ?

— A thésauriser. C'est une occupation agréable, et elle lui suffit.

— Vous n'y êtes pas, messieurs, interrompit un dîneur qui n'avait encore rien dit. Matapan est un philosophe qui préfère la solitude à la compagnie des sots, mais il sait être aimable quand on lui plaît.

— Bon ! il paraît que vous lui plaisez, puisque vous le connaissez si bien. Messieurs, je constate que Falguéras a un talent tout particulier pour apprivoiser les ours. Il est l'ami de M. Matapan, qui n'est l'ami de personne. Parions qu'il est allé chez lui.

— Vingt fois, dit Falguéras, qui était un grand garçon assez sympathique, suffisamment renté pour vivre à sa guise, et peintre à ses moments perdus. Nous avons tous les deux le goût des bijoux anciens, et il en a une collection très remarquable, qu'il se fait un plaisir de montrer aux amateurs.

Et je vous affirme que sa vie n'a rien de mystérieux pas plus que son passé. Il a beaucoup voyagé,

beaucoup vu, beaucoup retenu, et il parle très volontiers de ses voyages.

Je crois bien qu'il a été marin dans sa jeunesse
et il ne renie pas ses anciens camarades, car je
viens de le rencontrer sur le boulevard se prome-
nant bras dessus bras dessous avec un homme qui
avait tout l'air d'un matelot endimanché.

— Cet homme ne portait-il pas un paletot à capuchon, demanda Courtaumer.

— Quelque chose comme ça. Il manque absolument d'élégance.

— Et il a les oreilles percées, n'est-ce pas ?

— Je n'ai pas remarqué. Matapan, que j'ai arrêté pour lui demander de ses nouvelles, était
pressé et nous n'avons causé qu'un instant.

— Eh bien ! dit le convive qui avait engagé le
premier cette conversation... ce monsieur est précisément le nabab qui se présente au cercle... Nous
voterons pour lui cette semaine.

— Pas moi ! dit vivement Courtaumer. Je sais ce
qu'il vaut, votre nabab, et s'il était reçu, je donnerais ma démission.

Cette déclaration jeta un froid. M. Matapan
comptait parmi les dîneurs des défenseurs assez
chauds. Les millionnaires en ont toujours. Et tous
les joueurs qui se trouvaient là espéraient arracher au nabab quelques plumes dorées.

Courtaumer, sentant qu'il ne serait pas soutenu,

laissa tomber la controverse, et acheva de dîner
sans se mêler à la conversation qui avait changé
d'objet.

Au salon, où il retourna tranquillement pour
prendre son café, avant de s'acheminer vers la rue
de Castiglione, il fut bientôt rejoint par Falguéras,
qu'il n'était pas fâché de retrouver, et qui, après
s'être établi dans un fauteuil, à côté du sien, lui
dit de but en blanc :

— Vous êtes très lié avec M. Doutrelaise, n'est-
ce pas ?

— Intimement, répondit Jacques un peu surpris
de cette ouverture.

— Et M. Doutrelaise est lié avec M. de la Calprenède... le fils ?

— Lié, non. Il le connaît, il le voit souvent. Ils
habitent la même maison. Pourquoi me demandez-
vous cela ?

— Mais... parce que M. Doutrelaise serait sans
doute bien aise d'être averti qu'il court des bruits
fâcheux sur ce jeune homme.

Je ne connais pas assez M. Doutrelaise pour me
permettre de lui donner un conseil, mais j'ai
pensé que vous me permettriez de vous répéter
les propos qu'on tient couramment ici depuis quelques jours sur le jeune la Calprenède, afin de vous
mettre à même d'en informer votre ami, si vous
jugez que ce soit nécessaire.

Courtaumer ne s'attendait guère à ce discours.
et peu s'en fallut qu'il ne le prît de travers, car il
n'aimait pas les commérages ; mais ce M. Falguéras n'avait évidemment pas de mauvaises intentions et Courtaumer réfléchit que Doutrelaise
était intéressé à savoir ce qu'on disait du frère de
mademoiselle de la Calprenède.

— Je ne me mêle pas volontiers des affaires des
autres, répondit-il après avoir un peu hésité. Cependant, si ce sont des propos qui touchent à l'honneur de ce garçon, il serait bon que Doutrelaise
fût averti. Mais... peut-être l'est-il déjà ?

— Je ne crois pas. On l'aime beaucoup et on
sait qu'il est en relations suivies avec la famille la
Calprenède. On aura évité de parler du fils devant
lui.

— Enfin, que dit-on ? qu'il a des dettes?

— Oui, des dettes de jeu, et qu'il ne les paie pas.

— Il n'est pas le seul, et ce n'est pas un cas pen-
dable... surtout s'il les paye plus tard.

— C'est un cas d'exclusion du Cercle, quand on
laisse passer le délai de rigueur, et pour lui ce délai va expirer.

Il doit cinq mille francs à la caisse. Les jetons
qu'il y a pris et qu'il a perdus à la partie d'avant-
hier ne sont pas encore remboursés ; ils auraient dû l'être le lendemain, et les gagnants ré-
clament.

— N'est-ce que cela ?

— C'est bien assez. L'affaire va être soumise au comité, qui ne pourra qu'appliquer le règlement.

— La somme sera payée avant que le comité se réunisse.

— J'en doute un peu.

— Et moi je peux vous l'affirmer, pour une raison bien simple, c'est que je connais quelqu'un qui la prêtera.

— Vous, peut-être ?

— Non, pas moi ; je suis décavé. J'ai perdu cette nuit tout ce que je possédais. Mais une autre personne est décidée à obliger M. de la Calprenède et elle a l'argent tout prêt.

— Vraiment ? Alors, vous allez me trouver bien indiscret, car je me permets de vous demander si cet obligeant ami n'est pas M. Doutrelaise.

— Et quand ce serait lui ?

— Il aurait tort, je crois, de rendre à ce jeune homme un service qui ne le sauvera pas, car le malheureux doit à d'autres.

— A M. Bourleroy fils, je sais cela. Et je pense que cette dette sera payée aussi. Doutrelaise, je puis bien vous le dire, est tout disposé à tirer d'embarras M. de la Calprenède. Ce serait même déjà fait s'il l'avait rencontré, mais il court après lui depuis ce matin.

Vous ne l'avez pas vu au cercle, cette après-midi ?

— M. de la Calprenède ? Non, ma foi ! et je pense qu'il ne s'y montrera pas de si tôt.... peut-être jamais. Il restera invisible tant qu'il aura des créanciers.

— Il n'en aura bientôt plus d'autre que Doutrelaise, qui le cherche pour lui prêter ce qu'il voudra.

— Tout le monde le cherche, à ce qu'il paraît. M. Matapan, qui n'a causé avec moi qu'un instant, m'a prié de lui envoyer un mot par le chasseur du cercle, si M. de la Calprenède vient ce soir à la partie.

Il se peut qu'il y vienne, après tout. Elle l'attire comme la lumière attire les papillons.

— Et vous avez promis d'avertir M. Matapan ?

— Mon Dieu ! oui.

— Il me semble que vous vous êtes chargé d'une singulière mission... Oh ! je n'ai pas l'intention de vous blesser, mais... j'en appelle à vous-même... ne trouvez-vous pas que, dans le fait de surveiller quelqu'un pour le compte d'autrui, il y a quelque chose qui répugne à un galant homme ?

— Pardon ! dit avec beaucoup de vivacité M. Falguéras, je ne veux surveiller personne. Il s'agit tout simplement d'être agréable au baron Matapan qui a sans doute une communication urgente à faire au jeune la Calprenède.

— A votre place, moi, je tiendrais beaucoup moins

à être agréable au baron Matapan, puisque baron il y a, et beaucoup plus à ne pas être désagréable à un garçon dont vous n'avez pas à vous plaindre, j'imagine.

J'ai bien peur que ce Matapan ne soit, lui aussi, un créancier de Julien de la Calprenède. Et, si je ne me trompe pas, ledit Julien sera fort mécontent d'être relancé au cercle, grâce à l'indication qu'il vous plaît de donner.

— Vous avez raison… je n'avais pas songé à cela… et M. Matapan peut bien opérer lui-même. Je ne lui enverrai aucune espèce d'avis. Mais je persiste à croire que M. Doutrelaise pourra se repentir d'avoir été trop généreux, car je ne vous cacherai pas qu'on en dit bien d'autres sur son protégé.

— *On*, c'est M. Anatole Bourleroy, je suppose. Il m'est revenu en effet qu'il se répandait en discours malveillants contre le fils d'un homme qui est l'ami de ma tante et je ne tolérerais pas qu'il l'attaquât devant moi.

J'ai failli aller lui tirer les oreilles dans un café où il chuchotait à des polissons qui déjeunaient avec lui des propos dont je devinais l'objet. S'il s'avisait de les répéter à haute voix et que je les entendisse, je vous jure qu'il recevrait une rude leçon.

— Je crois, Dieu me pardonne, que le voici, s'écria Falguéras. Écoutez… ces éclats de voix… et ce rire qui tient du braire… c'est bien lui, escorté des sots qui forment sa cour... j'espère bien que vous n'allez pas vous commettre avec ces espèces-là.

— Non, car je vais leur céder la place, dit Courtaumer en vidant sa tasse de café. Il est huit heures et demie, et on m'attend à neuf heures.

Falguéras, qui avait des instincts pacificateurs, n'essaya pas de le retenir. Mais au moment où l'ex-lieutenant de vaisseau se levait, Anatole et ses caudataires firent dans le salon rouge une entrée à la tartare.

D'où sortaient-ils, et comment avaient-ils fait pour mettre si peu de temps à se griser ? Courtaumer ne se le demanda point, mais il vit bien qu'ils étaient tous plus ou moins ivres.

Il crut démêler à travers leurs paroles incohérentes, qu'ils avaient dîné dans un cabaret du voisinage, et qu'ils venaient chercher au cercle un de leurs pareils pour le mener applaudir dans un petit théâtre une petite actrice qui avait des bontés pour le jeune Bourleroy et qui jouait une petite pièce en lever de rideau.

Mais il ne s'attarda point à les écouter et il allait sortir, lorsque l'aimable Anatole eut la malencontreuse idée de dire en ricanant :

— Je parie que je forcerai les musiciens du boui-boui d'Amélie à jouer la *Marseillaise* tout le temps du premier entr'acte.

— Combien paries-tu ? demanda un de ses jolis camarades.

— Je parie... contre cinq louis, *bon jeton*, les six mille francs que me doit le sire Julien de la Calprenède, gentilhomme Périgourdin... et *panné*.

Courtaumer bondit comme s'il avait marché sur un crapaud, se retourna et vint droit à l'insolent.

—Je vous défends de mal parler de M. de la Calprenède, dit-il du ton le plus agressif.

— Pardon, monsieur, balbutia l'héritier présomptif du droguiste, je ne vous avais pas vu... et puis, je ne savais pas qu'il était de vos amis... d'ailleurs, je ne dis pas de mal de lui...

— Vous dites que les six mille francs qu'il vous doit valent cent francs, ce qui équivaut à dire qu'il ne vous paiera pas.

— Je ne sais pas s'il me paiera, mais je sais qu'il ne m'a pas encore payé. Je lui ai écrit pour réclamer mon argent, et il n'a pas même daigné me répondre.

Courtaumer commençait à s'apercevoir qu'il s'était placé sur un mauvais terrain, et que, pour imposer silence à M. Bourleroy, il aurait fallu acquitter d'abord la dette de Julien.

Il sentait aussi que les neutres le désapprouvaient.

Le bruit de la querelle avait réveillé de graves personnages qui sommeillaient devant la cheminée et dérangé des joueurs attablés à un whist assez

cher. Tous ces gens-là le regardaient comme
on regarde, dans une salle de spectacle, un tapa-
geur qui trouble la représentation, et il voyait bien
qu'ils lui donnaient tort.

Le prudent Falguéras cherchait à le calmer en
lui adressant quelques représentations à voix basse.

Mais Courtaumer, une fois lancé, ne s'arrêtait
pas facilement.

— Je vous répète, dit-il avec violence, que je
vous défends de parler de M. de la Calprenède. S'il
vous arrive encore de prononcer son nom, moi
présent, je vous corrigerai comme vous méritez de
l'être.

Anatole, complétement dégrisé, baissait le nez
en balbutiant des phrases inintelligibles, et Courtaumer allait lui tourner le dos en signe de mépris,
lorsque la porte mobile qui séparait les deux pre-
miers salons s'ouvrit, poussée violemment par Julien de la Calprenède.

Cette fois, tous les assistants se levèrent, excepté
un vieux whisteur qui avait neuf atouts en main
et qui tenait à jouer le coup jusqu'au bout.

Tous prévoyaient une scène et tous se deman-
daient comment elle allait finir.

De ceux qui se trouvaient là, Jacques de
Courtaumer était peut-être le plus embarrassé,
et pourtant l'entrée fort inattendue de Julien de
la Calprenède avait complétement désarçonné le

bel Anatole, qui faisait la plus piteuse mine du monde.

Jacques n'avait pas peur — il n'avait peur de rien — mais il comprenait toute la fausseté de la situation où il s'était jeté par sa violence inconsidérée.

Julien n'arrivait pas pour le soutenir, car Julien n'était pas son ami, Julien ignorait qu'il eût pris sa défense, et s'il l'avait su, il aurait pu lui demander de quel droit il l'avait prise.

Que venait-il faire au cercle, ce débiteur retardataire menacé d'expulsion ? Et qu'allait-il dire à son créancier, qui se permettait d'affirmer sa créance devant un public mal disposé pour les mauvais payeurs ?

S'il l'abordait pour lui demander du temps, la sortie à laquelle Courtaumer s'était livré devenait ridicule et odieuse. Courtaumer, qui s'était déjà donné le tort de menacer un poltron incapable de lui répondre, Courtaumer allait passer pour une espèce de Don Quichotte, enfonceur de portes ouvertes, et défenseur non autorisé d'un homme qui ne méritait pas d'être défendu.

Pour être transporté par enchantement dans le salon de sa tante qui l'attendait, l'imprudent Jacques aurait donné de bon cœur tout ce qui lui restait de louis dans sa poche.

Mais il ne pouvait plus battre en retraite, sous

peine d'avoir l'air de fuir en laissant aux prises avec l'ennemi commun le camarade pour lequel il venait de se porter fort.

Il resta et il attendit.

Julien s'était arrêté à l'entrée du salon. Il avait deviné qu'on parlait de lui, en voyant que tout le monde se taisait et que tout le monde le regardait.

Anatole relevait la tête ; il commençait à comprendre que la scène allait peut-être tourner à son avantage et à la confusion de ses ennemis ; il espérait même que la Calprenède allait s'excuser de ne pas s'être encore acquitté, et mettre ainsi dans son tort Jacques de Courtaumer.

Julien était très pâle et ses traits contractés trahissaient une très vive émotion, mais il ne se déconcerta point.

Sans prendre garde à personne, pas même à Jacques, il s'avança vers Bourleroy qui l'attendait de pied ferme, et tirant de sa poche un petit paquet de billets de banque, il les lui remit en disant froidement :

— Voici l'argent que vous m'avez gagné à l'écarté, avant-hier.

Ce fut un changement à vue. Les hostiles à Julien revinrent à lui, et Courtaumer reprit confiance.

Quant au jeune Anatole, il était à peindre.

Partagé entre la joie d'encaisser et la crainte d'être encore une fois malmené, il cherchait à se donner un air dégagé, mais il n'aboutissait qu'à sourire bêtement, tout en chiffonnant les billets de mille qu'il tenait à la main.

— Voyez si le compte y est, lui dit Julien d'un air calme.

— Oh ! je m'en rapporte à vous, s'écria-t-il ; et je vous prie de croire que je n'étais pas inquiet.

Le mensonge était si flagrant qu'il y eut un murmure général.

Et Anatole se trouva encore une fois hors de garde. La sottise qu'il attendait de son adversaire, c'était lui qui l'avait lâchée, et les rieurs n'étaient plus du tout de son côté.

La Calprenède ne lui laissa pas le temps de se remettre.

— Maintenant que vous êtes payé, reprit-il de sa voix la plus claire, rien ne m'empêche plus de vous dire que je vous tiens pour un drôle.

— Monsieur ! balbutia Bourleroy, c'est une plaisanterie, sans doute.

— Je ne plaisante pas avec les gens de votre sorte, et je vous répète que vous êtes un drôle. Cette qualification suffira, je pense, pour vous décider à vous battre. Si je ne reçois pas vos témoins demain matin, je vous enverrai les miens, et si vous leur refusez de désigner les vôtres, je passe-

rai des paroles aux actes. Vous m'entendez, n'est-
ce pas ?

— Mais non... je ne comprends pas ce que signi-
fient vos menaces, et je proteste que je ne vous ai
pas offensé.

— Je vais m'expliquer plus intelligiblement. Je
vous souffléterai toutes les fois que je vous rencontrerai, tant que vous ne m'aurez pas rendu
raison des propos que vous avez tenus hier soir dans
le salon où nous sommes, et que vous ne pouvez pas
nier, car je les ai entendus. Cela suffit, j'espère.

Vous savez maintenant de quelle offense j'exige
une réparation par les armes et ce qui vous arrivera si vous ne voulez pas aller sur le terrain.

Je vous laisse le choix, et je n'ai rien de plus à
vous dire.

— Moi non plus, je n'ai rien à vous dire... et je
n'ai rien dit, murmura le bel Anatole d'un air si
pitoyable, que deux de ses amis, moins lâches que
lui, le tirèrent à l'écart et se mirent à le chapitrer
tout bas.

Ils lui représentèrent sans doute que vingt personnes le contemplaient et que, pour sauver l'honneur des Bourleroy, il fallait montrer un peu plus
d'énergie ; ils lui soufflèrent même une réponse. En
un mot, ils firent tant qu'Anatole parvint à articu-
ler distinctement le petit discours suivant, qui n'é-
tait pas trop maladroit :

— Monsieur, je suis à votre disposition, mais je ne sais à quels propos vous faites allusion... et je vous prie de les préciser.

Il se doutait bien que Julien ne prouoncerait pas le nom de sa sœur devant une si nombreuse assistance, et il espérait que, faute de vouloir répondre catégoriquement, Julien passerait pour un fou qui cherchait sans motifs une querelle d'Allemand.

Mais Julien déjoua cette manœuvre en lui disant :

— Mes témoins préciseront quand ils seront en présence des vôtres. Il ne me plaît pas de répéter ici vos sottises et vos calomnies, qui ne s'adressaient pas à moi seul. Je vous aurais fait taire hier, si je n'avais été votre débiteur. Je ne le suis plus, puisque je viens de vous remettre six mille francs.

— Je ne vous les demandais pas... je ne vous les ai jamais demandés, s'écria Bourleroy, tout heureux de revenir aux essais de conciliation ; et même si vous en avez besoin... pour rembourser les jetons du cercle, par exemple... j'attendrai bien volontiers.

Il s'aperçut vite qu'il venait de commettre une maladresse de plus et que son adversaire prenait sa proposition pour une nouvelle insulte.

— De quoi vous mêlez-vous ? dit sèchement Julien. Est-ce que vous êtes chargé de faire rentrer l'argent à la caisse du cercle?... et que vous importe que je sois ou non débiteur de jetons?

— Oh! rien du tout... je n'étais pas de la partie qui n'est pas encore réglée... ce n'est donc pas moi que ça regarde... ce que j'en disais, c'était dans une bonne intention...

— Je n'ai que faire de vos intentions. Et je veux bien vous apprendre devant tous ces messieurs que le compte auquel vous venez de faire allusion est réglé.

Maintenant, restons-en là jusqu'à demain.

Sur cette conclusion qui renouvelait le défi porté publiquement à un adversaire peu redoutable, Julien de la Calprenède sortit comme il était entré, sans saluer personne.

Il laissait Jacques de Courtaumer assez embarrassé de ce qu'il allait dire et faire. Le brave garçon jugea qu'il n'avait rien à ajouter, Julien en ayant dit plus qu'il ne fallait; il jugea aussi que le mieux était d'aller le rejoindre et d'avoir avec lui un bout de conversation.

Julien venait de remonter dans son estime. Jacques pensait bien que l'argent de Doutrelaise avait servi à rembourser la caisse et à payer Bourleroy; il trouvait aussi que Julien s'était ménagé une scène un peu trop théâtrale, mais il lui savait un gré infini de s'être montré énergique, et il tenait à lui donner une marque de sympathie.

I.   14

Et, de plus, il ne croyait pas inutile de l'avertir que M. Matapan le cherchait.

Il sortit donc à son tour afin de le rattraper, et il l'aperçut au bout d'une galerie qui menait à l'antichambre du cercle.

Il fallait qu'il eût couru pour avoir fait tant de chemin en si peu de temps, et Courtaumer, pour l'arrêter, l'appela par son nom.

Julien se retourna, le reconnut et revint sur ses pas d'assez mauvaise grâce.

Il fut poli pourtant, lorsque Jacques l'aborda par ces mots :

— Mon ami Doutrelaise m'avait recommandé de vous dire qu'il vous cherchait, mais je sais maintenant que vous avez dû le rencontrer.

— Je l'ai vu ce matin au café de la Paix, répondit Julien de la Calprenède ; je ne l'ai pas vu depuis.

— Quoi ! l'argent que vous venez de remettre à ce drôle !...

Julien tressaillit, et peu s'en fallut qu'il ne se fâchât. Il se contint pourtant, et Courtaumer reprit avec chaleur :

— Croyez, je vous prie, que je ne cherche pas à vous blesser. Nous nous connaissons peu, mais nous sommes du même monde et nous avons au moins un ami commun. Je puis bien me permettre de vous dire que j'aurais voulu pouvoir vous obliger. Doutrelaise ne m'a pas caché que vous étiez dans l'embarras. Malheureusement, j'étais moi-même à sec. Mais je pensais que notre ami vous était venu en aide.

Pendant qu'il parlait, un valet de pied s'était approché discrètement et dit d'un ton respectueux :

— On attend M. le vicomte au parloir.

— Qui m'attend ? demanda brusquement Julien.

— La personne n'a pas donné son nom, monsieur le vicomte.

— La personne n'a pas donné son nom ? répéta Julien en haussant les épaules. Eh bien ! allez le lui demander. Je ne reçois pas les gens que je ne connais pas.

Et comme le valet de pied s'éloignait, il lui cria :

— Faites vite. Je suis pressé de sortir.

— Moi aussi, je suis pressé, dit Courtaumer. Ma tante, madame de Vervins, m'attend. Et je me souviens maintenant que j'ai promis de vous amener chez elle, si je vous rencontrais.

— Je regrette de ne pas vous y accompagner, mais je suis obligé de rentrer chez moi. Je viens de traiter comme il le méritait un méprisable drôle. J'ai un autre compte à régler.

— Pas avec Doutrelaise, j'espère ! dit en souriant Courtaumer. Vous avez une façon de malmener les gens qui vous déplaisent !

— Oh ! je n'ai rien contre M. Doutrelaise. Mais il y a de par le monde un monsieur que j'exècre, quoiqu'il m'ait rendu un service d'argent. Je lui dois quatre mille francs, que je vais de ce pas lui rembourser, afin de pouvoir lui dire son fait ensuite.

— Vous allez donc payer aujourd'hui tous vos créanciers ! C'est superbe ! et je vous en félicite très sincèrement... surtout si, pour les payer, vous n'avez pas emprunté à d'autres.

— Non, par l'excellente raison que personne ne m'aurait prêté un sou... si ce n'est M. Doutrelaise, et je n'aurais pas souffert qu'il se gênât pour moi... mais il me fallait à tout prix une somme... et je ne possédais pas quinze louis... j'ai eu l'idée de les risquer, et bien m'en a pris, car en trois heures j'ai gagné dix-huit mille francs.

— Où donc ? l'eau m'en vient à la bouche.

— A une partie que je connais... une roulette clandestine tenue par un ancien croupier de Monaco qui n'est ici qu'en passant... et admirez ma chance... demain il eût été trop tard... la banque se transporte en Espagne.

— Décidément les tripots ont du bon. Mais je ne m'étonne plus que vous soyez resté introuvable depuis midi. Vous faisiez fortune en devinant des numéros, pendant que tout le monde vous cherchait.

— Tout le monde, c'est-à-dire M. Doutrelaise ?

— Monsieur votre père aussi. Je l'ai rencontré tantôt aux Champs-Elysées ; il m'a expressément chargé de vous dire qu'il désirait vous parler le plus tôt possible et qu'il serait ce soir, de neuf heures à onze heures, chez ma tante.

— Je ne puis pas y aller. Mon père saura pourquoi lorsqu'il rentrera à la maison, car il m'y trouvera.

— Votre dernier créancier y demeure donc ?

— Oui, et il me tarde d'en finir avec lui.

— Parions que c'est M. Matapan ?

— Vous le connaissez ? s'écria Julien.

Il allait sans doute demander à Jacques comment il était en relations avec le baron, mais il aperçut le valet de pied qui revenait du parloir et il lui demanda :

— M'apportez-vous la carte de la personne qui me demande ?

— Non, monsieur le vicomte, répondit d'un air embarrassé le domestique du cercle.

— Alors, qu'elle aille au diable !

— Ce monsieur m'a dit...

— Ah ! c'est un monsieur, s'écria gaiement Courtaumer. Je croyais que c'était une femme. Les hommes ne font pas tant de mystères.

— Enfin, que vous a-t-il dit ? reprit Julien avec impatience.

14.

— Il m'a dit, répondit le valet de pied en baissant la voix, il m'a dit qu'il était commissaire de police.

— Vous êtes fou !

— Pardon, monsieur le vicomte ; j'ai vu son écharpe.

— Alors, il y a erreur, dit Jacques. Evidemment, ce n'est pas à M. de la Calprenède qu'il a affaire.

— Il m'a cependant bien donné les noms de monsieur le vicomte... et il a même ajouté que si monsieur le vicomte ne jugeait pas à propos de descendre, il allait monter.

— Ah ! c'est trop fort ! dit Julien avec colère. Allez dire que je viens.

L'homme en livrée reprit le chemin du parloir.

La figure de Jacques de Courtaumer s'était rembrunie. Il ne supposait assurément pas que le fils du comte de la Calprenède eût un crime sur la conscience, mais le mot de « commissaire » sonnait mal à son oreille.

Julien paraissait irrité beaucoup plus qu'effrayé.

— Tout conspire, à ce qu'il paraît, pour me retarder ; je ne puis pas partir d'ici sans savoir ce que me veut la police, dit-il amèrement.

— Est-ce qu'on aurait saisi la roulette où vous avez joué tantôt ? demanda en riant Courtaumer.

Non, c'est invraisemblable. Dans ce cas-là, on arrête le croupier, mais on n'inquiète pas les *pontes*... surtout quand ils ne sont pas pris sur le fait.

Et je me demande ce que ce commissaire peut avoir à vous dire.

— Vous m'obligeriez en venant le recevoir avec moi.

— Je ne demande pas mieux... quoique j'aie promis d'arriver chez ma tante à neuf heures... il en est dix... elle doit me maudire... mais je suppose que votre explication avec ce policier ne sera pas longue.

— Je le suppose aussi. Venez, puisque vous voulez bien m'assister dans cette occasion.

— Je suis prêt à vous assister ailleurs... si vous me faites l'honneur de me choisir comme témoin dans votre affaire avec ce Bourleroy.

— Je n'aurais pas osé vous le demander, mais j'accepte, dit vivement Julien.

Tout en causant, ils étaient arrivés dans l'antichambre, et les gens de livrée les aidaient à endosser leurs pardessus.

Le parloir était situé au rez-de-chaussée, au bas de l'escalier et à l'entrée du vestibule qui conduisait au boulevard.

Sur le seuil de la porte cochère, le concierge du cercle tenait un colloque assez animé avec deux hommes piètrement vêtus, qui faisaient mine de vouloir pénétrer dans le corridor.

Jacques et Julien n'y prirent pas garde et entrèrent au parloir, qui était un grand cabinet élégamment meublé.

Ils y trouvèrent, debout et le chapeau à la main, un personnage de bonne apparence qu'ils auraient très bien pu prendre pour un membre du cercle, s'ils n'eussent vu briller sous sa redingote, déboutonnée à dessein, la frange d'une écharpe tricolore.

La figure de ce magistrat était intelligente et elle exprimait tant de bienveillance que les deux jeunes gens se sentirent tout de suite à l'aise.

— Lequel de vous, messieurs, est M. de la Calprenède ? demanda-t-il du ton le plus poli.

— C'est moi, répondit Julien.

— Et monsieur ?

— Monsieur est un de mes amis.

— Je voudrais vous parler... à vous seul.

— Monsieur peut entendre tout ce que vous avez à me dire. Je désire même qu'il l'entende.

Le commissaire hésita un instant, mais il reprit, sans élever d'objections :

— Je viens remplir, monsieur, une mission très pénible et je tiens à m'en acquitter avec tous les égards possibles. Aussi me suis-je abstenu de me présenter dans les salons du Cercle. J'ai évité, en vous appelant dans ce cabinet, un scandale inutile, et je compte que vous ne me mettrez pas dans la nécessité de recourir à des moyens qu'il me répugnerait d'employer.

— Je ne comprends pas, dit sèchement Julien.

— Vous allez comprendre. Je suis porteur d'un mandat d'amener que M. le procureur de la République m'a chargé, il y a une heure, de mettre à exécution.

— Un mandat contre moi ! s'écria Julien. Allons donc ! vous devez vous tromper.

— Non, monsieur, je ne me trompe pas. Et il n'y a pas d'erreur possible. Vous vous appelez bien Julien-Louis-Charles de la Calprenède, et vous demeurez boulevard Haussmann, 319. Je puis vous montrer le mandat. Vous verrez que les indications qu'il porte sont exactes.

— Il me suffit de savoir de quoi je suis accusé.

— Je regrette de vous le dire devant monsieur votre ami, mais puisque vous le voulez... vous êtes prévenu de vol qualifié.

— De vol ! répéta Julien abasourdi.

— Mais c'est insensé ! s'écria Jacques. Pardon, monsieur... je veux dire que cette étrange accusation surprend M. de la Calprenède autant qu'elle me surprend moi-même.

— Mais enfin, demanda Julien d'une voix altérée, à la requête de qui suis-je arrêté ?

— Sur une plainte portée par M. le baron Matapan, propriétaire de la maison que vous habitez.

— Ah ! le misérable ! lui seul était capable d'une telle infamie. Et que lui ai-je volé, je vous prie ?

— Un collier d'une très grande valeur, formé de trente-trois opales entourées de brillants.

— Ah ! s'écria Julien, maintenant je sais d'où part le coup.

A cette exclamation fort inattendue, le commissaire de police regarda le jeune homme d'un air qui disait bien des choses, et Jacques de Courtaumer tressaillit.

Il lui semblait que Julien venait de se trahir, et qu'il était coupable.

— Maintenant, monsieur, reprit le commissaire, il ne me reste plus qu'à vous prier de me suivre.

— Où ? demanda brusquement Julien de la Calprenède.

— Mais... au dépôt de la préfecture.

— Je n'irai pas. Conduisez-moi, si vous le voulez, devant un juge... il m'interrogera et je lui répondrai. Vous n'avez pas le droit de me traiter comme un coupable. On ne jette pas un homme en prison avant de le mettre à même de se justifier.

— Monsieur, j'ai des ordres... et je vous ferai observer qu'on ne procède jamais autrement... il

faut bien commencer par s'assurer de la personne
de l'inculpé.

— Peu m'importent vos usages ! Je vous répète
que je ne vous suivrai pas où vous prétendez me
mener. Je veux voir un magistrat.

— Ce soir ! c'est impossible, vous devez le comprendre. Il est dix heures passées. Demain, vous
serez appelé devant un juge d'instruction, qui,
après vous avoir entendu, statuera sur la suite à
donner à votre affaire. Mais je ne puis pas différer
de mettre à exécution le mandat dont je suis porteur.

— Je me moque de votre mandat ! dit Julien qui
s'exaltait de plus en plus.

— Prenez garde, monsieur, d'aggraver votre
cas, dit le commissaire de police avec une dou-
ceur exemplaire. C'est dans votre intérêt que je
vous conseille de me suivre de bon gré. Si vous
êtes en mesure de prouver que vous êtes innocent,
que craignez-vous ? Une nuit est bientôt passée,
même en prison, et vous serez relâché demain, en
vertu d'une ordonnance de non-lieu. Ai-je besoin
d'ajouter que, si vous êtes mis en liberté, personne ne saura que vous avez été arrêté. Pour
moi, comme pour tout magistrat, la discrétion
absolue est un devoir professionnel.

Tandis que, si vous persistez à résister, vous me
forcerez à en venir aux moyens coërcitifs. Deux

agents m'attendent dans la rue, devant la porte
du cercle. Je n'ai qu'à les appeler et à leur commander de mettre la main sur vous. L'éclat qui
s'ensuivrait serait d'un effet déplorable.

Je m'en rapporte à monsieur, dit le commissaire de police en regardant Jacques de Courtaumer qui passait depuis quelques minutes par des
émotions très vives.

Il avait commencé par s'indigner de l'accusation
portée contre le fils du meilleur ami de sa tante ;
puis des soupçons s'étaient présentés tout à coup
à son esprit. Une phrase imprudemment lancée
par Julien avait été comme une lueur soudaine
qui éclairait la situation. Et presque aussitôt il
s'était rappelé que l'endetté de la veille venait
d'arroser subitement tous ses créanciers avec des
billets de banque conquis, prétendait-il, à une
roulette clandestine.

Jacques trouvait maintenant l'histoire invraisemblable ; il entrevoyait que d'autres pourraient
bien ne pas y croire, — le juge d'instruction, par
exemple, — et chercher ailleurs la cause de ce
changement de fortune si prompt et arrivant si
à propos.

Mais Jacques trouvait aussi que le commissaire
avait raison de conseiller à Julien de se soumettre.
Mieux valait encore s'en aller sans bruit coucher
au dépôt de la préfecture que d'engager une lutte

inutile, qui aurait attiré certainement quelque
membre du cercle.

— Mon cher, dit l'ex-lieutenant de vaisseau, je
suis d'avis que vous ferez bien de ne pas livrer bataille à des subalternes qui ont reçu une consigne
et qui opèrent au nom de la loi. Quand je servais
dans la marine, il m'est arrivé plus d'une fois d'être
mis aux arrêts, et l'idée ne m'est jamais venue de
m'y faire traîner par le capitaine d'armes.

— Ce n'est pas la même chose, dit Julien avec
humeur.

— Ce serait bien pis ! M. Bourleroy va descendre. Il vous verrait aux prises avec des agents de
police.

Courtaumer avait touché juste. Julien baissa la
tête sans rétorquer l'argument, et le neveu de madame de Vervins ajouta pour le décider tout à fait :

— Vous êtes évidemment victime d'une erreur
qui sera reconnue demain, et vous en serez quitte
pour passer quelques heures sous les verrous. Je
me charge de prévenir votre père, et même d'aller
voir ce M. Matapan, qui accuse si lestement un
galant homme. Je ne sais sur quoi il fonde ses
soupçons, mais je n'aurai pas de peine à lui démontrer qu'ils n'ont pas le sens commun, et je me fais
fort d'obtenir qu'il retire sa plainte.

— Ce ne serait pas assez pour racheter l'infamie
qu'il a commise, et qu'il me paiera cher.

I.   15

— Vous règlerez ce compte quand vous serez libre, mon cher. Mais si vous m'en croyez, nous allons partir. La place est mal choisie pour prolonger cet entretien. Songez que le valet de pied qui est venu vous avertir a dû raconter à ses camarades que M. le commissaire de police vous demandait.

— Je regrette d'avoir été obligé de décliner ma qualité, dit le bienveillant magistrat. Malheureusement, mon nom n'aurait pas décidé M. de la Calprenède à me recevoir, puisqu'il ne le connaissait pas...

— Cela suffit, monsieur, interrompit Julien. Vous avez là une voiture, je suppose ?

— Oui, monsieur, et j'ai eu soin de la laisser à dix pas de l'entrée du cercle. Si vous voulez bien m'accompagner, nous y monterons sans que personne nous remarque. Mes deux agents se tiennent sur le boulevard.

— Vous vous trompez. Ils causaient tout à l'heure avec le portier. Si c'est ainsi que vous prétendez éviter le scandale ! dit ironiquement Julien.

— Je leur avais défendu de se montrer, et je les punirai s'ils se sont permis de...

— Nous perdons du temps, s'écria Courtaumer, qui sentait la nécessité d'en finir. Partons, mon cher.

— Pardon, monsieur, dit le commissaire, vous

ne pouvez pas accompagner votre ami. Les règle-
ments s'y opposent.

— Bon ! mais vous n'êtes pas obligé de les appliquer dans toute leur rigueur. Permettez-moi de
vous apprendre qui je suis... Jacques de Courtaumer, lieutenant de vaisseau démissionnaire.

— Seriez-vous parent de M. de Courtaumer,
juge d'instruction ?

— Je suis son frère, et je réponds qu'il appréciera tout ce que vous ferez pour nous être agréable, à moi et à M. de la Calprenède, qui est le fils
d'un ami de notre famille.

Ce petit discours fit son effet.

— Je ne puis pas prendre sur moi de vous laisser seul avec monsieur, répondit le commissaire
après un court silence, mais je puis vous auto-
riser, sous ma responsabilité personnelle, à prendre place dans le fiacre qui va nous conduire à la
préfecture.

— C'est tout ce que je vous demande, dit Courtaumer.

Et ce n'était pas seulement pour épargner à Julien
le déplaisir de voyager seul avec des gens de police
qu'il tenait à ne pas le quitter. Il voulait lui poser
en route diverses questions, à seule fin de se faire
une opinion sur le cas de ce malheureux garçon.

Il lui répugnait de le croire coupable, et son innocence ne lui était pas démontrée.

On sortit du parloir, la Calprenède en tête, le commissaire ensuite — c'est la règle en pareil cas, et pour cause. Courtaumer fermait la marche.

Les deux agents n'étaient plus là, et le portier, retiré dans sa loge, n'en sortit point pour voir passer ce petit cortège, ce qui semblait prouver qu'il ne se doutait de rien.

Sur le boulevard, on retrouva les policiers et le fiacre à quatre places qui attendait à distance.

Le commissaire eut l'attention de ne pas infliger aux deux jeunes gens une fâcheuse compagnie. Il fit monter un de ses hommes à côté du cocher et il congédia l'autre.

Julien naturellement dut encore passer le premier; le commissaire prit place à côté de lui, Courtaumer s'assit en face d'eux sur le devant.

Et l'embarquement s'effectua sans attirer l'attention des passants.

Le commissaire y mettait des formes et ses subordonnés savaient surveiller sans en avoir l'air.

On roula, et, pendant les dix premières minutes, personne ne parla.

Le commissaire se taisait par discrétion. Courtaumer préparait l'interrogatoire qu'il se proposait de faire subir adroitement à Julien de la Calprenède, en déguisant ses questions sous la forme de témoignages d'intérêt. Julien, sombre et concentré, dévorait sa colère ou ses remords.

— En vérité, dit enfin Courtaumer, il faut convenir qu'à Paris, la justice a des exigences bien rigoureuses. J'en suis encore à me demander pourquoi le parquet a donné l'ordre de vous arrêter, séance tenante et toute affaire cessante. Vous n'êtes pas un vagabond, que diable ! vous avez un domicile et on vous y aurait trouvé demain matin. Là, vous auriez pu interpeller M. Matapan, qui me paraît avoir perdu l'esprit, et qui se serait aperçu en causant avec vous qu'il faisait fausse route. Une explication d'un quart d'heure aurait tout arrangé.

— C'est précisément ce que ce misérable ne voulait pas, dit amèrement Julien. Je l'ai vu ce matin au café de la Paix, où je déjeunais. Il s'est approché de la table où j'étais assis. Je me suis levé et je suis parti. Mais il ne tenait qu'à lui de me retenir en me parlant du vol commis à son préjudice, et il s'en est bien gardé. Il a préféré me faire arrêter, sauf à convenir plus tard qu'il s'est trompé.

— Doutrelaise m'a raconté en effet que vous déjeuniez avec lui quand M. Matapan est entré dans le restaurant, Doutrelaise attestera ce fait significatif et m'aidera à mettre M. Matapan au pied du mur.

— Doutrelaise ! s'écria Julien avec colère, mais il s'est entendu avec cet homme pour me perdre.

C'est lui, le misérable, qui m'a dénoncé à Matapan.

— Que dites-vous là, mon cher ? s'écria Jacques. Doutrelaise vous aime et vous est tout dévoué.

— Et il me calomnie ! Que serait-ce donc s'il me détestait ? Je vous répète que lui seul a pu fournir à M. Matapan les indications sur lesquelles cet homme s'appuie pour m'accuser.

— Mais, sacrebleu ! vous oubliez que Doutrelaise vous a invité à déjeuner pour vous prêter six mille francs dont vous aviez grand besoin ce matin. Ce n'est pas sa faute si vous n'en avez plus besoin ce soir, car il vous a cherché toute la journée. Il ne pouvait pas deviner que vous étiez en train de gagner bien davantage à la roulette.

A ces derniers mots, le commissaire dressa l'oreille, et ce n'était pas parce que le jeu de la roulette est défendu qu'il écoutait avec attention.

— Et d'ailleurs, pourquoi vous en voudrait-il? reprit Jacques.

— Je n'en sais rien. Peut-être parce que je n'ai pas encouragé des prétentions qu'il a eu l'audace de me laisser entrevoir.

— Des prétentions ! vous m'étonnez.

— Il s'était mis en tête de prendre la défense de... d'une personne qu'il m'appartient de faire respecter... Doutrelaise n'avait aucun

titre pour relever de sots propos tenus par
M. Bourleroy. Je le lui ai fait sentir.

— Jamais vous ne me persuaderez que Doutrelaise s'est fâché pour si peu de chose, et je croirai
encore moins qu'il a fait cause commune avec un
homme qui est votre ennemi.

Voyons ! qu'a-t-il donc dit contre vous à ce Matapan ?

— Messieurs, dit le commissaire en coupant la
parole à Julien qui ouvrait la bouche pour répondre à Courtaumer, je crois bon de vous avertir
que, si le juge d'instruction me demandait de lui
répéter les propos tenus en ma présence par un
prévenu, je ne pourrais pas me soustraire à l'obligation de les lui rapporter... alors même que ces
propos seraient de nature à incriminer ce prévenu.

— Surtout dans ce cas-là, je pense, murmura
Courtaumer.

— Dans tous les cas, messieurs, reprit le brave
commissaire. Et je vous laisse le soin de faire à la
causerie que vous venez d'entamer l'application
de l'avis que je vous donne.

— Monsieur, dit vivement la Calprenède, je
vous remercie de votre loyauté, mais je n'ai rien
à cacher, et je veux que mon ami sache comment
s'est conduit M. Doutrelaise, comment c'est à
lui que je dois d'être arrêté. Le récit ne sera pas

long, et je le ferai sans crainte devant le juge qui m'interrogera.

— A la bonne heure, pensait Jacques. Il n'a pas peur de s'expliquer. Donc il est innocent.

— Prenez garde encore, reprit le commissaire. Les magistrats sont défiants, et ils ont raison de l'être... Lorsqu'un prévenu raconte plusieurs fois, sans variantes, une histoire qui l'innocente, on est très porté à le soupçonner de l'avoir inventée pour préparer sa défense.

— Il a raison, se dit Jacques Cette idée ne m'était pas venue, mais elle me vient maintenant. Ce malheureux Julien va peut-être réciter une leçon apprise par cœur.

— Je ne dis et je ne dirai jamais que la vérité, répliqua le frère d'Arlette.

Tant pis pour ceux qui ne me croiront pas.

— S'il était coupable, il ne serait pas si fier, se dit encore Courtaumer un peu rassuré.

— Et je déclare, continua Julien, que le bavardage de ce Doutrelaise a tout fait. Ce matin, en déjeunant, il m'a montré une opale entourée de diamants, qu'à l'entendre il aurait arrachée de la main d'un homme qu'il aurait rencontré cette nuit sans lumière dans l'escalier de notre maison... et il prétendait que cet homme était entré dans l'appartement où je demeure avec mon père.

— Il disait cela devant M. Matapan ? demanda Jacques très surpris.

— Non, M. Matapan est arrivé un peu plus tard ; je suis parti aussitôt, et je ne sais ce qui s'est dit après mon départ; mais l'opale était sur la table. Matapan a dû la voir et si on lui a vraiment enlevé un collier composé de pierres pareilles à celle-là, il l'aura reconnue... il aura demandé à M. Doutrelaise d'où il la tenait, et ce joli monsieur aura recommencé sa narration.

— Je n'y comprends rien. Je me suis promené une heure aux Champs-Élysées avec Doutrelaise, et il ne m'a pas dit un mot de son aventure nocturne, ni de sa conversation avec M. Matapan, ni de collier, ni d'opales.

— Oh ! il ne tenait pas à se vanter devant vous de ce qu'il avait fait.

— Je le verrai dès ce soir, et il faudra bien qu'il s'explique. Mais ce qui me paraît prodigieux, c'est que, sur un renseignement aussi vague, M. Matapan se soit permis de déposer une plainte contre vous. Quoi ! de ce qu'un homme qui emportait son collier s'est introduit chez vous, il conclut...

— Il conclut que cet homme, c'est moi. Et ce qui va vous étonner davantage, c'est que votre ami Doutrelaise partage cette opinion ; c'est même lui qui l'a soufflée à Matapan.

— Elle est absurde, son opinion. Le voleur

15.

avait probablement des fausses clefs pour ouvrir
toutes les portes de la maison. Il sera entré dans
votre appartement comme il était entré dans celui
de Matapan... pour y prendre tout ce qu'il trouverait sous sa main. ,

— Et ce n'est pas la première fois qu'il y est
entré. J'ai eu la preuve qu'on y a déjà pénétré,
à plusieurs reprises, et toujours la nuit. Seulement, rien n'a été enlevé.

— Il faudra dire cela au juge d'instruction,
mon cher. Ne manquez pas non plus de lui apprendre que vous avez gagné aujourd'hui, dans
une maison de jeu... combien ? Dix-huit mille
francs, je crois ?

— Oui, à peu près. La justice n'a rien à y voir,
je suppose ?

— Non, mais elle pourrait bien s'étonner que
vous eussiez encore de l'argent après avoir payé ce
soir onze mille francs au cercle.

— Monsieur a raison, dit le commissaire qui ne
perdait pas un mot de ce dialogue. Il est indispensable d'expliquer comment vous êtes en possession de sommes importantes, car on pourrait
supposer qu'elles vous viennent d'une autre
source.

— Qu'elles me viennent du jeu ou d'ailleurs,
qu'importe ?

— Pardon ! vous serez mis en demeure de prou-

ver qu'elles ne sont pas le produit de la vente ou
de l'engagement du collier volé à M. Matapan.

— Ce sera au contraire le juge qui devra me
prouver que j'ai vendu ou engagé des opales.

— Il a une singulière façon de se défendre, pensait Courtaumer.

— Monsieur, reprit le commissaire en secouant
la tête, ce que vous dites là est vrai en principe,
mais vous auriez grand tort de ne pas vous défendre, si vous en avez les moyens.

Et je vous engage à commencer par dénoncer la
maison de jeu où vous avez gagné dix-huit mille
francs. On ira immédiatement vérifier le fait que
vous avancez, et si on reconnaît qu'il est exact,
une charge grave qu'on ne manquera pas de
relever contre vous tombera d'elle-même.

— Cette maison n'est pas autorisée, répondit
Julien, et je ne vois pas pourquoi je dénoncerais
les gens qui la tiennent.

— Comment? s'écria Courtaumer, vous vous
compromettriez pour ne pas compromettre un
croupier clandestin ! Permettez-moi de vous dire
que ce serait de la folie.

— Je verrai ce que j'aurai à faire lorsque je
serai devant un magistrat, répliqua d'un ton sec le
frère d'Arlette.

Jacques, outré de cette réponse, prit le parti
de se taire. Il n'était plus du tout convaincu

de l'innocence de Julien, et il songeait tristement aux conséquences probables de cette fu-
neste aventure.

— Ma chère tante va être consternée, se disait-
il ; le père en mourra de chagrin... la sœur... Dieu
sait ce qu'elle deviendra !

Et ce pauvre Doutrelaise, qui est fou de cette
jeune fille, le voilà bien planté maintenant ! Il est
vrai que M. de la Calprenède sera peut-être plus
disposé à la lui donner, car après une pareille ca-
tastrophe, il la marierait difficilement.

Le fiacre avait marché vite et on était déjà sur
le Pont-Neuf, qui n'est pas loin de la préfecture de
police.

Courtaumer pensa qu'il avait un dernier devoir
à remplir vis-à-vis du malheureux qu'il accompagnait.

— Mon cher, lui dit-il, vous allez m'indiquer ce
que je puis faire pour vous. D'abord prévenir votre
père, n'est-ce pas ?

— Comme vous voudrez, répondit Julien ; d'autres s'en chargeraient si cette démarche pénible
vous répugnait.

— Il vaut mieux que M. de la Calprenède ap-
prenne par moi le désagrément qui vous arrive, et
je sais où le trouver ce soir. Il doit être en ce moment chez ma tante, qui est l'amie de votre famille,
et qui pourra vous être utile, car elle verra mon

frère et elle lui demandera de vous recommander
à celui de ses collègues qui instruira votre affaire.

— Je vous remercie, mais...

— Monsieur, interrompit le commissaire en
s'adressant à Jacques, nous allons arriver au Dépôt.
Il convient que vous descendiez.

En même temps, il tournait le bouton placé à
l'intérieur de la voiture, et le cocher, averti par le
son du timbre, arrêtait son cheval.

L'agent qui se tenait sur le siège vint ouvrir la
portière.

Courtaumer blessé de l'attitude et du langage
de Julien, lui dit assez froidement adieu, remercia
le commissaire et sauta sur le pavé du quai de
l'Horloge.

— Allons! murmura-t-il, en regardant le fiacre
qui emmenait en prison le jeune la Calprenède,
c'est un homme à la mer, et j'ai bien peur qu'il ne
s'en tire pas.

Et ma tante qui voulait me faire épouser sa
sœur!

VII

Adrien, l'aîné des Courtaumer, ne ressemblait ni au physique, ni au moral, à son jeune frère Jacques.

Adrien avait été créé et mis au monde pour être magistrat et père de famille; Jacques était né pour courir les mers et n'avait aucune propension à s'engager dans des liens quelconques.

Rien n'est moins rare que le contraste absolu entre deux hommes du même sang, et ce phénomène tient sans doute à l'*atavisme* — le mot est à la mode en ce moment.

Jacques représentait la ligne paternelle. Tous les Courtaumer d'autrefois avaient été d'épée. C'était une race de batailleurs et de chercheurs d'aventures. Ils se mariaient sur le tard, et de préférence ils cherchaient femme dans la noblesse de robe. Adrien procédait de sa grand'mère, qui était fille d'un président au parlement de Bretagne.

Adrien avait toutes les qualités et quelques-uns des défauts de l'ancienne magistrature française. C'était un esprit éclairé, pas très étendu, mais juste ; une nature droite, un caractère loyal et ferme, avec une tendance à l'obstination systématique et au pessimisme.

Incapable de transiger avec le devoir et peu enclin à l'indulgence, Adrien était un juge redoutable pour les accusés, que son tempérament le portait à traiter comme des coupables.

Sévère magistrat et homme privé irréprochable, ce neveu de madame de Vervins manquait de charme dans les relations ordinaires de la vie.

Sa tante l'estimait, mais elle le goûtait peu. Son frère l'aimait et ne le recherchait pas. Ses collègues le craignaient, tout en rendant pleine justice à ses mérites.

Il avait épousé une femme assez riche pour lui assurer une indépendance honorable, une femme élevée dans les principes rigides des vieilles familles de la bourgeoisie parisienne. Leurs idées s'accordaient à merveille, et ils menaient une existence retirée qui leur convenait parfaitement.

Jacques se risquait rarement dans cet intérieur paisible, et madame de Vervins n'en usait qu'avec modération. Mais ils y avaient tous les deux leur franc-parler. Adrien, qui appréciait les bons côtés de Jacques, lui pardonnait presque ses défauts et respectait trop madame de Vervins pour se permettre de blâmer ses préférences et de discuter ses opinions, quoiqu'elles différassent des siennes sur bien des points.

Ainsi, la marquise aurait voulu qu'il donnât sa démission pour ne pas servir un gouvernement qu'elle abhorrait et Adrien tenait trop à sa carrière pour y renoncer; non qu'il fût ambitieux, mais elle le passionnait. Il voulait rester juge, et surtout juge d'instruction, pour le plaisir de l'être et aussi pour l'honneur, car il avait une haute idée de la dignité magistrale.

Il apportait dans l'exercice de ses difficiles fonctions un zèle extraordinaire, et on le citait au Palais pour son exactitude.

Il arrivait quelquefois à son cabinet avant son greffier et souvent il en sortait après lui.

Et le lendemain de sa visite du soir à madame de Vervins, il n'avait pas dérogé à ses habitudes matinales.

Il était même venu un peu plus tôt que de coutume, parce qu'il lui tardait de prendre connaissance de l'affaire qui allait lui être confiée, et sur laquelle il avait cru devoir consulter sa tante avant de s'en charger.

Il n'en savait absolument que ce qu'il avait appris en causant avec un collègue et répété à la marquise. Mais il pressentait qu'elle était intéressante et qu'elle allait lui fournir l'occasion de prouver une fois de plus ses rares aptitudes de magistrat instructeur.

La conversation qu'il avait eue la veille avec madame de Vervins et surtout avec le comte de la Calprenède avait levé ses scrupules, et il ne demandait qu'à trouver le voleur qui s'était permis d'opérer dans une respectable maison du boulevard Haussmann.

Il pensait d'ailleurs que les choses s'étaient passées comme elles se passent presque toujours en pareil cas.

La plainte, portée au commissaire de police du quartier, est examinée au parquet et transmise ensuite, si elle paraît fondée, à un juge d'instruction qui informe *par toutes les voies de droit*, c'est la formule, et cette formule signifie qu'après avoir pris connaissance des pièces, il décerne, s'il y a lieu, un mandat de comparution ou un mandat d'amener.

C'est par exception, dans le cas de flagrant délit par exemple, qu'on arrête un inculpé, avant que le juge d'instruction soit saisi.

M. de Courtaumer, en entrant dans son cabinet, trouva son greffier occupé à ranger des dossiers.

Ce greffier qui l'avait, par hasard, devancé ce

jour-là, était un brave homme, rompu au métier, et le juge ne dédaignait pas de causer avec lui, ni même de lui demander son avis à l'occasion.

— Bohamont, dit-il sans autre préambule, avez-vous entendu parler d'une nouvelle affaire de vol que le parquet a dû me renvoyer ?

— Oui, monsieur, répondit le greffier. Les pièces sont sur votre bureau.

— Très bien ! Savez-vous de quoi il s'agit au juste ?

— Non, monsieur. Le commissaire aux délégations, que je viens de rencontrer, m'a dit seulement qu'il avait amené hier soir l'inculpé au dépôt.

— Ah ! c'est singulier. Mon collègue, M. Brizardière, m'avait dit que la plainte était arrivée à cinq heures et qu'elle n'articulait que des imputations vagues. Je m'étonne qu'on n'ait pas attendu que j'eusse rendu mon ordonnance.

Il est au Palais, en ce moment, ce commissaire ?

— Oui, monsieur. Il s'attend à être appelé par vous et il se tient à votre disposition.

— Voyons d'abord le réquisitoire, murmura M. de Courtaumer en prenant place dans son fauteuil.

Et il commença à lire à demi-voix :

« Attendu que des pièces ci-jointes, il résulte que le nommé... »

Là, il s'arrêta court et il tressauta sur son siège.

Le nom qu'il n'avait pas prononcé était celui de la Calprenède (Julien-Louis-Charles). Il n'alla pas plus loin. Le réquisitoire lui tomba des mains.

Le fils du meilleur ami de sa tante arrêté pour vol, et lui, Adrien de Courtaumer, désigné pour l'interroger ! C'était à n'y pas croire.

Il pensa tout d'abord à sa visite de la veille. Il voyait encore le comte, tranquillement assis au coin du feu dans le salon de la rue de Castiglione, il entendait la marquise dire d'un ton dégagé : Mon cher neveu, tu t'embarrasses de fort peu de chose. Qu'importe à M. de la Calprenède que tu instrumentes dans la maison qu'il habite ?

Et il se demandait s'ils avaient joué la comédie. Dans quel but ? Il ne le devinait pas.

— Non, murmurait-il, c'est impossible. Ils n'auraient pas feint d'ignorer ce malheur. Ils ne savaient rien. S'ils avaient su qu'on accusait Julien, ils me l'auraient dit. Ils avaient tout intérêt à me le dire, car j'aurais peut-être pu empêcher le scandale d'une arrestation.

Maintenant, je ne puis plus rien, puisqu'il est en prison. Si encore j'avais été averti ce matin, j'aurais couru chez ma tante pour lui demander conseil encore une fois. Il était encore temps de refuser l'instruction, tandis qu'à présent... Dieu sait ce que mes collègues penseraient de moi, si je me retirais.

Et sous quel prétexte me retirerais-je? Dieu merci! je ne suis ni le parent, ni l'allié de ces la Calprenède. Je les connais même fort peu. Je n'ai pas vu le fils dix fois, et c'est à peine si je lui ai parlé quand je l'ai vu. Jacques le rencontre, je crois, dans les mauvais endroits qu'il fréquente, mais il n'est pas son ami, que je sache.

Je n'ai donc aucune bonne raison à faire valoir pour me récuser. Si je m'avisais de mettre en avant les relations du père avec madame de Vervins, on ne manquerait pas de dire que j'ai préféré mes intérêts à mes devoirs de magistrat, car tout le monde sait que ma tante est très riche et que mon frère et moi nous sommes ses héritiers.

J'aimerais mieux renoncer à sa succession que de donner prise à un soupçon qui m'atteindrait dans mon honneur professionnel.

M. de Courtaumer se leva brusquement, et, à la grande surprise de son greffier, qui l'avait toujours vu très calme, il se mit à se promener avec agitation.

Il se disait que madame de Vervins, après tout, ne pourrait pas lui savoir mauvais gré d'instruire, car un autre juge interrogerait Julien avec moins de bienveillance, peut-être.

D'ailleurs, quoi qu'il décidât, il fallait bien

d'abord qu'il se renseignât sur la gravité des charges et sur les circonstances de l'arrestation.

— Faites appeler M. le commissaire, dit-il à son greffier, qui sortit pour transmettre l'ordre à un huissier de service.

Il n'eut pas cette peine, car il trouva dans le corridor qui précédait le cabinet celui que le juge demandait et il l'introduisit lui-même.

Et le juge remarqua l'air embarrassé du commissaire.

— Est-ce qu'il saurait déjà que je connais l'inculpé qu'il a arrêté ? se demandait-il.

Monsieur, dit-il tout haut, je vous ai fait appeler pour vous demander des détails sur l'arrestation que vous avez opérée hier soir.

— Je vous les apportais, monsieur, répondit le commissaire. Je supposais que vous désireriez m'interroger sur cette affaire, quoique tous les faits soient constatés dans mon procès-verbal, et je...

— Je n'ai pas encore lu les pièces. Je n'ai pris connaissance que du réquisitoire et j'ai vu le nom de l'inculpé.

— Un nom très honorable... malheureusement.

— La plainte a été portée à qui ?

— Directement au parquet, monsieur, et j'ai reçu à six heures l'ordre d'arrêter M. Julien de la Calprenède. Je me suis transporté immédiatement à

son domicile, où je ne l'ai pas trouvé. J'ai continué mes recherches inutilement pendant une
partie de la soirée. Les endroits que fréquente ce
jeune homme avaient été indiqués par le plaignant...

— Un monsieur Matapan, je crois ?

— Oui, monsieur. C'est le propriétaire de la
maison qu'habite la famille la Calprenède... il y
demeure lui-même, et...

— Que lui a-t-on volé ?

— Un collier d'un très grand prix.

— Et il soupçonne ses locataires ?

— Oui, monsieur, et particulièrement le jeune
homme que j'ai arrêté.

— Sur quoi se fonde-t-il pour l'accuser ?

— Sur un fait qui me paraît très grave, monsieur, et que le parquet a jugé tel, puisqu'on n'a
pas attendu que vous eussiez délivré un mandat
pour s'assurer de la personne de l'inculpé. Il y
avait du reste urgence, le plaignant ayant déclaré
que M. de la Calprenède allait probablement
passer à l'étranger.

— C'est là une pure supposition. Mais revenons
au fait qui a décidé M. le procureur de la République à ordonner l'arrestation.

— Un monsieur Doutrelaise, locataire de la
maison, rentrant après minuit, avant-hier, a
heurté dans l'escalier un homme avec lequel il

s'est colleté. Une des pierres du collier que cet homme tenait à la main a été arrachée dans la lutte et est restée à ce monsieur. Il l'a montrée le lendemain à M. Matapan, qui l'a reconnue.

— Il l'a reconnue, c'est fort bien ; mais le témoin a-t-il reconnu l'inculpé ?

— Non, monsieur. L'escalier n'était pas éclairé. Il a entendu M. de la Calprenède entrer dans l'appartement qu'occupe le comte de la Calprenède, son père.

— Ce n'est pas une preuve.

—· Non, sans doute. Mais c'est au moins une forte présomption.

— S'il n'y avait pas de fortes présomptions, il serait étrange qu'on eût fait arrêter M. de la Calprenède, dit vivement le juge qui commençait à penser qu'on s'était trop pressé.

Vous avez interrogé ce jeune homme ? Quelle est votre opinion ?

— J'ai cru d'abord qu'il était innocent. Il ne s'est pas troublé le moins du monde quand je lui ai déclaré que je venais l'arrêter et il n'a pas cherché à se justifier ; il l'a même pris de très haut avec moi. Habituellement les coupables sont moins arrogants.

J'ai changé d'avis pendant le trajet que nous avons fait ensemble du cercle à la préfecture...

car j'ai oublié de vous dire, monsieur, que je l'ai
arrêté au cercle dont il fait partie.

— L'endroit était mal choisi, dit M. de Courtaumer. M. de la Calprenède appartient à une excellente famille... et vous auriez dû lui épargner
un éclat inutile.

— Il n'y en a pas eu, monsieur. Je l'ai fait demander au parloir. Il y est venu, et après s'être
refusé d'abord à me suivre, il a fini par monter
de bonne volonté dans un fiacre qui m'attendait
sur le boulevard.

— Et dans ce fiacre vous avez cessé de croire à
son innocence. Pourquoi ?

— A cause de certains propos qu'il a tenus. Il a
raconté qu'il avait gagné dix-huit mille francs
à la roulette. J'ai pensé tout de suite qu'il disait
cela pour expliquer la possession de la somme
qu'il portait sur lui. Quand on l'a fouillé en arrivant au dépôt, on a trouvé dans son portefeuille
six mille six cents francs en billets de banque, et
il venait de payer onze mille francs qu'il devait.

— A qui ?

— Cinq mille à la caisse du cercle et six mille à
un monsieur qui les lui avait gagnés au jeu. Après
l'avoir écroué au dépôt, je me suis assuré du
fait.

— Comment vous en êtes-vous assuré ?

— En interrogeant discrètement le gérant du

cercle. Du reste, l'inculpé ne s'en cachait pas. Il l'a dit devant moi.

— Alors vous pensez que cet argent...

— Est le produit de la vente du collier volé à M. Matapan. La veille, ce jeune homme n'avait pas un sou. Il était question de le rayer de la liste des membres de son club, pour cause de différences non réglées. Et le lendemain, il semait les billets de mille francs. Où les avait-il pris ? La roulette étant interdite ne se joue que dans des tripots clandestins, et les tripots où on gagne de grosses sommes en quelques heures sont rares. Pour ma part, je n'y crois pas.

Du reste, l'allégation de l'inculpé est facile à vérifier, car après avoir refusé d'abord catégoriquement de désigner la maison où se tenait cette partie, il a fini par s'y décider. Je lui ai fait sentir, en l'interrogeant au dépôt, qu'il s'agissait d'un point capital à établir pour sa défense, et il m'a donné l'adresse, rue du Rocher, 99.

— Vous y avez couru, je suppose ?

— Non, monsieur, pas encore. La déclaration de l'inculpé m'a été faite à onze heures et demie du soir. Et puis... j'attendais vos ordres. Si cette maison existe réellement, il faudra la saisir. C'est une opération à part...

— Eh ! qu'importe ? Vous allez vous y transporter sur-le-champ et m'amener les gens qui la tiennent. Je veux recevoir leur déposition aujourd'hui même... On les poursuivra plus tard, s'il est établi qu'ils ont donné à jouer.

— Très bien, monsieur, j'y vais. Permettez-moi, avant de partir, de vous informer d'une circonstance... qu'il est bon que vous connaissiez.

— Laquelle ? demanda le juge avec impatience.

— Monsieur, dit le commissaire d'un air assez embarrassé, l'inculpé, lorsque je l'ai fait demander au cercle, est venu accompagné d'un ami.

— Et vous avez parlé devant cet ami de l'arrestation dont vous étiez chargé ?

— Il le fallait bien, sous peine d'amener un scandale. M. de la Calprenède n'a pas voulu rester seul avec moi. Je ne pouvais l'y forcer qu'en requérant l'assistance des agents qui m'attendaient à la porte. Du reste, je n'ai pas eu à me repentir d'avoir agi comme je l'ai fait. L'ami s'est joint à moi pour engager ce jeune homme à me suivre. Sans lui, je n'aurais rien obtenu. Et je n'ai pas cru devoir lui refuser de monter dans la voiture qui a amené l'inculpé au Dépôt.

— Vous avez eu tort, monsieur.

— Je le sais. Mais cet ami m'avait dit son nom.

— Et que me fait son nom ? s'écria le juge agacé.

— Il m'a dit, reprit timidement le commissaire, il m'a dit qu'il s'appelait Jacques de Courtaumer.

— Mon frère !

— Oui, monsieur. A ce moment-là, je ne savais pas encore que vous fussiez chargé d'instruire l'affaire. Je l'ai su ce matin, et je suis venu tout exprès pour vous apprendre une circonstance que je ne devais pas vous laisser ignorer.

— Je vous remercie, balbutia le magistrat que cette révélation consternait.

Il ignorait absolument que son frère fût lié avec Julien de la Calprenède au point de se compromettre pour lui.

Et il se demandait quel parti il allait prendre, maintenant que le commissaire et le greffier savaient que l'inculpé qu'il devait interroger connaissait Jacques de Courtaumer.

Après réflexion, il jugea que c'était une raison de plus pour ne pas reculer : qu'auraient pensé de lui ses inférieurs, s'il eût déserté l'instruction ?

— Monsieur, reprit-il d'une voix qui ne tremblait plus, mon frère est du même cercle que M. de la Calprenède et il a pu lui donner une marque d'intérêt, mais il n'a pas et n'a jamais été son ami.

— Oh ! je l'ai bien vu, dit le commissaire ; monsieur votre frère a fait pour ce malheureux jeune homme ce qu'il devait faire... Entre gens du même monde, on se doit des égards... Mais il s'est tenu avec lui, pendant le trajet, dans les limites d'une politesse froide, et j'ai deviné qu'il n'était pas du tout convaincu de son innocence.

— Je n'ai pas à me préoccuper de l'opinion de mon frère, et je vais interroger immédiatement l'inculpé. Vous allez le faire appeler avant de vous transporter rue du Rocher, et vous ramènerez ici l'individu qui tient la maison de jeu. Je tiens à l'entendre aujourd'hui, car sa déposition aura une importance capitale. J'entendrai aussi le plaignant et ce M. Doutrelaise. Vous prendrez des renseignements sur ces deux témoins, et vous me les communiquerez le plus tôt possible.

Bohamont, ajouta le juge en s'adressant à son greffier, écrivez les citations.

Le commissaire s'inclina et sortit.

Adrien de Courtaumer avait fait son devoir de magistrat. Il était résolu à le faire jusqu'au bout.

Il n'attendit pas longtemps l'inculpé, qu'il avait décidé d'interroger sans se préoccuper de leurs situations réciproques.

Le dépôt de la préfecture est enclavé dans les bâtiments du Palais de justice, et les gens qu'on y amène n'ont que la cour de la Sainte-Chapelle à traverser pour comparaître devant le juge d'instruction.

Un quart d'heure ne s'était pas écoulé depuis le départ du commissaire et M. de Courtaumer se promenait encore à travers son cabinet, lorsque Julien de la Calprenède y entra, poussé par un garde de Paris.

Le magistrat, qui ne l'attendait pas si tôt, s'arrêta court et recula pour s'asseoir. Il faut siéger pour instruire une affaire criminelle, et Adrien de Courtaumer tenait à montrer tout d'abord à Julien de la Calprenède qu'il était devant un juge.

Mais Julien ne lui laissa pas le temps de gagner son fauteuil. Il vint à lui, l'œil étincelant, le visage enflammé, et il lui dit brusquement :

— Ah ! c'est vous, monsieur ! Vous me connaissez, et vous me faites traîner ici comme si j'étais un voleur !

Le juge, sans s'émouvoir, prit place devant son bureau et indiqua du geste une chaise à Julien qui reprit avec véhémence :

— Est-ce par votre ordre qu'on m'a mis les menottes pour m'amener de la prison au bas de l'escalier qui conduit à votre cabinet ?

— Non, répondit avec calme M. de Courtaumer. C'est une mesure générale, qui a été prise pour empêcher les prévenus de s'évader. La cour de la Sainte-Chapelle sert de passage public...

— En effet, j'aurais pu y rencontrer des amis de mon père ou des amis de la marquise de Vervins, votre tante... mais je n'aurais pas pu leur dire qu'on me menait devant M. de Courtaumer, car il ne m'é-

16.

tait pas venu à l'esprit que vous vous chargeriez de m'interroger.

— On m'a confié une mission. Je dois la remplir, si pénible qu'elle soit.

— Est-ce madame de Vervins qui vous a conseillé de l'accepter ? demanda Julien avec amertume.

— Je ne reçois pas de conseils, quand il s'agit de faire mon devoir, répliqua sévèrement le juge, indigné du ton et de l'attitude que prenait le malheureux garçon.

Vous savez de quoi vous êtes accusé. Prenez place, et répondez aux questions que je vais vous adresser.

Julien repoussa du pied la chaise qui sert aux prévenus, se croisa les bras et dit dédaigneusement :

— Vous répondre ! A un magistrat qui ne serait pas du même monde que moi et qui ferait son métier... j'y consentirais peut-être, parce que je pourrais admettre qu'il sera impartial... Mais à vous ! à quoi bon ? Il est évident que vous me croyez coupable, puisque vous ne vous êtes pas récusé... vous ne vous seriez pas exposé à rencontrer plus tard dans un salon un homme que vous auriez été obligé de relâcher après avoir tout fait pour le perdre.

Vous pouvez m'interroger, vous n'obtiendrez rien de moi.

Ce langage stupéfia M. de Courtaumer, qui s'attendait à tout, excepté à un refus catégorique de répondre.

Il ne connaissait pas Julien de la Calprenède. Il n'avait aucune idée de ce caractère étrange, de cette nature orgueilleuse et violente, qui ne souffrait ni contrainte, ni maître. Il ne savait pas que Julien n'obéissait jamais qu'à ses passions et qu'à vingt-deux ans il n'avait plus un seul ami qu'il n'eût offensé dans un accès de colère.

Un magistrat devait croire que ce refus de se justifier n'était qu'un calcul, et M. de Courtaumer n'y vit pas autre chose.

— Je ne puis pas vous forcer à parler, dit-il froidement, mais je puis vous forcer à m'entendre. Je vais vous donner lecture des charges qui pèsent sur vous.

— C'est parfaitement inutile. Je les connais. On m'accuse d'avoir volé un collier à M. Matapan, et on base cette accusation absurde sur le témoignage d'un monsieur Doutrelaise.

— Vous serez confronté avec eux.

— Soit! Je dirai à M. Doutrelaise qu'il est un sot et à M. Matapan qu'il est un misérable.

— Ce n'est pas en les injuriant que vous vous justifierez.

— Je ne cherche pas à me justifier. C'est à vous de me prouver que je suis coupable.

— C'est aussi à moi de vous avertir que vous entrez dans une très mauvaise voie et je veux bien vous déclarer que je n'ai contre vous aucun parti pris. Si vous étiez de sang-froid, vous auriez déjà reconnu que je n'agis pas avec vous comme je serais en droit de le faire. Je ne vous interroge pas; je cause avec vous, et mon greffier, vous le voyez, n'écrit ni mes questions, ni vos réponses.

— Peu m'importe qu'il les écrive !

— J'ajoute que je suis décidé à en rester là pour aujourd'hui. Je tiens à vous laisser le temps de réfléchir. D'ici à deux jours, j'aurai entendu les témoins que j'ai fait citer, et je vous rappellerai. Vous verrez alors s'il vous convient de persister dans un système qui ne peut que vous nuire. Pour cette fois, je me bornerai à constater votre refus de répondre. Vous allez seulement me donner votre nom, vos prénoms...

— Vous les connaissez ; je n'ai pas besoin de vous les donner.

— C'est une pure formalité, vous le savez.

— Une formalité à laquelle je refuse de me soumettre.

Le juge ne put réprimer un mouvement d'impatience, mais il s'abstint d'insister, et, se tournant vers son greffier :

— Écrivez que l'inculpé n'ayant pas voulu ré-

pondre à une seule de mes questions, l'interrogatoire a été clos.

Vous remplirez ensuite un mandat de dépôt.

— Puis-je savoir ce que signifie cette autre
formalité ? demanda ironiquement Julien.

— Vous n'étiez qu'un inculpé. A dater de ce
moment, vous êtes un prévenu.

— En attendant que je devienne un accusé. La
langue judiciaire a des euphémismes charmants.
Si vous pouviez réussir à faire de moi un condamné, ce serait un succès complet. Vous obtien-
driez sans doute de l'avancement.

C'en était trop. M. de Courtaumer était à bout
de longanimité.

— Emmenez le prévenu ! dit-il au garde.

Julien remit sur sa tête son chapeau, qu'il
avait bien voulu ôter en entrant, et tourna le
dos à son juge en lui jetant cet adieu insolent :

— Mes compliments, je vous prie, à madame de
Vervins.

Après quoi, il sortit, le front haut et le regard
assuré.

Adrien de Courtaumer resta abasourdi. Le brave
homme de greffier ne l'était pas moins que lui.
Jamais, dans sa longue carrière, il n'avait vu un
homme se tenir de la sorte devant le magistrat qui
l'a fait appeler pour l'interroger.

— Que pensez-vous de cela, Bohamont ? lui demanda le juge.

— Je pense, monsieur, qu'habituellement les coupables n'ont pas tant d'aplomb, répondit sans hésiter Bohamont.

— Alors vous croyez que ce jeune homme est innocent ?

— Monsieur, je ne me permets pas d'avoir une opinion sur cette affaire.

— Comment ne voyez-vous pas que son audace n'est qu'une tactique ? Il a refusé de répondre pour gagner du temps. Il se flatte peut-être que l'influence de son père... et celle des amis de son père le sauveront. Il se trompe.

Quels sont les témoins cités ce matin dans les autres affaires que j'instruis ?

— Ceux du Petit-Montrouge... coups et blessures ayant occasionné la mort sans intention de la donner.

— Faites-les appeler. Je reprendrai l'affaire la Calprenède lorsque j'aurai entendu le rapport du commissaire que j'ai envoyé rue du Rocher.

Le greffier exécuta l'ordre et le juge se remit bravement à l'instruction d'un délit sans intérêt. Il s'agissait d'une bataille entre des ivrognes dont l'un avait été assommé en sortant du cabaret. Il écouta sans sourciller cinq ou six drôles de la pire espèce, dont les témoignages étaient fort suspects.

Il entendit raconter la scène de dix façons différentes. Il interrogea avec sagacité des gens qui lui firent des réponses stupides. En un mot, il s'acquitta consciencieusement de sa fastidieuse besogne pendant deux grandes heures.

Il venait de la terminer lorsque le commissaire de police se présenta. M. de Courtaumer le reçut sans le faire attendre, et le premier mot qu'il lui adressa fut :

— Eh bien ?

— Eh bien ! monsieur, répondit le commissaire, l'individu que l'inculpé avait désigné comme tenant une maison de jeu, a disparu ce matin.

— Comment, disparu ?

— Il est parti par le premier train pour l'Espagne. C'est un nommé Martin, qui a été autrefois employé des jeux de Hombourg. J'ai demandé ce qu'il faisait à Paris, et le concierge a soutenu qu'il ne donnait pas à jouer. Je m'y attendais et j'ai opéré une perquisition dans l'appartement où je n'ai trouvé aucun des instruments de la roulette. Il est vrai que cet homme a pu les emporter.

— Il est très regrettable que tout cela n'ait pas été fait hier soir. Il faut télégraphier afin qu'on arrête ce Martin à la frontière.

— Je n'y manquerai pas, monsieur, mais si vous me permettez d'exprimer mon avis, je vous dirai qu'il est surtout urgent de commencer des recherches au mont-de-piété et chez les bijoutiers, car je ne doute pas que le collier n'ait été engagé ou vendu.

L'histoire des dix-huit mille francs gagnés dans un tripot est un mensonge. L'inculpé connaissait sans doute cet ancien croupier. Il savait qu'il allait partir et que nous ne pourrions pas l'interroger.

Ma conviction est que le collier a été vendu. Les dix-huit mille francs que l'inculpé avait hier entre les mains représentent à peu près le prix qu'a dû en donner un joaillier.

M. Matapan a estimé l'objet vingt-cinq à trente mille francs. Le mont-de-piété aurait prêté beaucoup moins. Un recéleur n'en aurait pas donné dix mille. Et, d'après les antécédents et la position sociale de l'inculpé, on ne peut pas supposer qu'il connaît les gens auxquels s'adressent les voleurs de profession.

— Assurément non, murmura M. de Courtaumer, qui voyait avec douleur les charges s'accumuler sur le fils du meilleur ami de madame de Vervins.

— C'est fort heureux, car les recéleurs ne manquent jamais de briser les montures, et ils font passer les pierres précieuses à l'étranger, où ils ont des correspondants.

Tandis qu'un bijoutier honnête aura gardé tel

qu'il était ce collier, qui est une pièce rare. Et on le retrouvera sans peine, précisément à cause de sa rareté. M. Matapan spécifie qu'on ne peut le confondre avec aucun autre. Il l'a rapporté des Indes où on ne monte pas les pierreries comme en France.

Le juge baissait la tête. Il sentait qu'il n'y avait plus moyen de douter de la culpabilité de Julien et que la condamnation de ce malheureux était certaine. Quelle nouvelle à apprendre à la marquise de Vervins !

— A-t-on des renseignements sur le plaignant ? demanda-t-il, uniquement pour cacher son embarras, car il attachait une médiocre importance à la question qu'il posait.

— M. Matapan a un dossier à la préfecture... un dossier que j'ai examiné ce matin. Il est établi à Paris depuis douze ans, et, peu de temps après son arrivée, il a fait bâtir la maison qu'il habite, boulevard Haussmann. Il a cinquante-trois ans, et il n'est pas marié. Le titre de baron a été acheté par lui en Italie, et en conséquence il a le droit de le porter.

— Fort bien, mais d'où venait-il quand il s'est fixé en France ? Et qu'avait-il fait auparavant ?

— Il venait des colonies Hollandaises... de Java, je crois... où il a gagné en trafiquant une fortune

I.   17

considérable. Il a commencé par être capitaine
dans la marine marchande.

— Est-ce qu'il est Français ?

— Il est né à l'île Maurice.

— Alors il est sujet anglais. Quelle vie mène-
t-il à Paris ?

— Une vie très retirée. Il ne voit à peu près
personne... quelquefois ses locataires, mais il ne
les reçoit pas chez lui. Il a dû se trouver en relations avec la famille de la Calprenède.

— En relations d'affaires, peut-être.

— Du reste, il n'y a rien à dire contre lui. A deux
ou trois reprises, il s'est absenté de Paris pour six
ou huit mois. Il a sans doute des intérêts à surveiller à l'étranger. Mais depuis trois ans, il n'a pas
bougé.

— Je serai mieux fixé sur son compte quand je
l'aurai interrogé, dit M. de Courtaumer, et peut-
être l'entendrai-je aujourd'hui. Je l'ai fait citer.

Je vous prie de commencer immédiatement les
recherches chez les bijoutiers. Si vous retrouviez
le collier, l'affaire pourrait s'arranger. M. Matapan,
consentirait peut-être à se désister après restitution, et ce dénouement est à souhaiter, car l'inculpé appartient à une famille des plus hono-
rables.

Le collier, m'avez-vous dit, est facile à reconnaître ?

— Oui, monsieur, à cause de la monture et aussi à cause du choix des pierres.

— Des diamants, je crois?

— Non, monsieur... c'est-à-dire, il y a des brillants, il y en a même beaucoup, mais des petits, qui forment l'entourage de trente-trois opales. Tous ces détails sont consignés dans la plainte annexée au réquisitoire.

— Je ne l'ai pas lue. J'allais la lire avant d'interroger l'inculpé, mais comme il a refusé de répondre, j'ai dû le faire reconduire au dépôt, et j'avais une autre affaire à instruire.

— Ah ! il a refusé de répondre, murmura le commissaire. Il est plus fort que je ne l'aurais cru.

M. de Courtaumer ne releva point cette observation. Il réfléchissait.

— Vous dites que les pierres de ce collier sont des opales ? demanda-t-il tout à coup.

— Oui, monsieur. Les plus grosses et les plus belles qu'on connaisse, à ce que prétend M. Matapan.

— C'est étrange ! dit tout bas le juge d'instruction.

Un souvenir venait de le frapper. Il se rappelait que la veille, chez sa tante, il avait vu sur un plateau en laque de Chine, entre deux tasses de thé, un collier d'opales, des opales dont la grosseur et l'éclat l'avaient émerveillé.

Il trouvait singulière cette coïncidence, et il se demandait quelles conséquences il en fallait tirer.

— Allez, monsieur, dit-il au commissaire. Si vous appreniez quelque chose qui valut la peine de m'être communiqué, vous reviendriez immédiatement ici. Je ne quitterai mon cabinet qu'à six heures.

Et, dès que le commissaire fut sorti, il reprit place devant son bureau, il se jeta sur les pièces, qu'il n'avait pas encore examinées, et il se mit à les lire rapidement.

Avec le réquisitoire du procureur de la République, il n'y en avait que deux : la plainte écrite de M. Matapan et le procès-verbal d'arrestation, qui n'apprit rien de nouveau à M. de Courtaumer.

C'était le résumé du rapport verbal qu'il venait d'entendre.

La plainte était rédigée avec beaucoup de soin, et son auteur avait dû en méditer tous les termes.

Il exposait très clairement les faits : à savoir que le collier d'opales, déposé par lui le soir dans un tiroir ouvert ne s'y était plus trouvé le lendemain : qu'il n'avait d'abord su qui accuser, puis, qu'un hasard heureux l'avait mis sur la trace du voleur. Il racontait sa conversation au café de la Paix avec M. Doutrelaise, qui lui avait narré son aventure nocturne dans l'escalier et montré une opale arrachée évidemment du collier volé. Il ajoutait que le voleur, n'ayant pas commis d'effraction, devait avoir les clef des deux appartements, celui du premier et celui du second ; que cette circonstance s'expliquait parfaitement, M. de la Calprenède ayant habité jusqu'au 15 octobre l'appartement de M. Matapan. Quelqu'un de sa maison avait fort bien pu, au moment du déménagement, conserver une clef qui ouvrait la porte du premier étage.

Le plaignant déclarait du reste qu'il s'en rapportait à la justice pour trouver le coupable dans la famille ou parmi les domestiques de M. le comte de la Calprenède. Il lui signalait seulement la bizarre conduite du fils, qui s'était enfui en le voyant apparaître dans le café, qui menait une existence désordonnée, faisait des dépenses hors de proportion avec ses ressources et qui devait de l'argent à tout le monde, notamment à lui Matapan.

Cette lecture suggéra à M. de Courtaumer cette réflexion qu'on avait agi avec trop de précipitation en donnant l'ordre d'arrêter sur de simples indices Julien de la Calprenède.

Mais qu'importait cette légèreté judiciaire si Julien était coupable ; et malheureusement tout semblait tourner contre lui.

Tout cela préoccupait beaucoup moins Adrien de Courtaumer que la description de l'objet volé, minutieusement donnée par M. Matapan, en tête de sa plainte écrite. Tout y était : l'énumération des pierres, leur poids, l'état de la monture.

Et les indications paraissaient pouvoir s'appliquer parfaitement au collier qui s'étalait la veille au soir sur la table à thé de madame de Vervins.

Qui l'y avait apporté ? Assurément, la marquise ne l'avait pas volé, et si, par impossible, le comte eût été le voleur, il ne serait pas venu montrer à la marquise la preuve de son infamie.

— Mon Dieu ! pensait M. de Courtaumer, qui sait si ce misérable Julien n'est pas venu proposer à ma tante de lui acheter ce collier ?... Je me souviens qu'elle m'a répondu, quand je lui demandais d'où il lui venait : On me l'a remis pour me le faire voir. Et elle semblait embarrassée... mais d'un autre côté.... que faisait chez elle M. de la Calprenède père ? L'aurait-elle envoyé chercher pour lui parler de la proposition du fils ? Si c'est le collier de M. Matapan, qu'en a-t-elle fait ? Évidemment, elle ignore qu'il a été volé... et si ce Matapan venait à apprendre qu'il est entre ses mains, qu'arriverait-il ?... J'ose à peine y penser. Il faut que je la voie aujourd'hui, en sortant du Palais... que je la supplie de me dire...

L'huissier introducteur coupa court à ces réflexions. Il apportait une carte de visite, qui fit sur le magistrat un effet extraordinaire.

— Ma tante ! dit-il entre ses dents. Elle ici ! Et elle veut me voir sur-le-champ !

J'avais donc deviné. Elle vient me parler du collier.

Bohamont, reprit vivement M. de Courtaumer en s'adressant à son greffier, j'ai à recevoir une de mes proches parentes, qui vient pour une affaire étrangère à l'instruction. Votre présence la gênerait. Allez au greffe et demandez la pièce qui manque au dossier Gavard et Merlon, du Petit-Montrouge. Je vous ferai appeler quand j'aurai besoin de vous.

Le bonhomme ne demandait pas mieux que de quitter la place. Il aimait à fumer sa pipe sur le boulevard du Palais, et il espérait bien avoir le temps de se donner ce plaisir-là.

Il sortit prestement par une porte de derrière, et l'huissier fit entrer madame de Vervins par celle qui servait aux prévenus et aux témoins.

Adrien de Courtaumer courut à la rencontre de sa tante, qui lui dit de but en blanc :

— Un siège, mon cher, et vite ! Je viens de m'essouffler à monter quatre étages par des escaliers faits comme des échelles. Je ne tiens plus sur mes jambes.

— Croyez, ma tante, que si j'avais prévu votre visite, je serais descendu, balbutia le juge. Et si vous aviez eu l'idée de me faire appeler.....

— Par qui ? Je ne savais où m'adresser, et si je
n'avais pas rencontré un petit avocat en robe qui
baguenaudait dans la cour, je me serais perdue
dix fois avant d'arriver ici. Je le crois radical, cet
avocat, mais il est très poli. Il m'a conduite jusqu'à ta porte.

Ah ! ça, depuis quand loge-t-on les magistrats
sous les toits ? Encore un signe des temps !

Et ce fauteuil, est-il assez dur ! Le gouvernement
que tu sers te meuble bien mal, mon pauvre Adrien.

— Mais, ma tante, un magistrat ne sert pas le
gouvernement.

— Bon ! je sais ce que tu vas me dire, tu es ina-
movible... entre nous, je ne te conseille pas de t'y
fier ; tu ne relèves que de ta conscience... il n'en
est pas moins vrai que tu juges au nom de la
République.

Mais j'oublie que je ne suis pas venue pour
parler politique. Je suis venue pour... dis donc,
Adrien, il n'y a pas d'espions ici ? Les murs n'ont
pas d'oreilles ?

— Non, ma tante. Nous sommes seuls ; je viens
de renvoyer mon greffier, et personne ne peut
nous entendre.

— Alors, j'entre en matières. Tu dois te douter
du sujet que je vais aborder.

— Il s'agit, je suppose, de M. Julien de la Calprenède ?

— C'est toi qui l'as nommé.

— Lorsque je suis allé hier soir vous demander si je devais accepter d'instruire un vol commis au préjudice du propriétaire de la maison qu'il habite, j'ignorais, croyez-le, qu'on soupçonnait ce malheureux jeune homme.

— Moi, je le savais, dit tranquillement madame de Vervins.

— Vous le saviez ! et vous me l'avez caché !

— Mon Dieu, oui. Si je te l'avais dit, tu te serais récusé, et c'est ce que je ne voulais pas. J'aime mieux que le fils de mon ami ait affaire à toi qu'à un autre juge d'instruction.

— Mais, ma tante, je suis obligé de faire mon devoir aussi strictement que le ferait un de mes collègues.

— Ton devoir ! ton devoir ! tu n'as que ce mot à la bouche. Est-ce que tu n'en as pas aussi comme homme du monde et comme neveu, des devoirs ?

Adrien tressaillit et prit une figure à faire geler la Seine en plein été. Il était juge avant tout, et madame de Vervins l'avait blessé.

— Ma chère tante, dit-il après un silence, j'ai pour vous le plus profond respect et la plus vive affection ; je compatis à la douleur de votre ami, M. de la Calprenède ; mais si son fils est coupable, je le traiterai comme tel.

— Allons ! voilà encore que tu montes sur tes

17.

grands chevaux ! Et à propos de quoi, bon Dieu !
Qui te parle de forfaire à tes serments de magistrat ? Crois-tu que je viens te conseiller de te
déshonorer ?

— Non, ma tante, je vous connais trop bien
pour avoir une pareille idée.

— Eh ! bien, alors, écoute-moi tranquillement,
au lieu de te gendarmer sans motif. Je conçois
que tu tiennes à être impartial. Mais tu m'accor-
deras qu'il ne t'est pas interdit d'être bienveillant
pour un accusé.

— Bienveillant est un mot élastique et si vous
entendez par là que je dois diriger l'instruction
dans un sens favorable au prévenu...

— Quel terrible ergoteur tu fais, mon pauvre
Adrien ! Je renonce à discuter avec toi et je sors
des généralités pour te demander tout simplement où en est l'affaire de M. Julien de la Calprenède.

— Il a été arrêté, vous n'en êtes pas à l'apprendre.

— Non, ton frère me l'a dit ce matin. Il me
l'aurait dit hier soir, si j'avais pu le rencontrer.
Mais j'ai couru après lui inutilement. Pendant que
je le cherchais à son cercle, il accompagnait Julien, que le commissaire de police conduisait en
prison.

— Et il donnait son nom à ce commissaire. Il

aurait pu se dispenser de se compromettre à ce point.

— Tu veux dire de te compromettre. Jacques se moque de tout, et il a le courage de ses amitiés.

— Il est donc l'ami de ce Julien ! dit le juge avec amertume.

— Non, mais il sait que son père est mon ami et il n'abandonne pas les gens lorsqu'ils sont dans le malheur.

Laissons cela. Il n'est pas question de ce qu'a fait Jacques, mais de ce que tu vas faire. Quand interrogeras-tu le jeune la Calprenède ?

— Je l'ai interrogé. Il sort d'ici.

— Ah ! et que t'a-t-il dit?

— Il a refusé de répondre et il a pris avec moi un ton si inconvenant que j'ai dû le renvoyer au dépôt.

— Qu'est-ce que c'est ça, le dépôt? Une prison, sans doute.

— Une prison… provisoire.

— Je m'en doutais. Alors il a été raide et hautain ?

— Au delà de toute expression.

— Bon cela !

— Comment? vous approuvez son attitude !

— Je la blâme, mon cher, mais j'en conclus qu'il est innocent. Les coupables s'humilient devant la justice.

— Je regrette de vous dire, ma tante, qu'en principe je suis d'un avis tout opposé au vôtre, et que, dans l'espèce, je crois à la culpabilité du prévenu.

— Dans l'espèce ! quelle langue tu parles maintenant ! Et sur quoi fondes-tu ton opinion ? Tu as donc des preuves ?

— Pas encore. J'ai à peine eu le temps de prendre connaissance de l'affaire. Mais toutes les apparences sont contre lui.

— Quoi, par exemple ?

— Julien de la Calprenède a dissipé depuis sa majorité, c'est-à-dire depuis deux ans à peine, la fortune que lui avait laissée sa mère.

— La belle raison ! ton frère Jacques y a mis plus de temps, mais il arrivera prochainement au même résultat. Le crois-tu capable de voler ?

— Julien mène une vie de désordre. Il est joueur.

— Jacques aussi.

— Julien est criblé de dettes, ou plutôt il l'était, car dans la journée d'hier il a payé ses créanciers. Et naturellement on se demande où il a pris l'argent qu'il leur a remis.

— Et naturellement aussi tu crois qu'il l'a pris chez M. Matapan. Qu'a-t-il dit pour expliquer qu'il l'avait ?

— Il a prétendu qu'il venait de le gagner dans

un tripot dont il a donné l'adresse. J'y ai envoyé un commissaire de police, et ce commissaire a constaté que l'homme qu'il désignait comme tenant cette maison de jeu clandestine avait disparu ce matin. C'est là, convenez-en, un hasard qui arrive bien à propos pour m'empêcher de vérifier l'allégation du prévenu.

— J'en conviens, si tu veux, et je passe à un autre ordre d'idées. Sais-tu ce qu'on lui a volé à ce Matapan ?

Cette question rappela au juge ce qu'il avait vu la veille dans le salon de la rue de Castiglione et elle le troubla fort.

— Oui, ma tante, répondit-il avec embarras, je le sais depuis une heure. On lui a volé un collier d'opales entouré de brillants.

— Et tu supposes que Julien a vendu ce collier pour se procurer de l'argent.

— Je ne suppose rien, balbutia M. de Courtaumer. J'ai ordonné qu'on fît des recherches chez les joailliers qui ont pu acheter ces pierres dont la description exacte a été donnée par le plaignant.

— C'était inutile. On ne trouvera rien.

— Pourquoi ? demanda timidement Adrien, qui tremblait d'apprendre la vérité.

— Parce que ce collier n'a pas été vendu.

— Comment savez-vous cela, ma tante ?

— Comment ? mon Dieu, parce que je suis bien sûre de ne pas l'avoir acheté...

— Expliquez-vous, je vous en supplie ! s'écria le juge éperdu.

— Et parce que je l'ai, continua tranquillement la marquise.

— Vous l'avez !

— Parfaitement. A telles enseignes que je te l'ai montré hier soir et que le voici.

En disant cela, madame de Vervins fouillait dans un petit sac en maroquin qu'elle tenait à la main.

Elle en tira le collier et elle le jeta dédaigneusement sur le bureau du juge d'instruction.

La scène était à peindre.

M. de Courtaumer, pâle comme un mort, regardant d'un air effaré les opales qui chatoyaient au beau milieu du réquisitoire du procureur de la République, et sa tante refermant avec un flegme parfait son sac en maroquin, formaient un tableau comme on n'en voit guère dans les cabinets des juges d'instruction.

— Eh bien ! demanda en souriant la marquise, penses-tu maintenant que ce garçon a vendu le collier de M. Matapan ?

— Il ne l'a pas vendu, c'est évident, balbutia le neveu, mais...

— Mais il l'a pris, puisque je te l'apporte... à

moins que tu ne me soupçonnes de l'avoir volé.

— Il vous l'a donc remis ?

— Non, c'est son père qui me l'a remis hier soir. Et il l'avait trouvé hier matin dans le cabinet de travail qui sépare sa chambre à coucher de la chambre de Julien.

— Mais c'est la condamnation de ce malheureux.

— Je ne vois pas cela. Si Julien avait volé le collier, c'eût été apparemment pour en tirer parti. Il ne l'aurait pas laissé en évidence sur le tiroir d'un meuble que tout le monde pouvait ouvrir. La clef y était. En supposant même qu'il eût commis cette sottise incompréhensible, il serait revenu chercher l'objet. Or, il est sorti de très bonne heure et il n'est pas rentré de toute la journée. Son père, qui le cherchait partout, espérait qu'il reviendrait cette nuit. Le pauvre Julien n'avait garde, puisqu'il a couché en prison.

— Mais enfin comment ce collier se trouvait-il chez M. de la Calprenède ? Il faut bien que quelqu'un l'y ait caché.

— Il est certain qu'il n'y est pas venu tout seul. Qui l'y a mis ? C'est un point que je ne me charge pas d'éclaircir.

— Et qu'il faut cependant éclaircir à tout prix, car si ce n'est pas Julien...

— Supposerais-tu que c'est son père ou sa sœur ?

— Non, sans doute, mais...

— La Calprenède est aux trois quart ruiné, mais il ne se déshonorerait pas pour se procurer de l'argent, alors même qu'il mourrait de faim. D'ailleurs, je viens de te dire qu'il est accouru chez moi tout exprès pour me raconter son cas. Quant à cette chère Arlette...

— Personne ne songera à l'accuser, mais le comte a des domestiques...

— Deux braves filles incapables de prendre un sou qui ne leur appartiendrait pas. Et au surplus, qu'importe tout cela? Les opales de M. Matapan sont retrouvées. Donc, l'affaire est finie.

— Vous vous trompez, ma tante, dit vivement le juge. Un vol a été commis, et la restitution de l'objet volé n'arrête pas les poursuites. La loi est formelle.

— Je ne dis pas le contraire. Mais on peut ne pas l'appliquer dans toute sa rigueur.

— Cela ne dépend pas de moi.

— Mais si; tu as, si je ne me trompe, le droit de décider qu'il n'y a pas lieu de donner suite à une affaire.

— Et vous croyez qu'en conscience je pourrais agir ainsi dans le cas présent!

— Pourquoi pas? Tu n'as qu'à rendre le collier au sieur Matapan et à lui demander de retirer sa plainte.

— Moi ! rendre le collier ! vous n'y pensez pas ! Je n'y veux même pas toucher. Il me brûlerait les doigts. Et comment expliquerais-je qu'il se trouve en ma possession ?

— Tu n'expliqueras rien du tout. Tu diras : On me l'a envoyé, le voilà. Prenez-le et laissez-moi en repos. L'instruction est close.

— En vérité, ma tante, vous vous faites une étrange idée des devoirs d'un magistrat.

— Encore !

— Comment pouvez-vous croire qu'on se contenterait d'une pareille déclaration ? On ne manquerait pas de me demander de qui je tiens ce collier. Et si je disais que je le tiens de vous, on vous mettrait en cause. On vous interrogerait. Conviendriez-vous que vous le tenez de M. de la Calprenède qui l'a trouvé dans son appartement ? Autant vaudrait confesser que son fils est coupable. Plutôt que d'en venir là, je préférerais, je vous le jure, donner ma démission.

— Ma foi ! mon cher, tu ne ferais pas mal. Il y a un an que je te le conseille, et beaucoup de tes collègues t'ont donné l'exemple. Mais je sais que ta femme n'est pas de cet avis, et tu es bien libre de te gouverner à ta guise... et à la sienne.

Ce que je te demande, c'est de tirer mon excellent ami la Calprenède d'une situation atroce:

et il ne tient qu'à toi. Rends ce brimborion à son maître, et ensuite...

— Je ne ferai pas cela, ma tante, et je vous prie instamment de le reprendre.

— Moi ! jamais, au grand jamais ! Je les ai assez maniées, ces vilaines pierres ; elles ne rentreront plus chez moi.

Et, à propos... je t'étonnerais bien si je te disais que je m'imagine les avoir déjà vues autrefois. J'ai eu un vieil oncle qui était chevalier de Malte avant la Révolution, et qui collectionnait les bijoux anciens. On n'en a guère trouvé chez lui quand il est mort. Qui sait si ce collier ne lui a pas été volé ?

— Pas par M. Matapan. Il n'a que cinquante ans, et mon grand-oncle est mort, je crois, en 1824.

— Oh ! je ne l'accuse pas, ton Matapan. Mais il fera bien de ne plus accuser Julien de la Calprenède. Tu obtiendras de lui qu'il se désiste. C'est tout ce qu'il faut. Je compte sur toi.

Et sur ce, je m'en vais, dit madame de Vervins en se levant brusquement.

— Je ne vous retiens pas, ma tante, car j'attends des témoins ; mais, au nom du Ciel, emportez ce collier.

— Non pas. Il est fort bien ici. Je l'y laisse.

— Vous ne comprenez donc pas que vous me

placez entre deux alternatives épouvantables...
avouer que c'est vous qui avez servi d'intermédiaire au voleur... ou mentir.

— Mais, grand enfant que tu es, quand je l'em-
porterais ce bijou du diable, ta situation serait la
même ; tu l'as vu, tu sauras toujours où il est. Et n'en
pas parler, ce sera mentir par réticence. Conti-
nueras-tu à instruire l'affaire de ce garçon comme
si tu ne savais rien de plus qu'il y a une heure ? Je
t'en défie bien. Et, je te le répète, tu n'as pas d'autre
moyen de t'en tirer que de suivre mon conseil.
Rends le collier, obtiens que Matapan se désiste.
Tout sera dit. Je serai ton obligée, et tu n'auras
rien à te reprocher, car Julien de la Calprenède
n'est pas... ne peut pas être un voleur. Le collier
était chez lui, c'est vrai ; mais tu verras qu'on
découvrira un jour qu'on l'y avait mis pour perdre
ce garçon et faire mourir de chagrin son père et
sa sœur. Et je ne serais pas très surprise que l'auteur de cette infamie fut Matapan... oui, Matapan
lui-même.

La marquise parlait encore, lorsque l'huissier
entra discrètement et vint parler tout bas à M. de
Courtaumer, qui répondit d'une voix saccadée :

— Faites attendre.

— Qu'y a-t-il ? demanda madame de Vervins.

— Il y a que M. Matapan est là, et que je vais
recevoir sa déposition.

— Très bien. Je te laisse. Il arrive à merveille.
Mais je n'ai pas envie de le rencontrer. Par où
sort-on d'ici? Ton cabinet a-t-il deux portes ?

— Oui, ma tante, et je vais vous montrer le
chemin qu'il faut prendre... mais je vous adjure
encore une fois de ne pas briser ma carrière.

— Je ne brise rien du tout. A qui en as-tu ?

— Si vous exigez que je fasse votre volonté, je
vous jure que je quitterai la magistrature.

La marquise hésita un instant ; mais après réflexion, elle répondit :

— Mon cher Adrien, j'en serais désolée, puisque
tu as la faiblesse de tenir à tes fonctions, mais je
n'y puis rien. Tu agiras selon ta conscience, et je
suis certaine que tu agiras bien.

J'ajoute, pour ta gouverne, que le comte de
la Calprenède ignore absolument que je me suis
adressée à toi. La démarche est de moi toute
seule ; à plus forte raison, le fils ne sait rien...
pas même que son père a trouvé le collier.

Te voilà renseigné. Ouvre-moi la porte déro-
bée.

Adrien s'inclina et conduisit madame de Vervins jusque dans le corridor.

Il lui indiqua l'escalier et la quitta sans ajouter
un seul mot.

C'était de l'héroïsme, car sa résolution était
prise. Il était décidé à se soumettre et à se dé-

mettre, c'est-à-dire à obéir à sa tante, et à résigner ses fonctions.

Une seule chance lui restait de concilier ses scrupules de magistrat et ses devoirs de parenté.

Si M. Matapan, remis en possession de l'objet volé, consentait à se désister en prenant l'engagement de se taire sur le mode de restitution, le juge pouvait, sans se compromettre, rendre une ordonnance de non-lieu.

M. de Courtaumer supposait qu'il allait avoir affaire à un honnête homme, désireux de terminer sans scandale et sans dommage pour lui un triste procès, où l'honneur d'une famille respectable était en jeu.

Et comme il voulait en finir avant que son greffier ne revînt, il alla lui-même ouvrir la porte à M. Matapan, qui attendait dans le corridor. Il ne l'avait jamais vu, mais il le reconnut à sa mine. Il n'y avait là que des gens piètrement vêtus, des témoins cités pour d'autres affaires. Matapan seul avait l'air d'un monsieur.

Adrien de Courtaumer lui demanda son nom, pour la forme, et l'invita à entrer.

C'était un véritable duel qui allait s'engager entre le juge et M. Matapan, un combat de l'issue duquel dépendait l'honneur d'une famille, une partie dont l'enjeu était la carrière d'Adrien de Courtaumer.

Et le neveu de madame de Vervins s'y prépara en étudiant tout d'abord la physionomie de son adversaire. Il s'y connaissait, ayant beaucoup pratiqué l'instruction criminelle, qui est une excellente école pour juger les hommes. Il savait lire sur les visages, interpréter les gestes et les intonations.

C'est le grand secret du métier. Telle réponse qui paraît acceptable, quand elle est couchée par écrit, sue le mensonge quand on l'entend sortir de la bouche d'un prévenu balbutiant, pâlissant et baissant les yeux.

Mais, M. Matapan n'était point un prévenu. Il ne se doutait même pas qu'il allait avoir à débattre, avec le magistrat qui l'avait cité, une question des plus délicates. Il arrivait dispos, content de lui et sûr de son fait. La timidité n'était pas son défaut habituel, et ce jour-là il avait plus d'aplomb que jamais. Il s'attendait à être reçu avec la déférence qu'on doit à un baron, propriétaire et plusieurs fois millionnaire ; il comptait causer sur le mode familier, démontrer en peu de mots la culpabilité de Julien de la Calprenède, et emporter en sortant l'agréable assurance d'une condamnation qui le vengerait du père en frappant le fils.

Il connaissait de nom Jacques de Courtaumer, et il supposait bien qu'il pouvait être parent du juge d'instruction, mais il ignorait qu'il fût son frère, et il ignorait aussi que la tante de ces messieurs était la meilleure amie du comte de la Calprenède.

Il était entré, la tête haute, le sourire aux lèvres, et pourtant il manqua son entrée, comme on dit au théâtre.

Ses airs superbes déplurent à première vue au sagace Adrien qui conçut aussitôt de lui une opinion peu favorable et qui lui fit un accueil glacial.

M. Matapan ne se déconcertait pas pour si peu. Il s'inclina très légèrement, et peu s'en fallut qu'il ne s'assît avant qu'on l'y invitât.

— Prenez place, monsieur, lui dit M. de Courtaumer en lui montrant une chaise et en s'établissant dans son fauteuil, afin de marquer leurs situations respectives.

Avant d'aller chercher ce redoutable témoin, il avait eu la présence d'esprit d'enfermer dans un tiroir de son bureau le collier d'opales, qui l'aurait gêné pour traiter avec l'accusateur de Julien.

— Monsieur, dit-il froidement, vous avez dû recevoir une citation...

— A l'instant, interrompit Matapan, et vous voyez que je n'ai pas perdu une minute pour me présenter.

— Mon greffier s'est absenté, reprit le juge. J'entendrai votre déposition lorsqu'il sera rentré. Je désire en attendant m'entretenir avec vous de la plainte que vous avez portée hier.

— Je ne demande pas mieux. Nous allons causer d'homme à homme. C'est la vraie méthode ; les formalités judiciaires ne servent qu'à embrouiller les questions.

— Peut-être serai-je obligé d'y revenir, mais je vous prie avant tout de me dire si vous avez recueilli contre le prévenu la Calprenède d'autres indices que ceux qui sont énumérés dans votre plainte.

— Ma foi ! non, mais il me semble que ceux-là suffisent.

M. Matapan fit cette réponse d'un ton dégagé. Ce début lui plaisait. Ces mots : « le prévenu la Calprenède » sonnaient agréablement à son oreille.

— Ils me semblent à moi très vagues, dit froidement le juge.

— Comment ! mais M. Doutrelaise a vu, de ses yeux vu, le voleur ouvrir avec une clef la porte de l'appartement du second. Et quand il a vu cela, le voleur venait de lui arracher une des pierres de mon collier. Il me l'a montrée et je l'ai parfaitement reconnue.

— J'entendrai ce témoin, mais s'il n'ajoute rien aux faits que vous citez, je dois vous déclarer qu'ils ne me paraissent pas concluants. D'autres

que le prévenu ont pu entrer chez M. le comte de
la Calprenède.

— Sans doute. Il y a d'abord le comte lui-
même, et puis les deux femmes qui sont à son
service... je ne parle pas de sa fille, car je ne suppose pas qu'elle se promène la nuit dans les escaliers de ma maison. Mais le fils est un farceur qui
mène une vie de Polichinelle et, comme son père
n'a pas le sou, il emprunte à tout le monde. Il me
doit quatre mille francs. Il a volé pour payer ses
dettes.

— Il est donc bien maladroit. Voler précisément un de ses créanciers pour le rembourser, ce
serait de la folie. Vous n'auriez pas manqué de vous
demander si l'argent qu'il vous rendait ne prove-
nait pas du vol qu'on vous a fait.

— Bah ! il croyait que je ne m'apercevrais pas
immédiatement de la disparition de mon collier.
Si je l'ai constatée, c'est tout à fait par hasard.
Ce collier est toujours serré dans ma caisse avec
mes autres valeurs. Je ne l'en tire pas trois fois par
an ; je l'en avais tiré hier pour le montrer à un de
mes amis, et je l'avais laissé dans un tiroir ouvert.

— Raison de plus pour que le prévenu pensât
que vous l'y chercheriez le lendemain.

— Ah ! ça, mais... vous le défendez donc ! L'avocat qui plaidera sa cause ne parlera pas autrement
que vous.

I. 18

— Et vous, monsieur, dit vivement Adrien de Courtaumer, vous oubliez que vous parlez à un magistrat.

— Pardon ! vous m'avez dit que nous allions causer. Du moment que vous redevenez juge d'instruction, c'est différent. J'attendrai, avant de vous répondre, que votre greffier soit là.

Adrien se mordit les lèvres. Il reconnaissait un peu tard qu'il venait de faire fausse route en remettant à sa place le sieur Matapan, qui le méritait bien. Ce n'était pas le moyen de l'amener à consentir à la transaction que souhaitait la marquise de Vervins.

— Monsieur, reprit-il après un court silence, il m'a paru bon de vous indiquer un des arguments que le défenseur du prévenu fera valoir si ce procès vient en cour d'assises. Il y en a d'autres que je ne vous citerai pas et qui impressionneront certainement les jurés. La condamnation sera très difficile à obtenir.

C'est donc à vous de voir s'il vous convient de pousser l'affaire jusqu'au bout. Vous n'avez évidemment aucune raison d'en vouloir à une famille honorable, qu'un scandale public atteindrait douloureusement.

— Oh ! pas la moindre ! dit en haussant les épaules M. Matapan. Ces gens-là sont mes locataires depuis plusieurs années. Je ne les fréquente pas parce que je n'aime pas les hobereaux, mais je n'ai pas à me plaindre d'eux. S'ils m'avaient gêné, je leur aurais donné congé, et je les ai gardés chez moi, quoique je ne sois pas sans inquiétude sur le paiement du prochain terme.

Mais j'ai subi une perte importante. L'objet qu'on m'a volé vaut trente mille francs au bas mot... sans compter le prix que j'y attache comme objet d'art.

C'est un collier qui n'a pas son pareil en Europe, et je tiens à le retrouver. L'instruction nous apprendra ce qu'il est devenu. Et si elle ne découvre rien, je veux du moins qu'il en coûte quelque chose au gredin qui l'a pris.

— Je conçois cela, mais si on vous le rendait ?

— Ce serait une autre affaire. Malheureusement, on ne me le rendra pas. Il se retrouvera peut-être au mont-de-piété ou chez un bijoutier ; je serai obligé de débourser une forte somme pour le dégager ou pour le racheter, et le père, qui est ruiné, ne me la remboursera pas.

— Si on vous le rendait sans que vous eussiez rien à payer, retireriez-vous votre plainte ?

M. Matapan réfléchit. Il regardait le juge pour tâcher de lire sur sa figure et de deviner dans quel but il lui posait cette question catégorique.

— Je la retirerais peut-être, dit-il enfin. Ça dépendrait de bien des circonstances. Ainsi, par exemple, si ces la Calprenède avouaient que le coup a été fait par l'un d'eux... si, après cet aveu, ils me suppliaient de ne pas perdre l'héritier du nom et de me taire sur la restitution... mon Dieu! je ne veux pas la mort du pécheur... je me montrerais bon prince...

— Il ne s'agit pas d'aveux. Le prévenu n'en a fait aucun, et je ne crois pas qu'il en fasse.

Le cas que je suppose est tout autre... c'est le cas, par exemple, d'une restitution anonyme... le cas où, pris de remords, le voleur, quel qu'il soit, vous renverrait le collier...

— Ça n'arrive jamais ces choses-là. Je ne crois pas aux remords.

— Même si vous étiez obligé d'en constater l'effet?

— Je ne crois qu'à l'intérêt. On restitue quand on a intérêt à restituer. Peu importe, d'ailleurs, pourvu qu'on rende. Je serais ravi de rentrer en possession de mon collier.

— Alors, si quelqu'un vous proposait de vous le remettre, à condition de vous désister, vous accepteriez?

— Je ne dis pas non, mais le marché présenterait des difficultés d'exécution. Si je me désistais avant de tenir mes opales, je courrais grand risque de ne jamais les revoir.

— Il est incontestable que la restitution devrait précéder le désistement.

— Et puis, comment conclure une convention de ce genre? Pas par devant notaire assurément. La justice ne la sanctionnerait pas, j'imagine.

— Elle pourrait s'y prêter, en ce sens que, la plainte étant retirée, elle ne serait pas tenue de poursuivre d'office, puisqu'il n'y aurait pas de préjudice causé.

— Ma foi! vous m'en direz tant, murmura Matapan, qui avait l'air d'hésiter. Je ne suis pas méchant, moi... Qu'est-ce que je demande après tout?... je demande à rentrer dans mon bien... et si j'y rentrais, je laisserais mon voleur tranquille.

Adrien de Courtaumer prit la balle au bond:

— Monsieur, dit-il, cet engagement me suffit. Voici votre collier.

Veuillez le reconnaître.

M. de Courtaumer ouvrit le tiroir de son bureau et y prit le collier, qu'il remit à M. Matapan.

— C'est bien lui! s'écria le baron en l'examinant de près.

Sa figure s'était éclairée. Ses yeux brillaient et ses mains, qui palpaient les opales, tremblaient visiblement.

Était-ce la joie d'avoir retrouvé son joyau de famille qui se traduisait par cette émotion extraordinaire? M. de Courtaumer le crut.

— Maintenant, monsieur, dit-il, l'affaire est

18.

terminée. Vous n'avez qu'à écrire votre désistement. Il y a sur le bureau de mon greffier tout ce
qu'il faut pour cela. Vous adresserez votre lettre
à M. le procureur de la République. Je me charge
de faire le reste.

— Le reste, c'est la mise en liberté du prévenu
la Calprenède, n'est-ce pas ? demanda M. Matapan, qui déjà ne souriait plus.

— La plainte étant retirée et les faits ne me pa-
raissant pas de nature à motiver une instruction,
je rendrai une ordonnance de non-lieu. La mise
en liberté suivra de près.

— Et cet intéressant jeune homme sera rendu
à son honorable famille ? dit le baron avec une
ironie presque menaçante. Il en sera quitte pour
une nuit passée dans une cellule... une aventure
amusante à raconter en soupant avec des drôlesses.
Il ne lui en aura guère coûté pour m'avoir volé.

— Rien ne prouve qu'il vous ait volé, dit vivement M. de Courtaumer.

— Tout le prouve, au contraire. Vous n'avez
donc pas regardé ce collier. Il y manque une
opale... celle que M. Doutrelaise a arrachée en se
colletant avec le prévenu la Calprenède.

— Ou avec un autre.

— Est-ce cet autre qui vous a remis ce collier ?
Nommez-le moi alors, afin que je puisse le remercier comme il le mérite.

— Je n'ai rien à vous dire.

— A moi, non ; mais à ceux qui ont le droit de
vous interroger, aux magistrats qui sont vos chefs,
il vous faudra bien répondre.

— Je ne relève que de ma conscience.

— La mienne me reprocherait d'avoir contribué par une lâche indulgence à assurer l'impunité
à un coupable.

— Cela signifie-t-il que vous persistez dans
votre plainte ? demanda en pâlissant M. de Courtaumer.

— Vous l'avez dit.

— Vous venez de vous engager à la retirer.

— C'est ce que je nie absolument. Vous m'avez
posé des questions captieuses, auxquelles j'ai répondu par des paroles en l'air. Je tenais à savoir
où vous vouliez en venir, et j'ai fait semblant d'a-
dopter vos idées. Mais je ne vous ai rien promis.
Vous vous y êtes trompé : tant pis pour vous !

— Monsieur ! ce langage...

— Oh ! ne vous fâchez pas, vous vous en repen-
tiriez.

— Des menaces, maintenant !

— Je veux dire que, si vous me poussiez à bout,
j'irais trouver vos supérieurs hiérarchiques et je
leur demanderais ce qu'ils pensent d'un juge d'instruction qui, pour tirer d'affaire un prévenu qu'il
sait être coupable, propose au plaignant de lui

rendre, sous conditions, ce qu'on lui a volé, qui cherche à lui extorquer un désistement, qui le lui impose presque. Je suis curieux de savoir comment ces messieurs apprécieront le marché que vous prétendez avoir conclu avec moi. Car c'était bien un marché. Donnant, donnant. Mon collier contre la liberté d'un jeune coquin dont le sort vous intéresse... je ne sais pas pourquoi, par exemple.

Qu'en auriez-vous donc fait de ce collier, si j'avais nettement refusé de me désister, au lieu de biaiser avec intention dans mes réponses ? Est-ce que vous comptiez le garder, sachant qu'il m'appartenait ?

Adrien de Courtaumer était pâle de colère, mais il se contenait et il eut assez d'empire sur lui-même pour ne pas interrompre M. Matapan.

Il tenait à savoir jusqu'où irait son audace.

— Monsieur, dit-il froidement, quoi que vous m'eussiez répondu, je vous aurais rendu ce collier, vous le savez fort bien, et personne n'en doutera, si vous racontez ce qui vient de se passer entre nous. Vous êtes libre de persister dans votre plainte. Moi, je suis libre d'apprécier ce qu'elle vaut et de prendre telle décision qu'il me conviendra.

— C'est possible, mais je vous défie maintenant de rendre une ordonnance de non-lieu en faveur de ce drôle. C'est son père ou quelqu'un des siens qui vous a remis l'objet volé. Si vous le faisiez relâcher, on dirait que vous vous êtes concerté avec eux.

Cette fois, la patience échappa à M. de Courtaumer, et il allait oublier qu'il était magistrat, lorsque fort heureusement le greffier entra par la porte du fond.

L'apparition de ce placide subalterne calma aussitôt le juge d'instruction, et mit un terme aux intempérances de M. Matapan.

Adrien de Courtaumer profita de cette diversion pour couper court à l'entrevue, et aussi pour prendre ses précautions contre la mauvaise foi de son peu scrupuleux adversaire.

— Monsieur, lui dit-il, ce collier vous appartient, je n'en doute pas; mais je ne puis pas, vous le comprenez, vous le rendre de la main à la main. Il faut qu'il soit déposé au greffe. C'est là que vous aurez à le réclamer.

Veuillez me le remettre.

Matapan hésitait. Avant de se dessaisir de ses chères opales, il aurait bien voulu faire constater légalement que le juge avait été chargé par quelqu'un de les lui restituer.

— Monsieur est votre greffier? demanda-t-il en désignant d'un signe de tête Bohamont qui taillait déjà sa plume.

— Oui, répondit M. de Courtaumer, et il n'a pour aujourd'hui rien à enregistrer que le dépôt de l'objet volé... dépôt qui va être fait immédiatement.

Demain, vous serez sans doute entendu à nouveau, et cette fois ce sera comme témoin.

Maintenant, vous pouvez vous retirer.

Matapan réfléchit bien vite qu'il serait puéril et superflu d'insister. Le greffier voyait le collier et il venait d'entendre le juge dire que ce collier était celui qu'on avait volé. M. de Courtaumer avait même ajouté que l'instruction allait être reprise le lendemain. Donc M. de Courtaumer ne songeait plus à rendre une ordonnance de non-lieu.

— Voici le bijou, monsieur, dit Matapan avec une bonhomie goguenarde. Je suis à votre disposition quand il vous plaira de m'entendre, et j'ai bien l'honneur de vous saluer.

Il posa le collier sur le bureau, se leva et sortit sans ajouter un mot.

Il avait dit tout ce qu'il avait à dire, et il s'en allait triomphant. Retrouver ses opales et emporter la certitude que le nom de la Calprenède allait être déshonoré, c'était beaucoup plus qu'il n'espérait.

Adrien de Courtaumer ne triomphait pas, lui. Il avait été battu, complètement battu dans cette lutte avec le terrible baron ; il ne se dissimulait pas sa défaite, et il en mesurait toute la portée.

Non-seulement le malheureux qu'il aurait voulu sauver par égard pour les amitiés de madame de Vervins était perdu sans rémission, mais lui, le magistrat impeccable, il s'était mis par générosité dans une situation sans issue. Il ne voulait ni mentir, ni trahir le secret de sa tante. Il ne lui restait d'autre parti à prendre que de se récuser, et ce n'était pas assez pour rassurer sa conscience alarmée. Il se disait qu'il représentait la justice et que, pour faire strictement son devoir, il aurait fallu, même en se récusant, mettre en cause tous ceux qui avaient servi d'intermédiaire à cette fatale restitution.

— Bohamont, dit-il brusquement au greffier qui regardait le collier du coin de l'œil, vous renverrez les témoins qui se présenteront. Je m'en vais.

— Je les assignerai pour demain alors ? murmura le brave homme tout étonné.

— Non. Vous attendrez les ordres de mon successeur.

— Comment, monsieur, vous renoncez à l'instruction !

— Je renonce à tout. Prenez ce collier et accompagnez-moi au greffe, où je vais le déposer. L'huissier renverra les témoins.

Bohamont n'y comprenait plus rien, mais il

obéit, sans se permettre des observations que son chef aurait très probablement mal reçues. Il prit d'une main timide les funestes opales de M. Matapan, il les enveloppa avec soin dans un numéro de la *Gazette des Tribunaux*, et il attendit.

M. de Courtaumer s'était assis devant son bureau et écrivait une lettre ainsi conçue :

« Ma chère tante,

» L'homme qui accuse le fils de votre ami a refusé de retirer sa plainte, et il va être remis en possession de ce qu'on lui a pris. J'ai fait ce que vous vouliez, et je ne puis pas faire davantage. Il ne me reste plus qu'à quitter la magistrature. Le garde des sceaux recevra demain ma démission. Il ne sera pas dit qu'un Courtaumer aura transigé avec son devoir.

» Je souhaite que ce sacrifice profite au malheureux qui vous intéresse, et je n'ai pas besoin de vous assurer que je n'en reste pas moins votre dévoué et respectueux neveu. »

Il signa d'une main ferme, cacheta la lettre, y mit l'adresse et se leva en disant à son greffier de le suivre.

Mais ce ne fut pas sans un serrement de cœur qu'il sortit de ce cabinet où il ne devait plus rentrer.

Il lui semblait que sa vie était finie, il maudissait Julien de la Calprenède, et il n'emportait
même pas la triste consolation de pouvoir se dire
que sa démission épargnerait à sa tante un cruel
chagrin, car il savait bien que tous ses collègues
devineraient pourquoi il l'avait donnée.

VIII

Le bien vient en dormant, dit un proverbe très connu. Mais la sagesse des nations se trompe quelquefois, et la preuve, c'est qu'Albert Doutrelaise, qui s'était couché presque rassuré sur le sort du frère de mademoiselle de la Calprenède, apprit, une heure après son réveil, la désastreuse nouvelle de l'arrestation du malheureux Julien.

Il avait passé sa journée à le chercher, sa soirée aussi, et, comme il arrive toujours en pareil cas, il l'avait cherché partout, excepté là où il aurait pu le trouver.

Doutrelaise était arrivé au cercle une demi-heure après que Julien en était sorti, et il y avait appris deux choses : la première, que Julien avait fort malmené M. Anatole Bourleroy ; la seconde, qu'il était parti avec Jacques de Courtaumer.

La nouvelle de la visite du commissaire de police n'avait pas encore transpiré. Elle n'était connue que des domestiques, et ils avaient été discrets.

Ces renseignements avaient presque rassuré Doutrelaise. Il s'était dit que Julien devait avoir la conscience tranquille, puisqu'il faisait en public une scène à un de ses créanciers, et que Jacques avait dû lui donner de bons conseils.

Les inquiétudes qu'il avait conçues à l'endroit du jeune la Calprenède avaient pour origine la conduite de ce garçon au déjeuner du café de la Paix, mais elles étaient assez vagues. M. Matapan ne s'était pas expliqué clairement, lorsqu'il avait vu l'opale sur la table. Son attitude et son langage donnaient à penser ; mais, en somme, Doutrelaise en était encore aux conjectures, car le baron n'avait même pas dit que la pierre lui appartenait. Courtaumer, que Doutrelaise avait rencontré aux Champs-Elysées, ne savait rien ; et Doutrelaise ne pouvait pas se présenter chez le comte de la Calprenède pour lui demander ce qu'était devenu son fils. En aucun temps, il ne se serait permis une pareille démarche et la façon dont ce gentilhomme lui avait tourné le dos à la promenade n'était pas faite pour l'encourager à la tenter.

Il avait donc remis au lendemain l'explication

qu'il voulait avoir avec Julien. Il se promettait de lui envoyer dans la matinée un mot par son valet de chambre, pour le prier de monter chez lui. Et il était rentré de bonne heure pour donner audience à ses réflexions plutôt que pour dormir. Sa nuit s'était passée à rêver et à contempler la lumière qui brillait à la fenêtre d'Arlette, et qui ne s'était éteinte que fort tard. Le comte était rentré avant minuit et il avait longuement causé avec sa fille ; mais Julien n'était pas rentré du tout ; sa chambre ne s'était pas éclairée. Doutrelaise avait vu tout cela de son observatoire, et n'avait pu rien en conclure.

Le matin, à neuf heures, il venait d'achever sa toilette, lorsque Jacques de Courtaumer entra chez lui comme un obus. A l'air de son visage, Doutrelaise vit tout de suite qu'il n'apportait rien de bon, et la première question qu'il lui adressa fut :

— As-tu vu hier soir Julien de la Calprenède ?

— Je ne l'ai que trop vu, répondit Jacques en haussant les épaules. Sais-tu où il est à cette heure, ton Julien ?

— Je sais qu'il n'est pas chez lui, voilà tout.

— Parbleu ! il est en prison.

— En prison ! ce n'est pas possible.

— C'est tellement possible que je l'y ai accompagné... jusqu'à la porte. On est venu l'arrêter au

Cercle, et comme je me trouvais avec lui à ce moment-là, je n'ai pas voulu l'abandonner.

— Tu as bien fait.

— Oh! on ne m'y reprendra plus. Je voulais
m'éclairer; maintenant, je le suis. Ce garçon-là ne
vaut rien. Il est tombé à l'eau, et je ne me char-
gerai pas de le repêcher. Le sauvetage serait trop
difficile et, de plus, il ne me tente pas.

— De quoi l'accuse-t-on? demanda Doutrelaise
très ému.

— D'avoir volé un collier d'opales au sieur
Matapan, qui se dit baron et qui me fait l'effet
de n'être qu'un aventurier. Un homme qui col-
lectionne des joyaux et qui connaît des pirates
chinois m'est suspect. Mais enfin on l'a volé.
Il est allé se plaindre, et il en avait bien le
droit.

— Et, sur sa plainte, on a arrêté Julien!

— Parfaitement. On y a mis des formes, on a eu
des égards, mais on l'a coffré bel et bien.

— Quelles preuves a-t-on contre lui?

— Tu me le demandes! C'est toi qui les as
fournies.

— Moi?

— Toi-même, mon cher. Tu as raconté à Matapan que tu t'es colleté la nuit, dans son escalier, avec un homme qui rôdait, un collier à la
main, que tu as arraché une des pierres de ce col-

lier, et que tu as entendu ensuite l'homme entrer dans l'appartement du comte.

Voyons ! est-ce vrai, oui ou non, que tu as fait ce récit au baron ? Tu lui aurais même montré la pierre, à ce qu'il prétend.

— Oui, c'est vrai.

— Eh·! bien, franchement, je m'étonne que tu n'aies pas été plus discret. Comment, toi qui es amoureux de mademoiselle de la Calprenède, tu rapportes à M. Matapan une aventure nocturne qui compromet gravement le frère de cette jeune fille !

— Je ne savais pas que l'opale appartînt à cet homme.., et je ne la lui ai pas montrée.., il l'a reconnue sur la table où je l'avais mise pour la faire voir à Julien… la fatalité a voulu qu'il survînt au moment où…

— N'importe. Toi qui me reproches souvent d'être léger, tu as agi comme un franc étourneau. Et je ne te cacherai pas que tu t'es fait un ennemi dans la personne de ce Julien. Il t'impute de ses malheurs, et il ne parle de toi qu'en grinçant les dents.

— Il me manquait cela ! dit tristement Doutrelaise.

— Oh ! tu peux t'en consoler. Julien ne compte plus parmi les honnêtes gens. Mais il faut t'attendre à être forcé de répéter l'histoire de l'escalier et même de la signer, car tu vas certainement être cité comme témoin, et je te défie bien de ne pas dire la vérité.

— Je refuserai de déposer.

— Ce serait bien pis. On condamnerait l'accusé rien que sur ce refus, et on dirait que tu es d'accord avec lui.

Rassure-toi, d'ailleurs. Tu n'auras pas affaire à un juge mal disposé : c'est mon frère Adrien qui est chargé de l'instruction.

— Ton frère ! Ah ! c'est fort heureux ! Tu peux le voir avant qu'il interroge Julien ; tu peux lui dire qu'on se trompe ; que Julien n'est pas coupable, quoique les apparences soient contre lui.

— Je me garderai bien de faire cette sottise. Tu ne connais pas mon cher frère. Il est fanatique de son métier et revêche au-delà de toute expression. Il suffirait que j'allasse lui recommander un homme pour qu'il se buttât contre lui. Mais je crois que M. de la Calprenède aura un avocat qui vaudra mieux que moi, et qui exercera surtout plus d'influence sur son juge.

— Qui donc ?

— Ma tante, qui est aussi la tante d'Adrien et qui mérite qu'on la ménage, à tous les points de vue. Nous sommes ses héritiers.

— Madame de Vervins ! Mais comment a-t-elle

appris si vite qu'on accuse Julien... et qu'on l'a
arrêté hier soir ?

— C'est moi qui le lui ai dit. Je lui avais promis de venir prendre le thé, et je n'y suis pas
allé, par l'excellente raison que Monsieur Julien
m'a prié de lui faire la conduite jusqu'au dépôt
de la préfecture de police ; après cette belle expédition, je suis retourné au Cercle, et j'ai été fort
étonné d'apprendre que ma tante était venue
m'y demander. J'ai couru chez elle, mais je n'ai
pas pu la voir. Elle était au lit. Elle ne se couche
jamais après onze heures. En revanche, elle se
lève au petit jour, et elle m'a fait réveiller avant
l'aurore. Je lui ai tout raconté, et ce qui m'a paru
extraordinaire, c'est qu'elle n'a pas témoigné la
moindre surprise quand je lui ai dit où le fils de
son ami la Calprenède avait couché. On aurait
juré qu'elle s'attendait à cette désagréable nouvelle.

— C'est étrange !

— Mon cher, elle avait vu le père dans la soirée ;
je ne sais pas ce qui s'est passé entre eux, mais je
soupçonne fortement qu'il a été question de Julien.
Je ne serais même pas étonné qu'il eût été aussi
question de toi, car lorsque j'ai prononcé ton nom,
elle a fait une moue qui signifiait bien des choses.
Du reste, je n'ai rien pu en tirer. Elle s'est tenue
tout le temps sur la réserve, et ce n'est pas sa

coutume. Elle m'a dit seulement qu'elle verrait aujourd'hui mon frère Adrien, et tu peux croire qu'elle prendra chaudement la défense des la Calprenède.

— Ainsi, murmura Doutrelaise, le comte prévoyait qu'on arrêterait son fils. Il savait donc qu'il était coupable ?

— Probablement.

— Sait-il aussi qu'il est arrêté ?

— Ma tante a dû lui écrire. Et puis, l'histoire doit déjà courir dans toute la maison. M. Matapan ne l'aura pas gardée pour lui. Et comme les la Calprenède ne sont pas aimés des autres locataires... excepté de toi, bien entendu... elle aura fait son chemin, cette histoire lamentable.

Je suis bien sûr que mademoiselle de la Calprenède la connaît, car je viens de la rencontrer dans l'escalier, et elle avait les yeux rouges comme une femme qui a beaucoup pleuré.

Elle sort de bonne heure, ma foi ! et je me suis demandé où elle allait si matin.

— Est-ce que mademoiselle de la Calprenède était seule ? demanda Doutrelaise sans chercher à cacher l'émotion que lui causait le renseignement donné par son ami.

— Non, répondit Jacques. Elle était accompagnée par une personne qui m'a paru être une femme de chambre.

19.

— Elle allait sans doute à l'église.

— C'est ce que j'ai pensé. Et pourtant il m'était poussé tout d'abord une idée bizarre. Elle aime beaucoup son frère, n'est-ce pas, quoiqu'il ne le mérite guère ?

— Je le crois.

— Eh bien ! je me suis figuré un instant qu'elle allait demander grâce pour lui.

— A qui ? au juge d'instruction ?

— Non, à M. Matapan... le supplier de retirer sa plainte.

— Mademoiselle de la Calprenède ne s'abaisserait pas jusqu'à implorer cet homme, dit vivement Doutrelaise.

— C'est probable. Et, par le fait, elle n'y est pas allée. J'ai eu la curiosité de la suivre des yeux en regardant par dessus la rampe, et j'ai vu qu'elle descendait plus bas que le premier étage.

— Et lorsque tu l'as rencontrée, elle t'a reconnu ?

— Oh ! certainement. Je l'ai saluée, et elle m'a rendu mon salut. Et ses yeux semblaient dire : Je connais ce garçon-là, je sais qu'il est l'ami d'Albert Doutrelaise, et je suis sûre qu'en ce moment il monte chez lui.

— Tu as la prétention d'avoir lu dans un regard échangé à je ne sais combien de mètres de distance ?

— Parfaitement, mon cher. J'y ai même déchiffré autre chose.

— Quoi donc ?

— Un sentiment très marqué de bienveillance pour toi. J'en ai même été surpris, car je me figurais que mademoiselle de la Calprenède connaissait l'histoire de ton aventure nocturne, et qu'elle ne devait pas te savoir gré d'avoir contribué sans le vouloir à faire arrêter son frère. Eh bien ! je te garantis maintenant qu'elle ne t'a pas gardé rancune. Je ne me trompe jamais sur les intentions qu'exprime un coup d'œil de femme. Celui que j'ai surpris signifiait clairement : Que ne puis-je aller avec vous chez votre ami !

— Ta psychologie n'a pas le sens commun et je ne crois pas à ta science. Mais il ne s'agit pas de cela. Quel est ton avis sur le cas de Julien ?

— Je ne doute pas qu'il n'ait volé, répondit nettement Jacques de Courtaumer.

— Et tu crois qu'il sera condamné ?

— Absolument.

— Eh bien ! moi, je suis certain qu'il est innocent.

— On voit que tu es amoureux de sa sœur, mon pauvre ami. La passion te trouble l'entendement. Je serais curieux de savoir sur quoi tu fondes cette prétendue certitude.

— Sur des faits. Julien n'était pas dans la mai-

son à l'heure où j'ai rencontré l'homme qui tenait à la main le collier d'opales. Julien est rentré
beaucoup plus tard.

— C'est lui qui dit cela.

— Et il le prouvera. D'ailleurs, il faudra bien
qu'on m'entende comme témoin.

— Je suis même étonné que tu n'aies pas encore reçu d'assignation à comparaître devant monsieur mon frère. Mais tout à l'heure tu parlais de
refuser de déposer ?

— J'ai changé d'avis. Je veux au contraire dire
tout ce que je sais. Je veux dire par exemple que
l'homme qui m'a heurté dans l'escalier n'était pas,
ne pouvait pas être Julien. Je ne l'ai pas vu, puisque je n'avais pas de lumière ; mais j'ai senti qu'il
était plus grand que Julien et surtout plus fort.
Sa taille dépassait la mienne et Julien a deux ou
trois centimètres de moins que moi. J'avais encore hier matin autour du poignet la marque de
cinq doigts de fer. Julien, qui a une main de
femme, n'aurait pas serré si fort.

— Euh ! euh ! il est mince, mais il est nerveux,
comme tous ces la Calprenède.

— D'ailleurs, il y a une preuve bien plus probante en sa faveur. Ce n'est pas la première fois
qu'on s'est introduit dans l'appartement de son
père.

— Il a dit quelque chose de pareil, hier soir,

dans le fiacre qui nous conduisait à la préfecture, en l'aimable compagnie d'un commissaire de police.

— Et tu ne lui as pas demandé de détails !

— Ma foi, non. Je n'ai même attaché aucune importance à ce propos.

— Avec moi, il est entré dans des explications plus précises. Il m'a affirmé qu'à plusieurs reprises il avait trouvé, en rentrant le matin, des traces du passage d'un homme à travers sa chambre... des meubles renversés... des tiroirs ouverts.

— Oh ! oh ! tu crois à cette histoire-là, toi !

— Oui, certes.

— Qu'elle soit vraie ou fausse, Julien a tort de la raconter.

— Non, puisqu'elle le justifie.

— Comment ne vois-tu pas qu'elle est de nature à compromettre sa sœur ?

— Mademoiselle de la Calprenède est au-dessus de la calomnie.

— D'accord, mais un appartement où on entre comme dans un moulin et où des inconnus se promènent la nuit, n'est pas un domicile convenable pour une jeune fille. Heureusement, il n'y a pas un mot de vrai dans ce que t'a dit ce garçon, je le parierais bien. Il invente des contes bleus pour détourner les soupçons. Quand on se noie, on s'accroche à tout.

— Et toi, tu rejettes tout, sans examen.

— Enfin, que venaient-ils faire ces prétendus rôdeurs ? Julien ne dit pas qu'on ait volé. Il dit même le contraire, autant qu'il m'en souvient. Son père ne passe pas pour avoir une caisse bien garnie. S'il y a quelque chose à voler dans la maison, c'est plutôt chez ce Matapan qui roule sur l'or et sur les pierres précieuses.

— Veux-tu que je te dise le fond de ma pensée ?

— La question est oiseuse. Je ne te demande que cela depuis un quart d'heure.

— Je pense que le voleur et le volé ne font qu'un.

— Explique-moi cette énigme.

— En d'autres termes, je pense que c'est Matapan lui-même qui est allé porter son collier dans l'appartement de M. de la Calprenède.

— Allons donc ! c'est absurde. Il tient trop à ses pierreries pour les semer chez ses voisins.

— Il savait bien que celles-là ne seraient pas perdues.

— Mais enfin pourquoi les aurait-il déposées chez Julien ?

— Pour qu'on l'accusât... pour le perdre.

— Bah ! qu'est-ce que Julien lui a donc fait ? Il lui a emprunté de l'argent ? Raison de plus pour ne pas l'envoyer en prison. C'est un mauvais moyen pour rentrer dans ses fonds que d'incarcérer un débiteur, surtout quand il n'a pas le sou, et c'était bien le cas.

— Ce n'est pas à Julien qu'il en veut ; c'est à son père.

— Est-ce que le père ne paie pas son terme ?

— Tu plaisantes toujours avec les choses sérieuses... tu ferais beaucoup mieux de m'écouter.

— Mais je t'écoute, cher ami ; je t'écoute avec le plus vif intérêt.

— Eh bien ! il est temps que tu saches jusqu'où est allée l'insolence de ce Matapan... il a des vues sur mademoiselle de la Calprenède.

— De quelle nature, ces vues ?

— Il voulait l'épouser.

— Il est donc fou ? A son âge ! Et tourné comme il l'est !

— Non, il n'est pas fou ; il n'est qu'ambitieux. Sa fortune ne lui a pas donné accès dans le vrai monde, qui ouvrirait toutes ses portes au gendre de M. le comte de la Calprenède.

— Hé ! hé ! c'est bien possible. Alors tu supposes qu'il a demandé la main de mademoiselle Arlette et qu'on la lui a refusée ?

— Personne ne me l'a dit, mais j'en suis sûr.

— Et ce serait pour se venger qu'il aurait machiné cette infamie. Le trait dépasserait en noirceur tout ce qu'inventent les faiseurs de mélodrames.

— Cet homme est capable de tout.

— Tu n'avais pas si mauvaise opinion de lui autrefois, ce me semble. Pas plus tard qu'hier, tu as causé familièrement avec lui dans un restaurant.

— Je ne le connaissais pas encore. Maintenant j'y vois clair.

— Mais comment aurait-il opéré selon toi, pour entrer la nuit chez M. de la Calprenède ?

— C'était bien facile. Il a occupé l'appartement du comte jusqu'au 15 octobre. Il aura gardé une clef.

— En effet, c'est possible. Mais il me vient une objection. Si c'était lui, il n'est guère vraisemblable qu'après t'avoir bousculé dans l'escalier, il ait persisté à exécuter son abominable projet. Il eût été plus naturel et plus prudent de rebrousser chemin, cette nuit-là, et de rentrer chez lui tout doucement, sauf à recommencer la nuit suivante ; car enfin, il devait bien penser que tu l'avais reconnu à la vigueur de ses biceps. Et au lieu de se dérober, il aurait continué son opération tranquillement ! C'est inexplicable.

— Je ne me charge pas de tout expliquer ; mais ma conviction est faite.

Jacques allait élever de nouvelles objections, lorsque le valet de chambre d'Albert entra sur la pointe du pied pour dire à son maître qu'une dame demandait à lui parler.

— Quelle dame ? Je ne reçois personne, dit brusquement Doutrelaise.

— Monsieur, cette dame est voilée... et cependant... j'ai cru la reconnaître.

— Une dame voilée ! une aventure ! murmura Jacques de Courtaumer. Ça tombe mal.

— Eh ! que ne la nommez-vous, si vous savez qui elle est ? dit Doutrelaise avec impatience.

— Monsieur m'excusera si je me trompe, répondit le valet de chambre. Il m'a semblé que cette dame avait la même taille que mademoiselle de la Calprenède.

— Ce n'est pas possible... vous avez mal vu.

Albert était très ému et s'efforçait inutilement de le cacher.

— Il y a un moyen bien simple de savoir à quoi t'en tenir, c'est de la recevoir, dit Jacques.

— A-t-elle demandé à voir Monsieur seul ? ajouta Doutrelaise en s'adressant au domestique.

— Non, monsieur... au contraire...

— Comment, au contraire !

— Elle m'a demandé si Monsieur n'avait pas en ce moment chez lui M. Jacques de Courtaumer.

— Et quand elle a su que j'étais là, elle n'a pas fait mine de s'en aller ?

— Pas du tout, Monsieur. Elle attend.

— Alors, je puis rester, conclut Jacques, en regardant Doutrelaise, qui dit vivement au valet de chambre :

— Priez cette dame d'entrer.

— Hein ? reprit Courtaumer, avais-je deviné juste, quand je te disais que j'avais lu dans ses yeux la résolution de venir ici.

— Rien ne prouve que ce soit mademoiselle de la Calprenède, murmura Doutrelaise, qui ne disait pas ce qu'il pensait.

— Moi, je suis fixé... et tu vas bientôt l'être... tu l'es, ajouta Courtaumer, en baissant la voix.

Le valet de chambre venait d'ouvrir la porte du fumoir où se tenaient les deux amis et de se retirer discrètement. Une femme entra, voilée et vêtue de noir. Elle s'avançait d'un pas assuré et elle ne tremblait pas. D'ordinaire, les jeunes filles n'ont pas ces allures dégagées et elles ne font pas de visites matinales aux messieurs qui ne sont point mariés. Et pourtant, c'était bien elle. L'amoureux Albert n'eut pas besoin qu'elle levât son voile pour la reconnaître. Il l'aurait reconnue déguisée en charbonnière ou en déesse de la Liberté.

— Ah ! mademoiselle, s'écria-t-il, comment vous remercier de l'honneur que vous me faites et de la confiance que vous me témoignez ? Si j'avais su que vous désiriez me voir, j'aurais prévenu une démarche...

— Que vous trouvez peu convenable, n'est-ce
pas ? dit Arlette en montrant son doux visage. Je
sais que c'est mal de venir ici toute seule et je ne
m'y suis décidée qu'après avoir hésité longtemps.
Mais je n'y tenais plus. Julien a été arrêté hier
soir... mon père, qui m'a annoncé cette affreuse
nouvelle, m'a dit des choses... que je n'ai pas voulu
croire.

— J'espère qu'il ne vous a pas dit que j'étais la
cause de son malheur ! s'écria Doutrelaise éperdu.

— La cause... involontaire, sans doute... hélas !
il l'affirme, et je n'ai su que lui répondre... alors,
je suis sortie pour aller prier Dieu, pour lui demander de m'inspirer... et c'est après l'avoir prié
que j'ai eu la pensée de m'adresser à vous. En
sortant, j'avais rencontré M. Jacques de Courtaumer, et je supposais que je le trouverais ici. Cela
m'a enhardie et j'ai résolu de ne pas rentrer sans
vous avoir parlé. Je vous supplie de me dire toute
la vérité. Mon père en a appris une partie par une
lettre de madame de Vervins. Je veux savoir le
reste.

— Mais je ne sais rien moi-même... je ne sais
que ce que Jacques vient de me dire... il était avec
Julien quand ce malheur est arrivé.

— Alors, c'est à vous, monsieur, que je m'a-
dresse. Vous n'êtes pas un étranger pour moi,
puisque vous êtes le neveu de la meilleure et de

la plus ancienne amie de mon père. Est-il possible que Julien ne soit pas relâché, qu'on le juge comme un criminel, qu'on le condamne...

— Je ne puis pas vous cacher, mademoiselle, dit tristement Jacques, que les apparences sont contre lui, mais j'espère bien qu'il se justifiera.

— Non ; il n'y parviendra pas, si ses amis ne l'aident pas à prouver qu'il est innocent. N'êtes-vous pas le sien ?

— Je suis avant tout le vôtre et celui d'Albert Doutrelaise, qui est prêt à faire tout ce que vous lui commanderez. C'est vous dire, mademoiselle, que vous pouvez disposer de moi.

— Merci, dit-elle simplement, à nous trois, nous le sauverons.

— M. de la Calprenède a-t-il donc abandonné son fils ? demanda Courtaumer avec embarras.

— Mon père est trop accablé par le coup qui vient de le frapper. Il est hors d'état d'agir. Et il faut agir, sans perdre un instant. Je ne compte que sur vous et sur M. Doutrelaise, qui sera heureux, j'en suis sûre, de réparer le mal qu'il a fait à Julien.

— Je donnerais ma vie pour le tirer de peine, dit chaleureusement Albert.

— Mais vous ne savez comment vous y prendre. Je sais, moi, ce qu'il faut faire, et je ne puis pas le faire sans vous.

— Parlez, je vous en conjure.

— Si je vous disais qu'on a trouvé le collier dans le cabinet de travail qui touche à la chambre de mon frère, croiriez-vous que mon frère est coupable ?

— Il faudrait bien le croire, dit Jacques, mais heureusement ce n'est qu'une supposition.

— C'est la vérité. Mon père l'a trouvé ce collier maudit.

— Tout est donc perdu ! murmura Doutrelaise.

— Non, car vous prouverez que ce n'est pas Julien qui l'a pris.

— Comment ? demanda Jacques.

— En guettant l'homme qui est entré plusieurs fois dans notre appartement pendant la nuit.

— Ah ! s'écria Doutrelaise, je le savais bien que Julien ne mentait pas.

— Ainsi, mademoiselle, demanda Courtaumer, toujours sceptique, cette histoire de visites nocturnes qu'il a racontée...

— Est exacte. Je n'ai pas vu l'homme, mais je l'ai entendu.

— Et vous n'avez rien dit ?

— J'ai prévenu mon père, qui a cru que j'avais été dupe d'une illusion et qui le croit encore. Hier, je doutais. Je ne doute plus maintenant.

— Mais pourquoi serait-on entré ?

— Je l'ignore.

— C'est inexplicable.

— Je ne cherche pas à l'expliquer, mais j'affirme que celui qui est venu reviendra.

— Alors nous pourrions le prendre sur le fait. C'est une idée.

— Que j'exécuterai dès ce soir, s'écria Doutrelaise.

— J'en suis, appuya Courtaumer. Nous nous embusquerons dans l'escalier, et si cet errant de nuit se montre, nous nous montrerons, nous aussi.

— En procédant ainsi, vous ne le prendriez pas. En vous voyant il s'enfuirait.

— Nous le rattraperions.

— Peut-être, mais alors il nierait. Vous ne lui feriez pas avouer qu'il se glissait dans l'escalier pour entrer furtivement chez mon père.

— Tandis que si on le trouvait dans l'appartement, il serait bien obligé de dire ce qu'il y vient faire. Mais pour l'y trouver, il faudrait...

— Vous y cacher, dit Arlette sans s'émouvoir.

— M. le comte de la Calprenède nous y autoriserait-il ? J'en doute un peu.

— Mieux vaut qu'il n'en sache rien. Si je lui suggérais cette idée, il voudrait agir seul.

— Et il s'exposerait à un danger, murmura Doutrelaise.

— Je ne veux pas que vous vous y exposiez non plus, dit vivement mademoiselle de la Calprenède.

— Qu'importe !... ne faut-il pas avant tout sauver Julien ?...

— Et puis, nous serons deux, dit Jacques en souriant.

— Vous feriez cela pour moi ! s'écria la jeune fille.

— Je ferai tout ce que fera notre cher Albert et, à nous deux, nous viendrons bien à bout du drôle qui se permet de s'introduire chez vous. La question est de savoir s'il se présentera. Il doit être au courant de ce qui se passe et je suppose qu'il va se tenir tranquille... surtout si, comme je le crois, il a atteint son but, qui était de faire accuser votre frère d'une infamie.

— Alors, vous croyez que le collier a été apporté exprès ? J'ai eu la même pensée. Mais pourquoi aurait-on tant tardé... et qui l'aurait apporté ? ce serait donc...

— M. Matapan lui-même. M. Doutrelaise est de cet avis ?

— Je suis surtout d'avis de faire ce que désire mademoiselle de la Calprenède.

— Et moi aussi. Mais mademoiselle vient de nous dire que son père ne nous autoriserait pas à monter la garde chez lui.

— Mon père ne vient jamais la nuit dans la chambre de Julien. M. Doutrelaise la connaît.

— Parfaitement, et je sais qu'on peut y entrer par un corridor, sans traverser d'autres pièces.

Mais, pour entrer dans ce corridor, il faudrait...

— La clef de l'appartement, dit Arlette. La voici, monsieur.

Elle la tira de son manchon et elle la tendit à Doutrelaise, qui la prit.

— Je n'ai rien de plus à vous dire, ajouta-t-elle ; je n'ai plus qu'à prier pour vous... et pour M. de Courtaumer. Si je n'avais pas su qu'il était ici, je n'aurais jamais osé y venir.

Ce fut dit avec tant de simplicité que Jacques de Courtaumer fut vivement touché.

Il ne croyait guère à l'innocence de Julien et il avait d'abord pris en assez mauvaise part la visite de mademoiselle de la Calprenède. Mais il revenait à une plus saine appréciation des choses. Il pensait maintenant qu'il y a dans la vie des situations où il faut passer par-dessus les convenances. L'honneur d'un frère vaut bien que sa sœur se compromette un peu, surtout quand elle ne se compromet qu'en apparence.

Jacques, au surplus, n'avait pas eu de peine à se convertir à ces idées nouvelles. Son tempérament le portait à excuser les excentricités de toute espèce, et il n'était pas éloigné d'admirer l'action hardie d'Arlette.

Il y trouvait une sorte de crânerie juvénile qui le charmait.

Il s'était aperçu en même temps qu'Arlette était charmante. Jusqu'à ce jour, il ne l'avait guère vue que dans le monde ou à la promenade, et il n'avait pas jugé qu'elle différât sensiblement des autres jeunes filles. Il la considérait un peu comme une poupée à ressorts, parfaitement élevée, disant avec grâce et modestie : il fait bien chaud dans ce bal; ou : le motif de cette valse est délicieux.

Et il découvrait tout à coup que mademoiselle de la Calprenède était précisément la femme qu'il avait toujours rêvée.

Doutrelaise, lui, n'avait rien à apprendre sur les qualités de celle qu'il adorait depuis plus d'une année. Il savait tout ce que la timidité d'Arlette cachait de sensibilité et de délicatesse exquise. Il savait que cette enfant de dix-neuf ans avait un cœur d'or et une énergie virile, qu'elle était toujours prête à tous les dévouements et à tous les sacrifices.

Et quoiqu'il ne lui eût jamais dit qu'il l'aimait, il se flattait qu'elle avait deviné son secret et qu'elle ne désapprouvait pas son amour.

— Puis-je compter sur vous ? demanda-t-elle aux deux amis.

— En doutez-vous ? s'écria Doutrelaise.

— Non, et je remets entre vos mains le sort de Julien. Je vous ai dit ce qui se passe la nuit, dans cette maison. Je viens de vous remettre la clef de notre appartement. Vous ferez ce qu'il faut pour surprendre l'homme qui s'y est déjà introduit plusieurs fois. Je n'ai rien à ajouter et je me fie entièrement à vous.

— Encore faudrait-il convenir d'un plan ! s'écria Jacques de Courtaumer. Comment nous y prendrons-nous pour...

— Je n'ai pas de plan, interrompit Arlette, mais je crois fermement que mon frère n'est pas coupable. Si vous avez la foi, vous le sauverez.

Et, après leur avoir adressé à tous les deux un regard où elle avait mis toute son âme, elle s'enfuit, — c'était bien le mot, car elle courut si vite qu'elle fut à la porte avant que Doutrelaise pût la rejoindre.

— N'allez pas plus loin, lui dit-elle, ma femme de chambre m'attend sur l'escalier.

Albert, très ému, revint à Courtaumer, qui n'était pas sorti du fumoir, et qui l'accueillit par ces mots :

— Tu as bien raison de l'aimer. Elle est charmante... et c'est un caractère. Je ne la connaissais pas.

— Et maintenant que tu la connais, demanda

vivement Albert, vas-tu entrer dans les vues de ta
tante ?

— Dieu, que les amoureux sont bêtes ! dit Courtaumer en riant. Parce que je rends justice aux
qualités de mademoiselle de la Calprenède, tu
t'imagines que je suis déjà épris d'elle ! En vérité,
c'est insensé. D'abord, je ne m'enflamme pas
comme ça, et de plus, elle est sacrée pour moi depuis que tu aspires à l'épouser. Ah ! si tu m'avais
caché tes projets, je ne répondrais pas de moi.
Mais tu me les a confiés. Tout est dit. C'est comme
si mademoiselle de la Calprenède était déjà madame Doutrelaise. Voilà ce qu'on gagne à être
franc. Que cette aventure te serve de leçon !

Parlons maintenant de choses plus actuelles et
plus pratiques. Nous sommes associés pour une
expédition hasardeuse. Il s'agit de nous entendre.
Comment allons-nous procéder ?

— Tu tiens donc à en être ?

— Certes, oui, j'y tiens. D'ailleurs, mademoiselle de la Calprenède nous a tracé un programme
d'opérations, et je figure dans ce programme.

— Mais non. C'est à moi qu'elle s'est adressée.
Elle sait que la topographie de l'appartement
m'est familière.

— Et moi je n'y ai jamais mis les pieds, c'est
vrai. Mais d'autre part, mademoiselle Arlette a
exprimé cette pensée très judicieuse que deux dé-

fenseurs valent mieux qu'un, dans la circonstance.
Nous ne savons pas à qui nous aurons affaire,
mais il est certain que le rôdeur de nuit, s'il
existe, ne se laissera pas empoigner sans résistance. Contre toi seul, il aurait beau jeu.

— Pourquoi donc? Crois-tu que j'ai des bras de
femme ou que je manque de courage?

— Albert, mon ami, tu deviens bien susceptible.
On ne peut plus dire un mot sans que tu prennes
la mouche. Je ne conteste ni ta vigueur, ni ton
énergie; mais je prétends qu'à nous deux nous
viendrons plus facilement à bout d'un homme qui,
sans aucun doute, se défendra, si tant est qu'il
n'attaque pas. En pareil cas, il est permis de prendre ses avantages. Tu serais bien avancé, si ce coquin te tordait le cou! On ne le découvrirait
jamais. Tandis que, si j'en suis, je le défie de nous
échapper.

— C'est précisément parce qu'il y a du danger que je veux m'exposer seul.

— Égoïste, va! avoue donc que tu es jaloux de
tes privilèges d'amoureux, et que tu tiens à avoir
tout le mérite aux yeux de mademoiselle de la
Calprenède. Eh bien! soit! je n'irai pas sur tes
brisées; je te laisserai l'honneur et je t'aiderai
tout de même. Voici ce que je te propose.

Tu entreras seul dans l'appartement. C'est dans
l'ordre, d'ailleurs, puisque c'est à toi qu'elle a

remis la clef, dit Jacques, non sans quelque malice.

— Et puis, je sais où il faut me placer pour surprendre ce misérable, répliqua Doutrelaise.

— C'est juste. Moi je renverserais quelque meuble, je réveillerais toute la maison, et j'effaroucherais le gibier que nous chassons.

Mais rien ne s'oppose à ce que je me tienne à portée de te secourir.

— Pas sur l'escalier, dans tous les cas ! L'homme se sauverait. Et tous les locataires qui rentreront te verraient.

— Mais, non. Après minuit le gaz est éteint.

— Ils ont tous leur bougeoir chez le concierge. C'est par exception que, l'autre nuit, je suis rentré sans lumière.

— On dirait, à t'entendre, que tous les habitants de cet immeuble sont des noctambules. Passons-les donc un peu en revue.

M. Matapan est hors de cause. Si c'est lui qui entre la nuit chez le comte, nous le prendrons en flagrant délit.

Si ce n'est pas lui, il ne montera pas au second étage, puisqu'il demeure au premier.

Voyons les Bourleroy, maintenant. Monsieur, Madame et Mademoiselle ne se couchent pas, je suppose, à des heures indues.

— Excepté quand ils vont au bal. Et d'ailleurs

20.

tu oublies le fils, qui court les cercles et les restaurants de nuit. S'il te rencontrait, l'histoire
serait connue de cinquante personnes, dès le lendemain.

— Oh ! je l'empêcherais bien de parler. Mais je
crois qu'il vaut mieux que nous n'en soyons pas
réduits à lui imposer la discrétion.

Cherchons une autre embuscade.

— Il n'y en a qu'une possible.

— Indique-la moi, et quand il s'agirait de
passer la nuit à califourchon sur le faîte du
toit...

— Pas si haut. Sur une chaise, dans ce fumoir,
près de la fenêtre. De là on domine, comme tu
peux le voir maintenant, celle de la chambre de
Julien de la Calprenède.

— Oui, ma foi ! s'écria Courtaumer après avoir
regardé. C'est un observatoire parfaitement bien
placé... à cela près que si le corps d'armée était
attaqué, la division de secours ne s'en douterait
pas.

— Nous pouvons convenir que si j'ai besoin de
toi, je te ferai un signal.

— Un signal lumineux alors, puisqu'il fera
noir. Est-ce que tu comptes te munir d'une lan-
terne ?

— Je n'en sais rien encore. Mais quoi que je
décide, rien ne m'empêcherait d'ouvrir la fenêtre

et de t'appeler.... voire même de briser une vitre, en cas de nécessité absolue.

— Très bien. Je n'arriverais pas très vite sur le champ de bataille, mais enfin j'arriverais. Et si tu tiens absolument à me mettre en réserve...

— Oui, mon ami, j'y tiens. Tu seras ici à merveille. Tu auras du feu, des cigares...

— Quand commencerons-nous ces veillées du château Matapan ?

— Ce soir, à minuit.

— Mais, s'il ne se passe rien ce soir ?

— Nous recommencerons demain.

— Et ainsi de suite, jusqu'à ce que nous ayons mis la main sur notre homme. En d'autres temps, ça m'aurait considérablement gêné de prendre le quart toutes les nuits, mais depuis que je n'ai plus d'argent pour jouer, je n'ai rien de mieux à faire, et je serai d'une exactitude militaire.

Donc, c'est convenu. Tu m'acceptes pour auxiliaire ?

— Très volontiers. Je compte même sur toi pour recommander Julien à ton frère

— Je t'ai déjà dit que c'était inutile. Mais à propos, qu'as-tu fait de l'opale ?

— L'opale ? répéta Doutrelaise un peu interloqué.

— Oui, dit Jacques, celle que tu as arrachée du collier et que tu as malheureusement montrée à M. Matapan.

Il me semble que nous l'avons un peu oubliée, au milieu de toutes nos combinaisons.

— Je ne l'ai pas oubliée. Elle est ici. Je l'ai serrée précieusement.

— Du diable si tu n'aurais pas mieux fait de la jeter au fond de la Seine !

— J'en ai eu bien envie, depuis que j'ai aperçu les conséquences de mon aventure, mais j'ai pensé que je n'en avais pas le droit.

— Il est probable, en effet, que celui à qui elle appartient la réclamera. Je suis même un peu étonné qu'il te l'ait laissée quand il l'a vue entre tes mains.

— Moi, je comprends maintenant pourquoi il ne m'a pas dit qu'elle était à lui. Il avait conçu aussitôt un plan qu'il tenait à exécuter. Il voulait dénoncer Julien et le faire arrêter le jour même. Et il se défiait de moi. Il pensait que je devinerais ses projets et que je chercherais à les contrecarrer en avertissant le fils ou le père. Pour m'en empêcher, il a fait semblant de croire que le collier avait été volé à un de ses locataires, et il m'a tout simplement prié de garder la pierre que j'avais prise.

— Et tu t'es conformé à cette recommandation, si bien que tu ne peux plus te dispenser de remettre l'opale au juge d'instruction et de lui raconter l'histoire sur laquelle la justice s'est appuyée pour envoyer en prison le jeune la Calprenède.

Décidément, ce Matapan est un coquin très fort. Tu ne l'as pas revu depuis le déjeuner d'hier matin ?

— Non, et je ne tiens pas du tout à le revoir.

— Tu as peut-être tort. Quand on a un ennemi, il est bon de savoir ce qu'il a dans le ventre. En causant avec le sieur Matapan, tu parviendrais peut-être à lire dans son jeu. Tu saurais d'abord pourquoi il en veut tant à ce malheureux Julien.

— Ce n'est pas seulement à Julien qu'il en veut.

— Bon ! l'affaire que tu m'as racontée. Tu supposes qu'il a osé prétendre à la main de mademoiselle de la Calprenède. Moi, je ne le crois pas. Et si je pouvais m'aboucher avec lui, je saurais vite à quoi m'en tenir. Pour l'apprivoiser, je commencerais par lui demander des nouvelles de ce forban que j'ai rencontré hier aux Champs-Elysées. Je serais curieux de savoir si le baron avoue qu'il est l'ami d'un pareil coquin.

Et il faudra que j'informe mon frère du fait, à seule fin de l'édifier sur les accointances de ce propriétaire foncier.

— Tu feras bien. Pour ma part, j'ai souvent pensé que Matapan avait des crimes dans son passé. Et c'est une des raisons qui me portent à croire qu'il est capable d'avoir inventé une machination abominable.

— Si c'est lui qui a caché son collier chez Julien, notre expédition de ce soir est parfaitement inutile, car il n'y reviendra pas. Mais je ne pense pas que ce soit lui, pour des raisons que je t'ai déjà déduites.

— Lui ou un homme payé par lui.

— Tiens !... au fait !... mon forban, peut-être. Mais non... il m'a déclaré qu'il venait d'arriver à Paris et les promenades nocturnes ont commencé peu de temps après le 15 octobre, au dire de mademoiselle Arlette et de son frère.

Les la Calprenède ont-ils des ennemis dans cette maison ?

— S'ils en ont ? mais il n'y a ici que moi qui les aime. Tu as donc oublié ce que je t'expliquais sur le boulevard Haussmann, devant la porte cochère, cinq minutes avant de rentrer et de tomber sur cette infernale rencontre qui a été le point de départ de tant de malheurs ?

— Non, parbleu ! Tu m'as dis, je m'en souviens fort bien, que tous les Bourleroy jalousaient le comte de la Calprenède. Et le dernier de cette aimable famille a bien prouvé qu'il détestait Julien.

— Et le portier, l'affreux portier Marchefroid, l'âme damnée de Matapan, crois-tu qu'il chérit ses locataires du second ?

— Sa fille ne doit pas les adorer non plus, puisqu'elle vit des bienfaits de M. Bourleroy père. Est-ce qu'elle habite la loge, cette déesse de la liberté ?

— Non, Marchefroid l'a autorisée à demeurer dans le quartier Bréda pour compléter ses études musicales.

— Et elle a choisi pour professeur le vieux bourgeois du troisième. Ne m'as-tu pas dit qu'il était franc-maçon, ce Marchefroid ?

— Oh! de première classe. Vénérable ou quelque chose d'approchant.

— Eh bien! mais il me semble que les mystères de cette maison sentent la maçonnerie d'une lieue. Ce vénérable a pratiqué les trappes, les échelles, la voûte d'acier et autres fantasmagories des réceptions maçonniques. Il doit être de première force sur les tours de passe-passe et sur les promenades nocturnes.

— Alors, tu supposerais qu'il a agi pour le compte de M. Matapan ?

— Je n'en sais rien. Mais je prétends qu'il faut le surveiller... et même qu'il faut surveiller tout le monde, depuis la cave jusqu'au grenier. Il se passe évidemment ici des choses bizarres. En montant la garde, nous parviendrons peut-être à les tirer au clair.

— Et à démontrer que Julien de la Calprenède n'est pas un voleur, dit vivement Albert.

— C'est une autre question, reprit Jacques en

hochant la tête ; mais, quoi qu'il advienne, nous aurons fait pour le mieux et tu auras bien mérité de mademoiselle Arlette.

Convenons donc de nos faits. Tu seras sans doute appelé au Palais dans la journée, et je te conseille de ne pas bouger d'ici, afin que la citation te trouve chez toi. Il est très important que tu voies mon frère le plus tôt possible, pour tâcher d'atténuer l'effet de tes confidences à M. Matapan. Moi, je vais rentrer rue de Castiglione, et j'y attendrai ma tante, qui aura vu aussi Adrien et qui m'apprendra où en est l'affaire du jeune la Calprenède.

Veux-tu que nous nous donnions rendez-vous à six heures, au Cercle ?

— Non, non. Nous tomberions sur des gens qui nous assommeraient avec l'histoire de Julien et qui nous poseraient des questions indiscrètes.

— Tu as raison. Je viendrai te prendre ici entre six et sept et nous irons dîner au restaurant. Après quoi, nous rentrerons et nous passerons la soirée au coin de ton feu. Nous pourrons, tout en causant, jeter de temps à autre un coup d'œil sur les fenêtres des la Calprenède. Ce sera une observation préparatoire et quand nous aurons vu successivement s'éteindre toutes les lumières... c'est-à-dire, je suppose, vers minuit...

— Peut-être pas si tôt... Mademoiselle Arlette veille quelquefois très tard.

— Il paraît que tu épies ses mouvements, dit en riant Courtaumer.

— Non, répliqua Doutrelaise, mais sa chambre est précisément en face de la mienne, et il m'est arrivé quelquefois de...

— Bon ! bon ! je ne te chicanerai pas sur ce point. Et nous prendrons notre service à l'heure convenue. Il est entendu que tu auras le poste le plus important et le plus périlleux. Moi, je me cantonnerai ici. Je demande seulement à introduire une variante dans notre scénario... oh ! peu de chose. Je ferai tout bonnement de loin en loin quelques excursions sur l'escalier.

— Ce serait imprudent.

— Non, car je ne m'aventurerai même pas jusqu'au troisième étage. Je me contenterai d'écouter par-dessus la rampe et je laisserai ouverte la porte de ton appartement, afin de pouvoir m'y réfugier, si j'étais obligé de battre en retraite. Je chausserai tes pantoufles, pour qu'on ne m'entende pas marcher. S'il le fallait, je mettrais des chaussons de lisière.

Mais... à propos... tu feras bien de donner congé à ton valet de chambre.

— Ce serait mieux, mais je craindrais qu'il ne devinât notre projet. Songe que probablement nous ne réussirons pas ce soir et qu'il faudra recommencer. Je ne puis pas l'envoyer coucher dehors toutes les nuits. D'ailleurs, c'est un brave

I. 21

garçon qui ne se mêlera de rien et qui nous don-
nerait un bon coup de main si nous avions besoin
de renfort.

— Parfait! Nous sommes d'accord. Je m'en vais
déjeuner. J'ai une faim de loup.

— Pourquoi ne déjeunerais-tu pas ici?

— Merci. J'aime mieux marcher, et je crois que
tu ne seras pas fâché d'être seul pour réfléchir : tu
es amoureux, mon cher, plus amoureux que jamais,
et les grandes passions recherchent la solitude.

Moi, qui ai le cœur libre, j'aime à changer de
place et à picorer en compagnie, comme les moi-
neaux francs.

Et sur ce, je prends ma volée, conclut Jacques
en serrant la main de son ami, qui le laissa partir
sans trop de regret.

Doutrelaise resta en tête-à-tête avec ses pensées
et Jacques descendit quatre à quatre les marches
des quatre étages.

Arrivé sous le vestibule, il aperçut M. Marchefroid, en robe de chambre, dialoguant avec un monsieur qui n'était autre que l'homme aux oreilles
percées, le ci-devant pilote des pirates chinois.

— Vous voilà, vous! lui dit Courtaumer en le
toisant.

— Je viens voir mon ami, le baron Matapan, répondit le marin en se rengorgeant. Est-ce que vous
sortez de chez lui?

— Moi ! pour qui me prenez-vous ? riposta Jacques. Je ne vais que chez mes amis, et votre baron n'est pas mon ami, je vous prie de le croire.

Et il passa son chemin, sans se préoccuper des regards courroucés que lui lançait M. Marchefroid.

Sur le boulevard, il se dit qu'il venait peut-être de lâcher une sottise, et qu'il eût mieux valu ne pas se déclarer hostile à M. Matapan, devant son portier et devant un personnage qui ne manquerait pas de lui répéter ce propos discourtois. Mais cinq minutes après, Jacques de Courtaumer n'y pensait plus.

Il avait tort. Rien ne se perd en ce monde. Plus tard, on le lui fit bien voir.

FIN DU TOME PREMIER.

Tours —Imp. Mazereau.

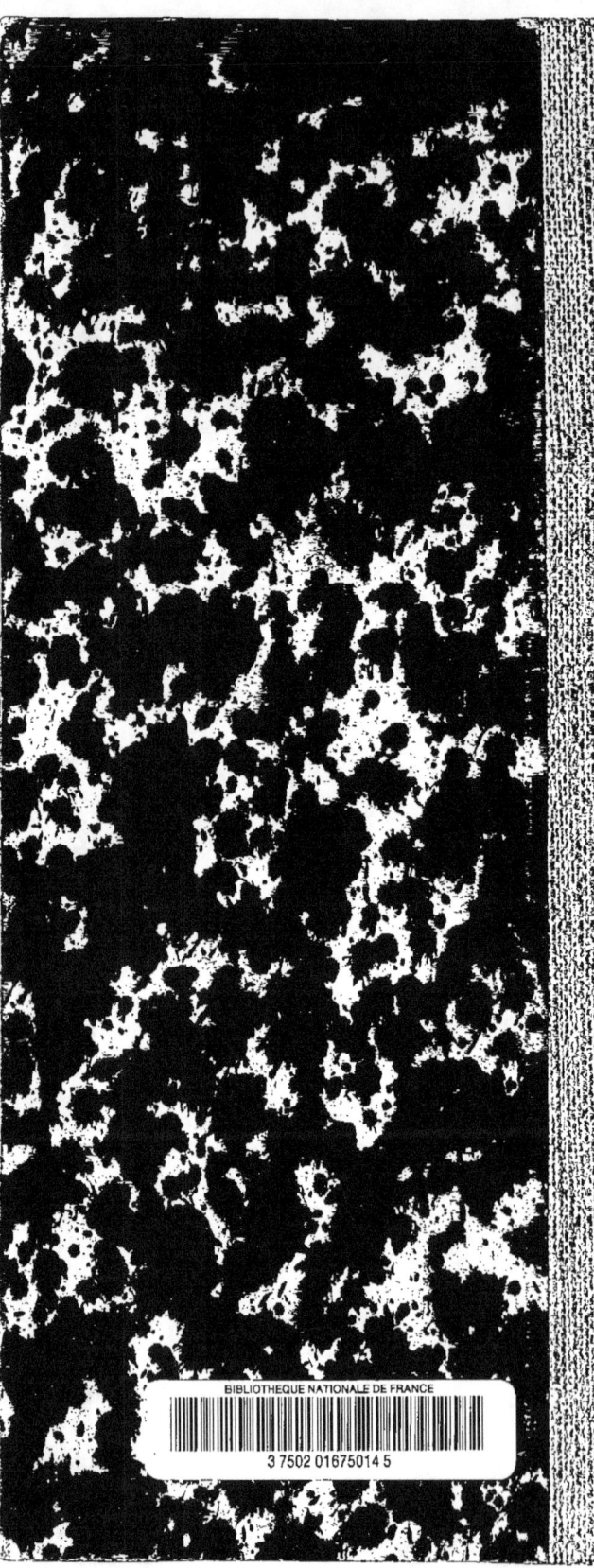

www.ingramcontent.com/pod-product-compliance
Lightning Source LLC
Chambersburg PA
CBHW050312030726
47505CB00003B/667